幽灵私语

Whisper

〔德〕**伊莎贝尔·艾贝蒂** —— 著
Isabel Abedi

康萍萍 —— 译

人民文学出版社
PEOPLE'S LITERATURE PUBLISHING HOUSE

著作权合同登记号　图字 01-2021-0178

Whisper
written by Isabel Abedi
© 2005 by Arena Verlag GmbH, Würzburg, Germany.
www. arena-verlag. de
Chinese language edition arranged through HERCULES Business & Culture GmbH,
Germany

图书在版编目(CIP)数据

幽灵私语 /（德）伊莎贝尔·艾贝蒂著；康萍萍译. —北京：人民文学出版社,2021
ISBN 978-7-02-017073-9

Ⅰ.①幽… Ⅱ.①伊… ②康… Ⅲ.①长篇小说—德国—现代 Ⅳ.①I516.45

中国版本图书馆 CIP 数据核字(2021)第 054258 号

策划编辑　王瑞琴
责任编辑　马　博
装帧设计　刘　远
责任校对　韩志慧
责任印制　宋佳月

出版发行　人民文学出版社
社　　址　北京市朝内大街 166 号
邮政编码　100705

印　　刷　三河市博文印刷有限公司
经　　销　全国新华书店等

字　　数　170 千字
开　　本　880 毫米×1230 毫米　1/32
印　　张　10　插页 2
版　　次　2021 年 6 月北京第 1 版
印　　次　2021 年 6 月第 1 次印刷

书　　号　978-7-02-017073-9
定　　价　46.00 元

如有印装质量问题，请与本社图书销售中心调换。电话：010-65233595

Whisper

|目录

星空彩绘

...

悄然跃入我的眼帘

那暮色中的靛蓝光辉

我的灵魂随之感叹

用星光描绘天空的景象

只有夜晚能够说出

为何苍穹总是藏匿

所有未知的梦想

用星光描绘天空的景象

谁曾漫步在午夜云端?

灵魂如何能够飞翔直上

苍穹深邃而遥不可及

谁来绘出午夜的星光?

夜晚带给入眠的人们

无法留存的梦境

我在心底刻下传说

用星光描绘天空的景象

谁曾漫步在午夜云端？

灵魂如何能够飞翔直上

苍穹深邃而遥不可及

谁来绘出午夜的星光？

…

恩雅

第1章
一栋500年的老房子

...

我恨呐，恨他，真的恨死他了！他将我带到这所房子里，跟把一个东西打包进行李没什么两样。倒不是因为这个东西美，而是因为没办法，无论如何都得带着它，就像一把笨重的雨伞一样，是个必不可少的硌硬物件。我没那么不可或缺，但是硌硬是真没的说，这一点无可置疑。

伊丽莎
1975年7月3日

...

凯特哼着小曲，从森林环绕的联邦高速公路一打方向盘，拐向狭窄的乡间小路。这个时候，诺雅才第一次看见那座小村庄。它镶嵌在黄澄澄的麦田和绿油油的草地间，就在他们抬脚可及的地方。似乎有种近乎不现实的宁静围绕着它。虽然天很蓝，没有一丝风，身边穗子抽得老高的麦子纹丝不动，但是空气里却悬浮着雨水的味道。

多少年后，诺雅还是会回忆起眼前看到的这第一幕景象，记起那一刻她心中升起的期望夹杂着奇怪的厌恶感觉，以及数秒之后发生的事。她还记得猫咪"胖可可"凄厉地喵呜着，钝钝的爪子抓挠着，试图从牢笼般的篮子里寻找一条出路。她还记得吉尔伯特刺耳的尖叫声，像一把刀子生生切断了凯特的歌声。可是，太迟了，凯特根本来不及刹车。下一刻，当一头鹿睁着玻璃一般破碎的眼睛躺在前面的路上时，诺雅结束了她这五个半小时以来一直强忍着的沉默。

"凯特，该死的，凯特，你把它撞死了！"

凯特抬起胳膊，又以一种无助的姿态垂下手来，随后扭头望向男友吉尔伯特。后者站在副驾驶的车门前，茫然无措地盯着那只被撞死的动物。这是一头虽然已经成年，但却还很年轻的鹿。这一点能从鹿的脸上还有它柔软光滑的皮毛上判断出来。米棕色的鹿背上点缀着奶油色的斑点，肚子的皮毛上没有一处斑点，是一种近乎牛奶的白色。溜圆乌亮的鹿眼一眨不眨地凝望天空，黑色的鼻子还是湿润的，似乎仍有生命的迹象。鹿眼的光泽如此强烈，几乎如同鲜血一般。此刻鲜血如一道细腻、鲜红的印记，正从这只动物的脑袋下涌上路面。突然，诺雅很希望给这头鹿拍张照片，这念头让她感到满心羞愧。

"得把它从路上挪开。"诺雅最后开口说道，声音听起来安静而干脆。而凯特，之前总是很吵、闪闪发光的凯特，冲女儿沉默地点了点头，将铜赤色的鬈发别到耳后，伸手握住了那只动物的前蹄。吉尔伯特什么也没做，他就只是站在那里，魁梧的身躯一动不动，一张圆脸跟月亮一样苍白。

诺雅抓住鹿的后蹄，和凯特一起用力抬，想把它挪到马路边上去。诺雅惊讶地发现，鹿很重，差不多像人一样重。"我们得把它埋了。"再次转身走向汽车的时候，凯特小声说，"应该向它表示最后的敬意，这个可怜的家伙。"

现在，就连另一只猫"希区柯克"也在附和"胖可可"的猫式不满。它的喵呜声更加低沉嘶哑，到了诺雅耳朵里就像是在赞同凯特的话。可是该把鹿埋在哪里？为了安葬它就得先把它带走，而这是不可能的。凯特的绿色路虎在发生撞击事件前就塞得满满当当，装着衣服的行李箱、床上用品、大衣和胶鞋，吉尔伯特的书箱和他成百上千种茶包，一座胖佛像，还有凯特的好几个不锈钢锅、平底锅和刀子，再加上诺雅的照相器材以及其他数十种杂七杂八。

"我们可以之后再折回来搬它。"所有人再次坐回车里的时候，凯特给了自己一个答案。"是的，我们就这么做，之后再回来搬它。肯定有人能告诉我们，该把它带到哪里去。"凯特摇了摇她满脑袋的鬈发，深呼一口气，于是又变成了原来的那个凯特。"好吧，我们可不想因为这件事把假期弄得一团糟。不过好在还有一个好处：我那受到伤害的女儿又开口跟我讲话了。你有什么要说的吗，吉尔伯特？"

吉尔伯特什么也没说，诺雅也扭头移开视线，可是凯特爆发出银铃般的笑声，用她一眼看上去与她外貌根本不搭的有力的手拍了一下吉尔伯特的大腿，接着点火打着了车子。这就是凯特，她能够很简单地就摆脱一些事情，跟吞下一只青蛙一样简单——于是他们继续上路，就好像从未来过这里。

诺雅也将视线投向前方，但是她觉得那头鹿似乎不再凝视着天空，而是凝视着她——她、吉尔伯特还有凯特，望着他们以明显慢下来的速度沿着狭窄的乡间小路朝着村子驶去。

街道右侧的一块牌子上写着：**让我们的村庄更美丽**。凯特乐不可支地用手指点着。"那我们刚好来得巧。天哪，吉尔伯特，你得赶快回过神来，这种事情总会发生的，知道吗？电影里有，书里也有，为什么现实中就不会经历呢？我是说，这就是现实，你不觉得吗？"

"这会带来霉运，该死的！"吉尔伯特的声音透着一股歇斯底里，"这会带来不幸，凯特！在电影里，要是开头出现这么一幕，你一定心知肚明，接着会发生什么。"

"哎呀，诅咒也会带来不幸的。不过现在你该高兴才对，我们到了！"

凯特将拳头放在喇叭上，连着快速按了三下。诺雅不由得急呼一口气，她的妈妈就一次也不能克制点吗？难道她就不能最迟明天才开始成为这个村子街头巷尾议论的话题吗？这当口，他们刚进村子，凯特喧闹的宣布抵达的方式一开始并没有得到回应，村里的街道上空荡荡的看不见人。一家空无一人的酒馆对面立着一个电话亭，凯特车开得极慢，以至于诺雅都能清楚地看见这里还是投币电话。街道两旁一座座房子鳞次栉比，灰色的、米色的、浅棕色的，看起来像是被阳光晒得褪了色的一个个盖瓦盒子，个个都窗帘拉得严严实实，或者百叶窗紧闭。看起来一片死寂，这个村子，几分钟之前在诺雅看来还如同一条布满花纹的毯子铺在一片绿色当中，现在却似乎释放出一股敌意。

继续向前驶出数百米，在村子里面，气氛变得友好起来。正驶过的第二个酒馆，与头一个相比简直可以称得上令人愉快。一尘不染的招牌上克洛普餐厅几个淡绿色大字闪闪发光。窗外的花槽里三色堇闪耀着光芒，甚至在最高处的那扇窗户外面也是繁花盛开，就像一只眼睛在屋檐下向外窥探。一位体态瘦小的妇人开门走了出来，一头雪白的头发，仿佛花环一样环绕着她瘦削的脸颊。妇人左手紧握一根黑色手杖，笔挺地站在门框里，目光紧紧追随着他们。凯特摁了两下喇叭，不过等诺雅再回过头看，那个女人已经又消失在门后了。

街道左边，一位农夫穿着糊满了泥巴的橡胶靴正赶着一群奶牛向前走，一共七头，一水的黑白斑点，表情迟钝，乳房鼓胀，随着走动一前一后地晃荡着。凯特缓慢地开车绕过这群奶牛，其中一头发出哞的一声，农夫举了举手示意。他的鼻子看起来像个土豆，半张的嘴巴里似乎有一半的牙齿都掉了。诺雅的手不由自主地落在相机上，这次她没犹豫。

"我觉得那是哈尔塞特，我们的房东。"凯特说，"他跟我的助理描述的一模一样，还有这村子，也完全一样。这可太棒了，这里跟图画书上没什么两样，现在我只是好奇，那座房子到底会是什么样子。"

凯特的助理是一位正在学习电影的大学生，不仅在拍摄工作中照顾她，还为她解决其他生活中的琐事。上周他来过这里签合同，帮凯特拿钥匙。诺雅一直都不能理解，为什么凯特长期租了这座房子，却一次都没提前来看过它。

吉尔伯特摁了按钮，想要打开车窗。一股新鲜牛粪的味道冲进车里，"胖可可"再次悲惨地喵呜起来，而一旁的"希区柯克"却开始发出愤怒的呼噜声。

"没事没事，两个小甜心，马上就到了。"凯特冲着后座喊道，"然后你们俩这又肥又胖的城市猫咪就能亲身体验什么叫作自食其力才有饭吃。新鲜的乡间鼠排，你们觉得怎么样？吉尔，你能不能看一眼路线？这条路走到头向左拐，然后向右拐，接着再向左拐，对不对？"

吉尔伯特点了点头。两分钟后，凯特在一个铁将军把门的大门入口处踩了刹车。这是一扇普普通通的大门，铁丝网和木头材质，木头是插在两个桩的铁质门轴里面。大门后面，几乎是圆形的一大片花园里开满了各色野花，长了许多落叶树、果树和核桃树。被花园环绕的，就是那栋房子。

诺雅日后将之命名为**私语**的，正是这栋老房子。

那个夏天过去很久之后，有一次诺雅听凯特说起，里面曾经发生过某种事情的一座房子，本应该瞧起来是另外一番模样：房间狭窄、大厅昏暗；墙壁很高，就连一个人悄悄私语也会撞出回音；走廊漫长而弯曲，楼梯嘎吱作响，还有充满了秘密的许多角落……每个导演都会选择这样一所房子来拍片吧，地处苏格兰或英格兰，位置偏僻，极目远眺，外面是渺无人烟的自然风光。

以上各点，"私语"一丁点儿都没沾上边。它就是一幢简朴的两层小楼，木桁架风格，墙面斑驳，绿色的苔藓长满了黑色的屋顶，主屋的正后方还有一间加盖的仓库。仔细看也看不出房子的年龄，就像看不透它隐藏的黑暗的秘密。但是，它正是凯特想要的。只要凯特想要，她就要得到，这是一个不争的事实。

诺雅的妈妈凯特从车里下来，手叉着腰环顾了一下四周，激动地喊出了声。头顶一只胖麻雀吓了一跳，扑棱着翅膀从核桃树上飞走了。吉尔伯特的脸上也重新有了些许颜色，圆鼓鼓的脸颊上展开一缕微笑，让诺雅联想到一个幸福孩子的模样。

"500年了啊！"凯特用一种夸张的肃然起敬的声音喊道，手掌放在一根黑色的木梁上，"我们新的度假屋500岁啊，天哪，真不可思议！我幸福得快要晕过去了！"

"你差不多已经晕了。"诺雅十分清醒地下了断言，冲着隔壁的房子点了点头。一张女人的脸藏在拉得半开的窗帘后面，正向外面窥探。"你已经拥有第一位观众了。就像在家一样吧，别客气，凯特。"

凯特大笑着将头发甩向脑后，诺雅从后座上将装着猫的篮子搬了下来。"可以把它俩放出来了吗？"

"等一下。"凯特抬起手，在她红色皮大衣的口袋里摸索着助理为她准备的钥匙，"再等会儿，等进了屋再放它俩出来。这俩城市神经机能病患者还不太习惯，别让它们给咱们找事，这次度假我可没兴趣再看见更多的死尸。"

棕色大门像是费了老大的劲儿才吱吱扭扭地打开，可刚开到一半就卡住了。没办法，吉尔伯特硬是挤了进去。下一个是凯特，也是费力地把自己塞进了门。最后是诺雅，手里提着猫篮。门厅太小，三个人得紧挨着站着。地面铺着一种老旧的瓷砖，大门边是一个木制的衣帽架，楼梯前面放着一个伞架。不过诺雅感受最强烈的是香气。是的，这里散发着某种香气……是香水的气味，女士香水。香气浓郁，略带点甜味，味道十分强烈，就好像有人刚刚喷完，然后从诺雅身边走过一样。她迷惑不已，细细打量起身边的那两个人。不可能是吉尔伯特，而凯特喷的是让·保罗·高缇耶的一款男士香水。是不是有人在他们到来之前来过这里，查看一切是否妥当？也许是农夫的妻子？或许有可能，不过……这香味与这里不搭，比她诺雅和吉尔伯特，特别是凯特跟这里更不搭。他们难道什么都没闻见吗？诺雅刚想跟他俩说起这个异乎寻常的事，就在那一刻，香味消失了。瞬间消散，就好像从来没有存在过一样。诺雅摇摇头，跟着妈妈和吉尔伯特进了厨房。那里现在的味道闻起来，就是一座老旧又无人居住的农舍该有的气味：灰尘味儿，不新鲜的空气，死老鼠的味儿，还有一点孤独的味道。突然，诺雅打了个寒战。房子里很冷，又冷又湿，似乎将夏天隔绝在了外面。

猫篮里发出一声悲惨的喵呜声。"现在可以了吗，凯特？"诺雅问道，"现在终于可以把它俩放出来了吧？"

"可以可以，放吧放吧。"凯特把包放在餐桌上，人已经继续冲了过去，穿过厨房的后门，来到一个更加阴冷的过道，穿过它就能进入放煤的储藏间。还有一个储藏间隐藏在风化剥落严重的木门之后，左边的门通往厨房。诺雅的眼睛瞬间亮了一下，因为她想要把这里布置成一个冲洗照片的暗房——凯特就是用这个引诱得她垂涎欲滴。

不过现在得先把猫咪从监狱里放出来。浑身乌黑的"希区柯克"趾高气扬地从篮子里先跳了出来，庄重如老先生一般视察着新环境。"胖可可"匍匐着跟在后面，害怕地喵喵叫着。诺雅略带嘲讽地会心一笑。没错，"胖可可"真是一个又厚、又肥、球一样圆溜溜的家伙，长着红色条纹，体型臃肿到几乎看不见层层脂肪下笨拙的爪子。"嘿，胖家伙，我们到了，欢迎来到流放之地。"

"唉，得了，别那么严肃，小家伙。"吉尔伯特搂了一下诺雅，"我们在美丽的韦斯特瓦尔特山找点乐子，要是凯特烦得我们受不了，我们就把她关进放煤的储藏间里去。"

诺雅将头靠在吉尔伯特的肩膀上。这趟不情愿的假期只有少数几个加分项，跟凯特在一起时间最久的男朋友吉尔伯特紧随冲洗暗房和单反相机排在第三位。与此相反，凯特在减分清单上排名十分靠前。并非因为来到了乡下，而是一想到在一段时间里都必须跟凯特一起待在狭窄的空间里，就让诺雅的内心倍受折磨。就在当下，妈妈的存在感已经四下扩散开来，占据每一个角落，充斥每一个房间，直达低矮的天花板，将其他一切东西逼成背景，就连体格魁梧的吉尔伯特也不例外，可他看起来一点也没有觉察到。

"那么底下这里就是我的地盘了。"吉尔伯特的喊声从紧挨着厨房的两个房间里传了出来。事实上，比起房间，那其实是两个小小的斗室，两个毗邻的套间。地板肮脏不堪，墙纸剥落，一只没有灯罩就那么悬挂着的白炽灯，照着简单的几样家具：一只浅色的农家柜子，两把破破烂烂的沙发椅，还有一张涂成蓝色的农夫床。

愿主与你同在用古德语字体写就，隐在一个落满了灰，挂在床头上方的玻璃镜框后面。这是来到这里之后的第二次，诺雅忍不住笑出声来。光看这句话，这两个房间就像是专门为吉尔伯特量身打造的一般。

诺雅和凯特会睡在楼上，之前让农夫将平面图送来看的时候她们就已经说好了。当然，楼上嘎吱作响的台阶，弯曲的走廊，还有曲折的角落也完全不值一提。通往一楼的微微拱起的木制台阶，只有倒数第二级发出腐朽脆裂的声音。通往卧室、客厅、封闭阁楼的那道走廊并不比刚进门的门厅大多少，唯一的家具是装满了书的一个书架。从低矮的窗户望出去，目光所及，最远只能越过花园里的树木，看到下一家人的地界。

走廊左边的两间大屋子归凯特，右边那间方方正正的小豆腐块儿归诺雅。小房间就在客厅的后面，里面的家具跟吉尔伯特那间一样，只有最必需的几样。诺雅的目光从深棕色的农夫床移向毫无装饰的胶合板柜子，又看向几个坐垫搭在一起组成的沙发。窗户旁边的墙上靠着一面镜子。这间房里发黄褪色的墙纸也是凹凸不平的——最初应该是白色的，白底带着小朵的红玫瑰——天花板上还有一处墙皮剥落。哈，简直太棒了，要收拾这个得干许多活。

诺雅放下旅行包，手指拢了拢及肩黑发，向镜子前走去。一层厚厚的灰尘将她和镜子里的自己隔了开来。镜子的正中间，还能很清楚地认出来，有人写了几个字：**白雪公主**。

这几个字在厚厚的灰尘下面发出微微的红光，诺雅紧盯着这几个字，直到一阵响亮的呼噜声吓了她一跳。"胖可可"肥乎乎的脑袋从门外挤了进来，笨拙地一跃，跳上了坐垫沙发，舔了舔爪子，饥肠辘辘地冲着诺雅喵喵叫着，好像在问："到底什么时候才能有东西吃啊？"

"好啦，各位，让我们先把重要的东西拿出来，把炉灶准备就绪，然后再看看村里的酒吧里能有什么吃的。"凯特的声音穿墙而过。诺雅哀叹一声，这里的屋子完全不隔音，这样的话，等到这个夏天结束，或许她能把凯特新电影里的角色台词倒背如流。凯特是个演员，按照吉尔伯特的话说，凯特是少有的几个"获得了成就"

的演员之一。

她上一部电影《情浓于血》，一部发生在第三帝国的爱情剧，让凯特占据了各大杂志的封面。媒体盛赞她为"卡特琳娜大帝"，每周至少有一位记者给她打电话，想要采访她。凯特喜欢这样，热情打开屋门——所有的门，有一次甚至打开了诺雅的房门——欢迎每一位摄影师的到来。因为这件事，诺雅三天都保持冰冷的沉默，以此来作为对母亲的惩罚。自此以后，诺雅总会把自己的房间锁起来，可是这里没有钥匙。

诺雅也不打算把东西都取出来，这没什么意义。柜子积满了灰尘，所以诺雅决定先把床铺了。她随后来到厨房，想要找一块能擦柜子的湿抹布，水管里流出的水冰一样寒冷，吓了诺雅一跳。

坐在吉尔伯特屋里的床上，诺雅向窗外望去。外面天已经渐渐黑起来，诺雅惊奇地发现，天空从浅灰色瞬间变得黑暗起来。只有这个房间、后面的浴室，还有客厅里有灯光，凯特正在那里忙活着炉子。

"等把这房子弄得差不多能住了，我们在这里的第一个假期也就结束了。"吉尔伯特抱怨道，"凯特就不能让我们享受一个奢侈一点点的假期？"

他已经将几件名贵衬衫挂进了柜子里，正准备为他的佛像找一个合适的位置。最终他叹了口气，将佛像安置在勉强擦去灰尘的窗台上，窗户前的地板上垛着他那些茶叶罐，书箱都打开着，堆在门边。

吉尔伯特扶了扶圆形的眼镜，摇着头环顾四周。他今年53岁，比凯特大整整20岁。可是诺雅发现，从他的脸上看不出年纪。只有放声大笑时，他的脸才会扯出皱纹。他浅蓝色的眸子像小男孩的眼睛一样闪闪发光，沙色的头发泛着丝绸一般的光泽，就像在为护发素做广告似的。不过现在那上面沾着许多浮尘，额头上还横着一道显眼的污垢。

"我本来挺想将我的宝贝们码进书架的，"他嘴里嘟囔着，在牛仔裤上擦了擦手，"不过，可能还得回头添置了才行。楼上过道里的书架已经被我们之前的租户占了，就我对凯特的了解，她肯定不乐意跟上面的那些破烂分开。"

诺雅还没仔细查看过道里的书架，但是她对于吉尔伯特的那些宝贝们实在太了解了。瞧瞧书名，《太空订购服务》《许向宇宙的愿望》《小熊糖预言》《你和你的图腾动物》，或者还有《心灵学手册》这样的。吉尔伯特把最后这本放在了床上，他已经开始读了一段时间。这是一本300页的大部头，讲的是召唤鬼神、降灵仪式、洞察梦境，最迟后天吉尔伯特就能把它读完。

按照凯特的说法，吉尔伯特喜欢啃书，专啃深奥的图书——书名不知所云，内容更是无法想象。正是因为这些书的缘故，13年前他俩在吉尔伯特的心灵书店相遇。当时凯特要在一部系列电影里扮演一个死而复活的人，正为角色寻找背景材料。凯特带着诺雅去吉尔伯特书店的时候，她刚刚3岁。当她蹲坐在那极小的儿童图书一角的阅读火车头上，一本本随手翻着图画书的时候，凯特正在请吉尔伯特给她提一些阅读建议，但她却一直不断笑话他，最后约了他一起吃饭。因为，除了他的"故作深奥"——直至今天凯特依然拿这一点来戏弄他——吉尔伯特是诺雅母亲这辈子遇到过的最聪明睿智的男人。基于凯特不断更换的男性伙伴，这其实已经说明了问题。在诺雅16岁的生命里，有多少个男人进进出出凯特的卧房，早已数不过来了，她也不想数。吉尔伯特是个同性恋，这一点诺雅十分感激。因为这样，他就可以一直充当凯特的男朋友，同时代替诺雅的父亲角色，或者母亲角色，吉尔伯特总是呵呵笑着这么说。

"好啦，各位，炉子收拾好了，我们现在出去吃点东西吧。"凯特站在门口，双手叉腰，脸上带着典型的、不允许反驳的坚决表情。在这期间，外面一片漆黑，以至于厨房在她火焰般的红发后面像个黑洞一般消失了。门边的走廊里，有两只刚刚倒满的猫粮碗。允许它们逮老鼠的事情，凯特可能是推到以后了。"胖可可"贪婪地吧嗒着嘴，声音充斥着整个走廊，可是当诺雅一踏进花园，她感受到的只有宁静。隔壁的窗帘这会儿已经拉上，只在远方有一只狗叫了几声。

吉尔伯特锁着门，凯特动静很大地呼吸着清新的乡间空气。趁这当儿，诺雅望着房前的路灯，黄色的火苗闪烁着，好像在随风飘舞。在这个时刻，诺雅第一次有种感觉，有人在盯着她看。她猛然回头看向房子。灯灭着，窗户一片漆黑。诺雅试着赶走这种感觉，强咽下去就当过去了，就像凯特一直做的那样。可是诺雅并不是凯特，在她跟着母亲和吉尔伯特沿着狭窄的道路走向花园大门的时候，那种感觉一直令她如鲠在喉。

第2章
度假村的小酒馆

...

似乎人在家里言语吝啬，就是为了出门在外口若悬河。酒馆里那些村里的笨蛋说起话来滔滔不绝，就像蜜蜂黏着蜂蜜嗡嗡叫个不停。城里来的博士和他美丽的女儿。我一言不发。我的脸皮如同玻璃一样，我希望有人割开它。

伊丽莎
1975年7月5日

...

天空中出现第一群星星，村子上方笼罩着的一片漆黑如同被撒上了银色的斑点。村子里的街道上依然还是空无一人，牛圈里一头母牛发出低微的哞声。诺雅听到酒馆斜对面的人行道上传来一阵人声，那是一群少男少女，正背冲着他们等在公交车站上。

"一箱啤酒，两瓶伏特加兑红牛，我喝起来轻轻松松……"

“别吹牛了，你这家伙，瘦成这样，喝第一瓶肯定就倒了……”

“哎，得了，丹尼斯，你来说说看，昨天到底是谁吐了一地……”

诺雅强迫自己不去听他们东拉西扯，努力驱赶心中的一只眼睛，可是没能成功。那只眼睛前面闪着画面，一幅一幅地接踵而至，倔强得像不请自来的客人：凯特的车库，改造成了一个举办派对的地下室，红色的灯光闪烁迷离；斯文嘉和娜丁，两个人喝得酩酊大醉；巨大的音箱，极小的舞池；诺雅站在人群中间，其他人围绕着她；海克的眼睛，他深色的眼睛，发着光，笑个不停；他的手，诺雅牵着他的手，离开地下室，来到楼上的房间……诺雅用手指使劲摁着太阳穴，迅速有力地摇了摇头。不，不要继续想下去，不是现在，不要在这里！

诺雅挽着吉尔伯特的胳膊，将脸埋进他柔软的麂皮夹克里。吉尔伯特抚摸着诺雅的脑袋，就好像知道她在挣扎什么，就好像他也知道，为什么诺雅最终决定来这里度假，而不是选择跟她那些所谓的朋友们前往度假胜地米克诺斯岛。在那里，斯文嘉的姑姑开着一家小酒店。没错，吉尔伯特一定知道那件事。毕竟那晚守候在诺雅床边的是他。是他，而不是凯特。

诺雅也没跟斯文嘉或者娜丁她们两个讲过发生了什么事，就连吉尔伯特她也没告诉，他只会用陪伴来安慰她。有时诺雅会有种感觉，他不仅仅只是替代了父亲或者母亲的角色，而且也替代了她所希冀拥有的朋友们。是那种可以一起做更多事的朋友，不光只是参加个派对，喝个烂醉，或者下午在某个购物中心打发打发时间。是那种可以一起聊更多话题的朋友，不光只是聊聊服装品牌，男孩子的类型，哪些姑娘屁股或翘或扁，胸大或者胸小。是那种不会总对凯特的事情问东问西，或者总想蹭着去参加某个电影首映式的朋友。嗨，朝这儿看，我和凯特琳娜·塔利斯的女儿是朋友。诺雅长呼一口气。需要多长时间，凯特在这里也会成为视线的焦点？几天，或者几个小时？

酒馆门口停着一辆大众面包车，是辆老爷车，深蓝色，几乎接近黑色，上面画满了星星。诺雅凑近车子。某人花了大力气，作品确实很棒。看起来大众面包车像是想跟天空比一比，上千颗星星遍布车身，诺雅甚至能认出银河和北斗七星。

"我闻到了草的味道。"吉尔伯特开口说道。

凯特乐了："我们在乡下，当然能闻到草的味道，吉尔。我是说……"

"不，不是那种草的味道。"吉尔伯特摇摇头，向空气中嗅了嗅，这下连诺雅也闻到了。没错，有人在吸烟，可奇怪的是……味道是从上面传来的。诺雅仰起头。

于是诺雅看见了那个少年，坐在高高的屋脊上，在夜色的掩护下，完美地躲在烟囱后面。如果仔细望过去，从底下只能感知到上面那一个模糊的身影。

凯特跟了上来，诺雅迅速将头转向另外一个方向。她了解凯特，知道妈妈一定会朝上面随便喊上几句。天晓得，她根本没兴趣看凯特在这里表演。凯特这会儿已经成功地将其他几位少年的注意力吸引到了自己身上。四位少年，年纪比诺雅大不了多少，17岁或者18岁的样子，身穿紧身牛仔裤和运动衫，脚踩运动鞋。

"哥们儿！"其中一个冲着他的伙伴们喊着，胳膊伸得直直的，手里举着一罐啤酒，"嘿，哥们儿，瞧那儿……"

凯特抬起下巴。诺雅闭上了眼睛，可是她没法关掉凯特的声音。

"嗨，甜心，你知道吗，酗酒会让人性无能的？"

有个少年，矮矮壮壮，看起来很敦实的那种，长着一头火红色的头发，之前被同伴唤作丹尼斯，突然一下子就愣住了，伸出的手悬在空中，像是被冻住了。不过其他三位少年像鬼似的大叫着，使劲拍打着同伴的肩膀。

"凯特，我们现在能不能进去？"诺雅扯了扯凯特的袖子，站在这里让她感到非常不舒服。她突然意识到，这种尴尬不是因为街对面的那几个男孩子，而是因为房顶上的那个少年。那从上面传下来的低沉的笑声只是她的错觉吗？诺雅从眼角朝房顶瞥去，那模糊不清的人影已经消失不见了。

酒馆里，一股混杂着洋葱、廉价酒精还有冷豌豆汤的气味迎面扑来。大约有十张桌子，每张上面都铺着红白格塑料桌布，只有一桌旁边坐着人。**常客酒桌**几个字写在一个巨大的白色瓷质的烟灰缸上，几十个烧酒杯围在一旁。门在凯特身后关上的一刹那，有一刻诺雅忽然感觉，时间似乎停滞了。

常客酒桌旁坐着的男人们——全部都是男人——转过身，张着嘴，直愣愣地望向他们，就好像三个外星人进入了酒馆。柜台后面正在打啤酒的店主停下手里的活计，一位红头发、粗脖子男人的阴沉声音打破了酒馆里蔓延一片的死寂："难道今天是母亲节？"

男人们纵声大笑起来。吉尔伯特不由得后退一步，凯特已经张嘴准备回答那个问题，就在这时，柜台旁边挂着的珍珠门帘后面走出一个女人。脸上挂着友好的、一目了然的微笑，她用手指了指一张空桌子。

"晚上好，请坐。"

"呦，妈妈可没说不同意，"凯特语音清脆地说道，冲常客桌边的男人们挥了挥手，"除非，爸爸们不乐意？"

男人们傻乎乎地龇牙咧嘴笑起来，只有那位红头发嘴里咕哝着什么，听不清楚。店主是个矮个子男人，中等年纪，头发稀疏，弹珠一般圆溜溜的眼睛下挂着两个眼袋，这会儿又急急忙忙继续接他的扎啤去了。

诺雅没有忽略到他的脸慢慢透出红色，红晕甚至从白衬衣下一直爬上了他苍白的脖子。

诺雅忐忑地跟着凯特从男人们身边走过，感觉到无数目光盯着他们的后背，像是要盯出一个洞来。

"你们租了哈尔塞特先生的房子，对吧？"那个女人将菜单放到桌上，诺雅用眼角的余光，用吉尔伯特一直说的那种摄影师的目光打量着她。女人个子并不太高，身材十分苗条，长及膝盖的裙子外面套了一件浅蓝色的针织衫，沙色的头发编成一根辫子。除了绿眼睛下方的黑眼圈很深，她是一个很好看的女人。柔软的手很粗糙，是辛苦劳作的印记。

"呦，看来消息传得够快的呀。"凯特笑着冲那个女人伸出手，"我是凯特琳娜·塔利斯，这是吉尔伯特·桑德和我女儿诺拉。"

"诺雅，我叫诺雅。"诺雅愤怒地盯着母亲。每次凯特用这个名字介绍她的时候，她都极其愤怒。诺拉·格里高尔是一个默剧女演员，1920年代声名大噪，1940年代末以自杀结束生命。凯特对她无比赞赏。当诺雅还是小孩子的时候就一直反对自己被叫作诺拉。倒不是因为那个光辉的榜样，而是因为对她来说要发出 r 这个字母实在太难了。11岁的时候，诺雅把这个字母从自己的名字中剔除了出去。从此以后，只要凯特那么叫她，她就装聋作哑。

"玛丽·舒马赫。"女人迎上凯特伸出的手，轻轻握了握。诺雅和吉尔伯特冲她微微一笑，诺雅如释重负地松了口气。如果凯特琳娜·塔利斯这个名字对她意味着什么的话，至少这个女人没有表露出来。不过诺雅高兴得有点过早，因为这回轮到那个矮个儿店主了，只见他张着嘴，使劲盯着凯特，手里的啤酒杯差点掉地上。

"凯特琳娜·塔利斯，是那位凯特琳娜·塔利斯？真的是您吗？"

常客桌边的嗡嗡声变得响亮起来。凯特点点头，因为受到了恭维，所以一脸开心地笑着。店主一步跨出，来到凯特桌边，脸上发着光。"我看了您所有的影片！我，呃，我……我没认出您来。我，啊，那个……"就像刚刚突然来到桌边一样，这会儿他似乎想要立马消失。他卡了壳，不知道该怎么继续下去，于是抬脚退了一步，却差点绊一跤。他的整个脖子布满了红斑，就跟得了风疹似的。显而易见，凯特很享受这个。

是吉尔伯特将店主从窘境中解救了出来。他拿过菜单，翻了翻，从圆圆的眼镜上方望着店主，专注的眼神十分友好，带着吉尔伯特式的温暖微笑，立刻让人感觉可以放松下来。

"您的菜单实在太棒了，我都不知道该选哪个。可以给我们推荐一下吗？鸡蛋芝士配豌豆蛋糕、煎土豆、蘑菇煎锅？在我看来，这三个菜都很诱人。蘑菇肯定都是从森林里新采来的，是吧？"

店主如释重负地点了点头。"新采的，各位，都是新采的，夏天头一茬蘑菇：榛蘑、牛肝菌，还有褐绒盖牛肝菌。我们的玛丽是个好厨子，她收拾那些小家伙们的手艺是最好的，你们完全可以相信我。"

"那么，"吉尔伯特将菜单递给诺雅，扶正了眼镜，"就这么决定了，我要那个蘑菇煎锅。"

"我要煎蛋配煎土豆。"诺雅嘟哝着。

凯特选了豌豆蛋糕。店主冲进厨房，没等十分钟，饭菜就做好了。常客桌边的那些人又开始聊起天来，墙上的喇叭放着德国的乡间音乐。

> 我们出发啦，
>
> 为了伟大的冒险！
>
> 每天都是新婚之夜，
>
> 每夜都热情如火 ……

看见自己那一大盘子食物，诺雅不由得咽了下口水。小山包一样的煎土豆旁边卧着三个煎蛋，谁能吃完所有的东西？ 能吃完半个蛋，从土豆山里挖掉一大勺，诺雅已经很开心了。凯特和吉尔伯特的盘子里的东西堆得也一点不见少。

"天哪！"凯特大笑着喊道，"这是要把我们往肥里喂吗？"

玛丽抱歉地耸耸肩："剩下的可以给你们打包。"

"嗨，完全不用！"吉尔伯特食指大动，热切地扑向他的蘑菇煎锅，"我们能吃完，是吧，姑娘们？你们真要是吃不完，今天我很乐意当个垃圾桶。"

"什么意思，只是今天吗？"凯特轻轻拍着吉尔伯特的大肚子，冲着又回去站在柜台后边的店主促狭地眨了眨眼。

店主慌乱无措地微笑着，不知道该说什么。不过，凯特已经把空着的那张椅子推开，朝他挥着手，邀请他到桌边来。

"我可能有一个问题，或者准确来说有两个或三个问题。"她朝叉子吹了口气，做出一副微笑的表情，让自己看起来像是刚刚第一天上学的小姑娘。有时候真的不可思议，凯特能变出各种面孔来，就像是有人站在她身后，嘴里喊着开拍。甚至当她继续说话时，会换成另外一种声音。凯特将音调拨高一度，让它听起来更轻柔一些。"我恐怕在来的路上制造了一个小小的谋杀事件。"凯特清了清嗓子。店主站在椅子后面，双手背在身后，肩膀低垂。诺雅觉得，与他的皮相比，他的身形看起来似乎有点小一号，就好像有人不知什么时候把他的气儿给撒了，却忘了再把气儿给充上。他的整个身体显得软塌塌的，涨红的脸向下垂着，可是圆溜溜的弹珠眼却睁得大大的。到底是因为他的乡村小酒馆迎来了大人物，还是因为凯特跟他提及了那个谋杀事件，诺雅无从判断。

"当然，不是故意的。"凯特继续说道，"是头鹿，一下子飞快地从草地里蹿出来，我压根就没看见。就在高速公路刚拐进乡间小道的那里，我们把它挪到路边上了，不过 …… 或许您能帮我们，…… 先生？"

"噢，当然当然，塔利斯女士。"店主一个劲儿点头，差一点给凯特鞠起了躬。常客桌旁的男人们再次停止了交谈，诺雅能感觉到他们向这边望来的目光。

"我来处理那只动物，塔利斯女士，明天一大早就去，全都交给我来做。我的名字叫作克洛普，古斯塔夫·克洛普。"店主伸出一只手来跟凯特握手。那只手小小的、汗津津的。凯特用力握住，一瞬不瞬地望着他的眼睛。忽然，凯特的声音再次变得铿锵有力起来。"太棒了，古斯塔夫。我可以叫你古斯塔夫吧？ 你就叫我凯特吧。"凯特喝了口啤酒，"我还有一个问题，是关于那栋房子的。看起来像是很久没人住了，里面有家具，虽然只能满足最基本的需求。不过大体上我还挺喜欢的，只是要费点力气整修 ……"

店主没让凯特把话说完。"整修，是的，当然了，跟我想的一样。玛丽的小伙子大卫可以帮您，他那双巧手可以点石成金，是不是呀，玛丽？"

店主转身望向那个女人，这会儿她正在柜台后面洗涮酒杯。"而且大卫肯定还能赚点零花……"店主顿住了话头，一副说错话的样子，不过凯特点了点头。

"报酬从优，必须的。毕竟我们来这里不是就住那么两三天，而是想长期租住的。换句话说，接下来的几年您可能得忍受经常见到我们呢，希望您别介意。"凯特拿餐巾纸擦了擦嘴，看了下白色餐巾上的红唇印记，重新送给店主一丝微笑。在她的某些电影里，翻云覆雨完之后，她也会摆出这副笑容。凯特称之为猫舔奶油罐式的微笑。凭这个她就将那个店主迷得神魂颠倒，喘不过气来。"上帝作证，我不介意。正相反，我，我们，您……我是说，我……我马上把那个小子带过来，塔利斯女士。"

店主跟跟跄跄地朝珍珠门帘的方向走去，显而易见，帘子将私人区域和酒馆分隔开来。

凯特咧嘴一笑，吉尔伯特摇了摇头："你是个没心肝的女人，你知道吧？"

凯特咯咯笑着："我只是想展示我的友好。"她无辜地说。

诺雅朝母亲投去一缕讥讽的目光，她随后望向柜台，捕捉到了那个女人的一缕微笑。玛丽·舒马赫和古斯塔夫·克洛普——看起来，这两人并非一对夫妻，而那个大卫显然也不是他俩的孩子。

"快看呀，"凯特开口说道，"我们的帮手来了。"

珍珠门帘又一次一分为二。

是那个少年，诺雅心里的念头响起，她有些无措地发现，自己的喉头一紧。是那个屋顶上的少年。

一头浅色的头发垂在额头上，天庭饱满而严肃，两道浓黑的眉毛之间竖着一道深深的皱纹。但是，少年捕捉到了诺雅的视线，他微微笑了起来——那是一种十分独特的微笑，安静而傲慢。那双绿色的眼睛凝视着她，但是目光令诺雅如坐针毡。她埋头专注于自己的盘子，因为心跳加速而生自己的闷气，于是故作淡漠地挖了一勺煎土豆塞进嘴里。

"古斯塔夫说您想跟我说话？"

少年冲着凯特开口问道，凯特正在给自己点着一根香烟。

"没错，我们租下了花园街的房子，整修的时候或许需要帮助。你是大卫吧？我是凯特，这是……"

"帮忙修房子没问题。"男孩打断了凯特的话头，脑袋转向门帘的方向。诺雅也听到那后面发出的一个奇怪的声音，听起来像是"啊嘿"，有点模糊不清，十分痛苦的样子。

帘子第三次分开，又有一个男孩从后面出现，膝盖点地滑进酒馆。诺雅咬住了嘴唇。这个男孩身患残疾，而且很严重。看不出他到底多大年纪，有可能12岁，也有可能20岁。一头深色鬈发像开葡萄酒塞的瓶起子一样卷曲着向四下散开，淡蓝色的眼睛像是要从眼窝里鼓出来，两只眼睛看向两个截然不同的方向。他的嘴角淌着口水，脖子上围着一片印着一只蓝色兔子的塑料围布，手里拎着一截短棍。每借着膝盖向前迈出一步，手里拄着的短棍就会发出笃的一声。笃……笃……笃……

常客桌边的男人们哄堂大笑，柜台后面的女人身体微微地抖了一下。诺雅被呛到了，难道这个男孩也是她的儿子？如果是的话，这个女人得怎样经常忍受这样的反应？还好这次凯特闭着嘴没有吭声。那个店主再一次从帘子后面跑出来，脸像着了火似的通红。"抱歉，"他的声音里充满惊恐，小声说着，"小克，你是想进来吗？小克！大卫马上就去找你，听见了吗？"

但是那个身患残疾的男孩并不在意他说什么。他匍匐着向那个叫大卫的男孩靠近，拽着他的袖子扯了扯。"啊嘿，啊嘿……"

"好的，克鲁莫，我在这里呢。"大卫伸出一只胳膊搂住他，"这是我弟弟克鲁莫。"他一边安静地说着，一边依次看向凯特、吉尔伯特和诺雅的眼睛。

"嗨，克鲁莫。"凯特从椅子上站起来，冲着残疾的男孩弯下腰，握住他的手，"我是凯特，这是吉尔伯特还有我女儿诺雅。"

吉尔伯特点头示意，诺雅试图挤出一丝微笑，但是她的胸口很堵，堵到想发狠跑出去。身体残疾的男孩咧开嘴，伸出舌头，向后仰着头哈哈大笑起来，与此同时，手里的短杖不断敲击着地面。

凯特也笑起来，不过那是一种温暖、温柔的笑，好像她和那个男孩一起对一个只有他们能理解的笑话乐不可支。

男孩放开自己的兄弟，抓住凯特一直伸过来的那只手。他又拉又扯，诺雅都不知道妈妈是如何做到继续保持微笑的，这个男孩几乎要把凯特拽倒在地。

"快回来！"

帘子后一位老妇人慌慌张张地挤出来，从她白发苍苍的盘发诺雅一眼认出，她就是今天下午看到的那个女人。

大卫称之为克鲁莫，店主称之为小克的那个男孩立马变得顺从起来，抵着膝盖返回到门帘那边。笃……笃……笃……

"再见，克鲁莫！"凯特在后面喊着，"谢谢你把哥哥借给我们。"

有很少的几个时刻诺雅感觉自己是爱妈妈的，这个时刻可以算得上是其中之一。

凯特冲大卫眨了眨眼，但是他却没有回应，只是将两个大拇指塞进牛仔裤的皮带扣里，眼里没什么表情。

"什么时候开始整修房子？"他之后问道。

"明天早上怎么样？"凯特左右摇晃着脑袋，"要不说好九点钟？"

大卫点头答应下来，然后就消失在门帘后，没留下一句告别的话。

诺雅第一个爬上床，却睡不着。窗户开着，窗帘被凉爽的夜风吹得鼓起来。下午的时候它们看起来还是灰色的，现在却是白色的。窗帘旁边的地上放着那只照相机，诺雅照了几张天空的照片，又照了几张星星的照片。这会儿，几百万只星星正星罗棋布在黑色的穹顶上。朋友们送她的卡片还躺在床单上。"祝你在世界上最糟糕的地方玩得开心，我们替你问候米克诺斯岛。娜丁和斯文嘉送上香吻！"

诺雅用脚丫子将卡片扫下床去，卡片落地，发出一丝轻响。凯特和吉尔伯特的声音从客厅里传了过来。凯特之前将带来这里的薄软的豪华绸缎在老旧的农夫椅上抖搂开来，在餐桌上 —— 其实也就是两个架子上托着一张木板 —— 铺开来一张白色桌布。紧挨着椅子立着一个古旧的带有灯罩的台灯，在它洒落的光线下，桌布看起来舒适无比。吉尔伯特将他那本大部头书放在上边，听到他开始对着凯特读起书中章节，诺雅忍不住莞尔。他读的片段正是关于请桌神以及降神的，说的是有两种方法可以将鬼神请回来。

"帮我个忙，饶了我，别给我读这些烧脑筋的乱七八糟，亲爱的，听到了没？"凯特打断吉尔伯特。

吉尔伯特被冒犯了，嘴里喃喃自语回答着什么，之后就安静下来。就连凯特也悄无声息起来，一时间四下如此安静，诺雅感到自己的呼吸忽然变得大声起来。

突然一下子，之前的那种感觉又冒了出来，就是那种被屋子里的某个人细细打量，一直盯着看的感觉。她坐起身，倾听着昏暗的夜色。

　　但是什么都没有，只有风，而且就连风也几乎不发出一点点声响。

　　不知什么时候，诺雅睡着了。

第 3 章

大卫和他的母亲玛丽

...

在母亲的床头柜上，我发现了《狮心兄弟》这本书，一下子读得入了
迷，入迷到看见约拿旦再次出现。他的出现让我觉得能够挽留他，
牢牢地抓住他。

伊丽莎

1975 年 7 月 7 日

...

"希区柯克"急促而兴奋的叫声混入了诺雅的梦境。这是凌晨才
有的那种梦境，没那么真实，仿佛用看不见的温柔的手牢牢禁锢住
一个人。诺雅醒来时，第一时间分不清楚自己身处何方。她眨眨眼，
抬手揉了揉眼睛，于是看见了那只鸟，安然地蹲在窗台上，显然这
就是"希区柯克"无比兴奋的原因。窗户大开着，猫叫声从下面的
花园里传了上来。肯定是凯特把猫给放了出去，而这只鸟又把"希

区柯克"体内隐藏的那个猎人给唤醒了。不过它够不着这只鸟儿，鸟儿将蓝色羽毛脑袋偏向一边，看起来似乎在微笑。

诺雅慢慢地、慢慢地伸出手去，将地板上的相机捞了过来。如同慢镜头播放一般，她在床上缓缓坐起，将相机端至眼前，聚焦镜头，手指按在快门上。就在她按下快门前的一瞬间，"希区柯克"宣战的叫声猛然变得极大声，于是鸟儿扑棱棱飞走了，消失在灰色的天空中。"希区柯克"恼羞成怒地冲着鸟儿消失的方向喵喵咒骂着，诺雅笑了起来。

"城里的家猫先生，看来你还得多加练习才行。"她冲着下面喊道，"你把那只小胖墩弄哪儿去了？"

不远处传来一声尖锐刺耳的猫叫声，给了她一个答案。"'胖可可'，给我滚蛋，你非得把这畜生放我被子上吗？"

半分钟之后凯特就站在了诺雅的房间里，身上穿着中式睡袍，胳膊伸得直直的，手指间晃动着一只死老鼠。"'胖可可'把早餐带到我床上来了！"她厌恶地骂道。

诺雅幸灾乐祸地笑了。"你得夸它，凯特，否则会伤害到它的傲气。而且之前你自己对它说的，它得自力更生，丰衣足食。"

凯特将老鼠从诺雅的窗户里扔了出去，看了看表。"哎呀，都十一点二十了！我睡得可真够死的，跟个土拨鼠一样。你看起来也一样，做美梦了没有？吉尔伯特说了，在新房子里做的第一个梦会好梦成真的。那个大卫到底人在哪儿呢？他不是说九点过来？看起来不怎么准时嘛。"

诺雅打了个哈欠，决定不回答凯特的任何一个问题，反正她已经不记得做了什么梦。尽管天空是灰色的，外面的空气却压抑而沉重。直到此刻诺雅才觉察到，自己应该是在梦中扒掉了衣服，身上只穿了条短裤，黑色的圆领短袖 T 恤还躺在地板上。诺雅套上短袖，从凯特身边经过，朝门边走去。她有点懊恼，因为还没套上牛仔裤。她能感觉到妈妈的目光正沿着自己瘦削的后背一路向下朝双腿滑去，于是不由自主地往下拽了拽短袖 T 恤，这样刚刚能遮住肚子上的那条伤疤。她突然转身，凯特其实已经张开嘴了，但是诺雅用充满敌意的目光注视着她，所以凯特投降一般举起双手。"没关系，我什么都不会说，我只是有时候不能理解，为什么你的腿这么瘦……"

"你还是闭嘴吧，凯特。"诺雅不让她继续说下去，同时心里第一百次寻思，确实连她自己也不理解，为什么凯特和自己会是一对母女。凯特身材高大，长着米洛的维纳斯那样的美臀，胸部丰满，一头红发浓密卷曲。而她，诺雅，又矮又瘦，肤色又黑。

有那么一阵子，诺雅一直坚信自己是凯特领养的，可是凯特哈哈大笑着说："相信我，心肝宝贝，17 岁是不能领养孩子的，那个年纪孩子得自己生。"

"见鬼，"凯特冲着她的背影喊道，"你怎么跟我说话呢？"

不过诺雅已经径直走过去，来到了走廊。她在书架前驻足片刻，瞅了瞅那些落灰的书籍。无论在他们入住之前是谁住的这所房子，看来看书的品味还挺多姿多彩的。书架上面的书简直就是大杂烩，有关于韦斯特林山的自然画册和彩色画报、翻得油脂麻花的通俗小说、大部头的医药专业图书，有指导如何克服失去家人的生活指南图书、丝绸封面的古典名著、快翻烂了的平装书，还有一本阿斯特丽德·林格伦写的儿童书，诺雅小的时候可是贪婪地读完了林格伦所有的书。

她微笑着从书架上抽出那本《狮心兄弟》。书的一开头有一段献词，模糊难辨，好像有人曾经把水洒在了上面。诺雅正打算试着猜猜看到底写的是什么，书里夹的书签引起了她的注意。这是一小段包装礼物的宽丝带，绿色丝绸质地。诺雅翻到夹着丝带书签的那一页，看到其中一句下面画着红线。

但是上帝会爱早逝的英灵。

"是你先去洗澡还是我先？"凯特的喊声从客厅里传来。

"我已经去洗啦。"诺雅急急将书放回去，向楼下走去。

浴室有点潮湿阴冷，光光的石板地面冰冷异常。看到结满蜘蛛网、满是污渍的窗户，诺雅不禁打了个寒战。没有盥洗池，只有一只白色的脸盆架在铸铁的底座上，还有一个马桶。因为知道这里没灯，昨晚诺雅和凯特上厕所可谓是速战速决。吉尔伯特为核桃树进行了特殊"洗礼"。凯特说，这是绝无仅有的几个时刻，令她十分羡慕男人长有那么个小玩意儿。假如她也能冲着树根撒泡尿，她会无比高兴的。

浴缸水龙头里放出来的水跟厨房里的一般冰冷。诺雅叹了口气，早晨冲凉的事就到此为止了。她刷了牙，像猫洗脸一样划拉几下，嘴里咒骂了几句，因为光脚向外走时一小块玻璃碴儿扎进了脚掌。

门厅里站着吉尔伯特，怀里抱着块木板，嘴里叼着一盒钉子。诺雅依然还穿着短袖短裤，当她踩着台阶上楼的时候，吉尔伯特冲着她的背影喊了几句，不过诺雅没听清楚。直到走进客厅，诺雅才理解吉尔伯特刚才想说的到底是什么。凯特坐在椅子上，跷着二郎腿，怀里抱着猫咪"胖可可"，正在跟人聊天。

她正在和大卫聊天。

太迟了，诺雅已经站在屋子中央。大卫扭头望着她，绿色的眼睛里有一种令人心安的清醒。他微微挑起一侧的眉毛，唇边再次泛出一丝微笑。虽然只是望着诺雅的眼睛，可是诺雅却感觉到他的视线笼罩着她，从头到脚。

"哇哦！"凯特发出一声怪叫。

诺雅拔腿向后，三步并作两步进了凯特的房间。但是心脏就像擂鼓一样，声音无比之大，比她身后啪嗒一声关上的房门惹出的动静还要大。"倒霉,"她嘀咕着,"倒霉,倒霉,真倒霉。"

诺雅将脑袋靠近房门,仔细倾听着大卫的脚步声,听到他穿过走廊下了楼,于是拉开门,几秒钟之后 —— 这次凯特没敢张嘴发什么怪音 —— 她的身影就消失在了自己的房间里。

两个小时后,是饥饿感将诺雅从房间里赶了出来。昨天的晚餐她就没怎么动,要是现在不赶紧给胃里填点东西,她会感觉很糟糕。一如既往,只要吃得太少,她都会这样。

诺雅在楼上给自己添加补给的时候,楼下大卫和吉尔伯特正在工作。诺雅听见他们锯子锯锯,榔头敲敲,似乎吉尔伯特把书架列在那个长长的整修清单的头一号。凯特在客厅里弄得叮当作响,听声音是正在撕墙纸。她边干活,边哼唱着法语香颂,偶尔还会朗诵一段她的新剧本。

诺雅走进客厅,凯特站在梯子上,咳得很厉害。一大堆灰尘从天花板上掉下来,落在她的鬈发上。她下半身穿着一条红色的紧身打底裤,上半身绷着一件胸口开得很低的白色圆领短袖 T 恤,上面印着几个红色字母:**壁花少女**。

"怎么样,你从惊吓中缓过劲来了?"凯特抖了抖头发上的灰尘,狡黠地冲着诺雅一笑,"别担心,亲爱的,那个男孩看起来也不像是第一次才瞅见姑娘只穿着短裤的样子。他可真是个养眼的小伙子呀。来，拿把刮刀，帮帮我呗？"

"凯特，我得先吃点东西。"诺雅把黑色短袖 T 恤塞进牛仔裤，径直朝楼下走去。希望吉尔伯特心里不光有这座房子，还会惦记空空如也的肚子。希望大卫不要出现在眼前。

厨房里飘着刚泡好的瑜伽茶的味道，桌子上放着一截面包、一大块奶酪、一块黄油，还有烟熏萨拉米香肠。诺雅一边往面包上抹着黄油，一边侧耳倾听吉尔伯特在屋子里跟大卫絮絮叨叨："心灵的能力蕴藏在每个人的身体里，你知道吗，它们只需要被唤醒并加以训练。昨天晚上我读到一份报告，是三个非常普通的大学生写的 …… 这里，你来听听看 ……"短暂的一个停顿之后，响起了吉尔伯特引用书中段落的声音。与此同时，锯子发出强劲的锯木头的噪音，吉尔伯特不得不扯着嗓子喊，才能盖得住锯子的声音：

　　但是大学生们的注意力高度集中，那张桌子在两条桌腿的支撑下变得倾斜起来，另外两条桌腿悬在空中。下一刻桌子回复原位，桌腿砰的一声轰然触地。紧接着，是第二次撞击。"接着，"领头的女大学生说道，"我们想让撞击的声音更响一点，让发出的信号力量更大些！"两声巨响随之响起。"你以肉身出现的时候，是叫唐纳德·米勒吗？响九下表示是，响两下表示否。"桌子叩地九下。"是从一个警察佩枪里射出的子弹杀死你的吗？ 响一下表示是，响三下表示否……"

吉尔伯特极具艺术性地做了下停顿："好啦，先到这里，你觉得怎么样？"

锯子的噪音停了下来。"听起来像是一张破桌子和吸毒过量意识不清，"大卫的声音传来，"还是说你真的相信这些无稽之谈？"

一粒面包屑误入诺雅的气管，将她的扑哧一笑变成绝望的咳嗽声。她完全喘不过气来，拼命想攫取空气，可是呼吸困难，于是她一边喘着粗气一边举起胳膊。这当口，吉尔伯特几个箭步来到厨房，拍打着她的脊背。

"这就是偷听的结果。"等诺雅平复下来，他嘴里咕哝着说。

"才不是，"诺雅咧嘴一笑，"这都是听你那些不断给人灌输的胡言乱语的结果，没办法啊，只能咽下去。你从来没觉得不好意思吗？"

另外那个房间里，大卫又开始锯东西。吉尔伯特不好意思地耸了耸肩。诺雅从水管里灌了几口水，然后上楼，去帮凯特撕墙纸。

等到中午刚过，客厅的门打开时，一面墙已经大致上被解放出来了。

"这活儿您丈夫在底下一个人也搞得定，"大卫说道，"他让我最好来问问您，看看这里有什么是我可以搭把手的。"

"你能帮的最大的忙，"凯特用袖子擦擦额头，开口说道："就是别用尊称来称呼我。我叫凯特，你忘了吗？不过要是你有兴趣，可以开始粉刷这面墙。我丈夫……"凯特吃吃笑起来，"有没有想到要准备刷墙的石膏？哦，已经拿来了呀。给你，你可以拿着我的刮刀，我得休息一下。"

凯特快速离开房间，只剩下诺雅和大卫两个人在屋里。诺雅恨不能与空气化为一体。她站在梯子上面，大卫站在梯子下面。突然，诺雅有种感觉，就像是今天早晨窗台上的那只鸟给她的感觉一样——区别就是，她没有翅膀，没法把自己从这种境况之中解救出来。从来没有人，包括海克，让她的身体有这种感觉。她的胸中微微有点痒痒的，膝盖有点抖抖的，很想猛地一把推开窗子，虽然窗子早就大开着。

在这期间，大卫一眼都没看她，他只是盯着墙，一遍遍刮着坑坑洼洼的墙面。与此同时，诺雅在绝望地搜肠刮肚，想着怎么开口说话。

"像你们这样的人，到底想在这么个村子里干什么呢？"大卫突然开口问道，还是没有抬眼看诺雅一眼。

"是凯特。"她开口说道，为自己能想点别的，而不是只专注于自己不安的情绪而感到万幸。

"是我妈妈凯特想来这里，她……"诺雅刚刚开个头，就又顿住了。该怎么说，该怎么解释，才能不伤害这个男孩的感情？凯特在人生的道路上攀登到了一个高度，差不多是心想事成，如今她又开始渴望返璞归真——就好像有人几个月以来都是喝香槟、吃鱼子酱，一下子忽然对黑面包和肝肠爆发出热情。凯特热爱极端，凯特需要极端。从前她可以在柏林的家里泡一个豪华奢侈的澡，那她现在就打算走另外一个极端：可以这么说吧，来坨牛粪。

"凯特需要为她的一个角色采风，"诺雅最后说道，"她的新电影也要在农村取景。为了准备角色，她通常都会尽最大努力，会贴近电影中扮演的人物，像她一样生活一段时间。"

诺雅呼出一口气，这也不完全算是撒谎。凯特的新作品，一部悬疑电影，确实发生在一个村子里，虽然不是在德国，而是在英格兰北部。

"那你呢？"她羞怯地问大卫，"你们在这里生活多久了？"

大卫从裤兜里掏出一包烟来。

"三周。"他回答，声音带着一点美国腔，"我们之前住在巴黎，现在准备马上去美国，但是我们在好莱坞的顶层豪华公寓还没准备好，所以先在这里逗留一段时间，挖一挖牛粪，等着私家飞机来接我们。"大卫往嘴里塞了根香烟，点燃，冲着上方的诺雅吐出一口烟。诺雅发现他促狭的笑容，于是心情放松下来。

"你个坏蛋。"她说。

"谢谢夸奖，你也是。"大卫盯着诺雅的眼睛回以颜色。

随后他抓起那盒石膏，朝门口走去。就在拉开门前的一瞬间，诺雅再次闻到了那种香气。香气突如其来，而且这次她似乎不再是唯一能闻到的人。

大卫转身望向诺雅，眉头紧锁。"这款香水不适合你。"他简单实在地说，"我马上回来，你待着别动，小心别摔下来。没问题吧？"

诺雅点点头，一边满心疑惑，一边又有点儿兴奋。

大概四点钟，有人在底下敲门。诺雅和大卫齐心协力把墙刮了一遍，诺雅时不时瞅一眼大卫的手，望着他白皙纤细的双手，安静而目标明确地工作着，专注于它们触摸的东西。

在此期间，凯特开车去离得最近的城市购了物，之后就只有一次短暂地将脑袋伸进门来，想看看他们两个进展的是不是顺利，顺便还邀请大卫一起共进晚餐。大卫拒绝了，诺雅一半如释重负，一半又觉得失望。

不过这会儿凯特的声音又传了上来。"嗨，你们俩，下楼吧。送货上门哈，有新鲜出炉的苹果蛋糕。"

门厅里站着玛丽，大卫的母亲。诺雅现在能够明显分辨出这两个人哪里长得相像。同款的绿色眼睛，皮肤也一样白，虽然玛丽的脸更圆一点儿，而不是像大卫那样的棱角分明。她也没有大卫额头那道深深的皱纹，不过眼睛下方的黑眼圈却显得比昨天更深。玛丽手上端着一个蛋糕托盘，在她身旁，轮椅里坐着克鲁莫。克鲁莫一看见大卫，就啪啪拍起手来，嘴里流着口水，口齿不清地叫着大卫的名字："啊嘿……"

"您看到了吧，玛丽？"凯特冲着大卫的妈妈眨了眨眼，"您儿子也愿意留下来喝下午茶呢。我的意思是说，还能去哪儿呢？您给我们送来了蛋糕，难道不该附赠邻里之间的往来吗？哎呀，我是想说，其实一点也不用跟我们客气。你觉得呢，吉尔？"

吉尔伯特点头表示同意，玛丽温顺地微笑着。但是将轮椅推进门厅的时候，她的双手有那么一刻紧紧握住轮椅的把手，指节都泛出了白色。或许是因为克鲁莫，诺雅心想，玛丽是担心，不知道我们心里会怎么想他。

"嗨，克鲁莫。"诺雅很快说道，"能跟你们一起吃蛋糕，真是太好了。"

除了吃的东西，凯特还买了餐盘、刀叉和一张朴素的白色桌布。等到六个人围坐在小小的厨房桌子旁，凯特就开始滔滔不绝地讲她刚刚拍完的电影，讲她在拍摄期间遭受的巨大压力，讲"真正的劳动"是她的兴趣所在，就是那种只用双手干活，过程中间大脑可以完全关闭的劳动。虽然她现在正在为新角色做功课，不得不拒绝一厚沓糟糕的剧本。

桌子底下卧着"胖可可"和"希区柯克"，正从两只碟子里舔着奶油。门厅里，克鲁莫玩着凯特放在伞架上的雨伞，嘴里发出轻微含混的声音，一阵阵飘进厨房。

玛丽听着凯特聊天，唇边挂着一抹克制的微笑，这让诺雅从第一眼见到她就挺喜欢她。在她旁边，大卫手里转着一根香烟。玛丽轻轻叹了口气，但是大卫并不理睬。他点着烟，望向窗外，诺雅从他的脸上无法判断，到底是无聊还是心不在焉。外面的天色依然还是一片灰色，这座房子上方的空气像铅一样沉重。

凯特换了一个话题。"顺便提一句，我已经去拜访过房东哈尔塞特了，他门口的那位老太太简直吓得我灵魂出窍。老天爷呀，这要是在电影里，直接就会被当女巫给烧死的。"

玛丽微微笑："是，她看起来有点让人害怕，您没说错。她是哈尔塞特的岳母。哈尔塞特的妻子走了以后，他们两人就相依为命。"

凯特摇摇头，好像无法相信有人会跟自己的岳母住在一个屋檐下。

"不过那个农夫也是一个怪人，"她问，"您了解他吗？"

"说了解有点夸张，"玛丽回答道，"在这村子里，当然大家都互相认识，不过哈尔塞特很少在酒馆里出现。要是牧场里有活要干，大卫有时候会帮他一把，打打桩，修补修补栅栏。艾斯特尔，就是古斯塔夫的妈妈，总在哈尔塞特那里买新鲜的牛奶和鸡蛋。"

"好主意。"凯特说道，"那这房子呢？这个哈尔塞特以前在这里住过吗？或者说这里从来就只是个度假屋？他当时不愿意跟我多说，不过可能也是因为我在他刮鱼鳞的时候突然打扰了他。"

玛丽呷了一口咖啡，目光掠过大卫向窗外望去，瞬息间瘦削的肩膀仿佛紧绷起来。

"这房子归哈尔塞特的岳母所有，不过这些年一直都是哈尔塞特在打理。以前城里有一家人，周末和假期会来这里住，但那也是很久以前的事了。我……"玛丽向诺雅看去，眼神突然因为害怕闪烁起来，她声音沙哑地接着说完这句话，"……我当时大概是您女儿的年纪。"

"哇哦。"凯特撩开脸上的一缕鬈发，"看来这房子确实有多年空着没人住了。说说您吧？您住在这村子里多久了？真的是从少女时代就一直住在这里吗？"

能看出来，光是想象这件事，就让凯特觉得不可思议。诺雅意识到，之前她这么问大卫的时候是多么的幼稚。突然，几乎有种冒犯了别人的感觉涌上她的心头。

"我在下面的村子长大，"玛丽回答道，"但是自从我丈夫……自从我和丈夫离婚，我就和两个孩子租了古斯塔夫和他妈妈的房子住。古斯塔夫也是在这里出生的，我俩小时候还一起上过学。如今对于孩子们来说，他就像是一个舅舅。实际上，没有人会搬来这里住，要是有可能，大家都往外面搬。"

大卫将烟头摁灭在凯特推给他的一个碟子上。"重点在**要是有可能**。"他冷冷地说。

玛丽垂下头，一抹悲伤的笑容停留在唇边。

直到现在一直在聚精会神消灭自己那份苹果蛋糕的吉尔伯特，刚张开嘴想要说点什么，突然楼上传来一阵声响，听起来像是呻吟声，但是声音很大，穿透力很强，吓得吉尔伯特吃蛋糕的叉子都掉了。

几乎同时，玛丽和大卫一跃而起。诺雅、凯特和吉尔伯特紧跟着站了起来。

克鲁莫已经不在门厅里，应该是之前不知怎么沿着台阶爬了上去，这会儿正跪在阁楼前的台阶上。他完全情绪失控，两只胳膊向空中使劲摆动着，就好像在对抗一个看不见的对手。他的呻吟声也变了，变成尖厉、恐惧的喊声。玛丽的脸像死人一样苍白。"小克，好孩子，我的宝贝，放松些，一切都过去了……"她冲儿子的方向跨出一大步，却在碰到他肩膀的时候惊恐地朝后一退。

大卫努力想要抓住弟弟的胳膊，但他需要跨出整整三大步才能够到他。大卫将弟弟紧紧搂在怀里，像抱着一个巨型宝宝一样轻轻来回摇晃着他。几分钟后，克鲁莫的声音渐渐变小，最后停了下来。

凯特、吉尔伯特和诺雅站在玛丽身后，她正努力打起精神来："请原谅，这孩子没办法 …… 我 ……"

"别再为了他向别人乞求原谅！"大卫冲着母亲吼道。

玛丽还没来得及回答，凯特伸手搂住了她的肩膀。"我觉得您儿子说得没错，玛丽！ 您可以问我女儿，偶尔我是怎么到处大吼大叫的，跟我相比您的小克还是只小绵羊。是不是呀，诺雅？"

诺雅点点头，很感激凯特的谎言。玛丽看起来像是每一秒钟都有可能流泪的样子。"谢谢您，塔利斯女士。我，我们 …… 在这个村子里，我们带着小克的日子不好过。来 ……"她伸手握住克鲁莫的手，温柔地把他从大卫的怀里接过来，"跟妈妈走，我们回家。大卫一会儿就回来了，听到了吗？ 来，宝贝，艾斯特尔奶奶还等着我们呢。"

克鲁莫的眼睛里闪过一丝害怕的迹象，但他又很快平静下来，任由母亲带他下楼。他们走得极其缓慢，一步一个台阶。诺雅听着玛丽在楼下的门厅里帮他坐回轮椅，轻柔又充满爱意地对他说着话。随后，大门合上了。

大卫站起身，将额头的碎发撩向一边，然后望着凯特。

"您也需要这个来为角色做准备吗？"他不屑地问，"是因为这个，您才让他们两个留下来喝咖啡的吗？"

诺雅看见吉尔伯特吃了一惊，但是凯特的表情丝毫没有变化。

"曾经有个角色找上我，"她平静地回答道，"让我扮演一个残疾孩子的妈妈。我拒绝了，因为我觉得那个妈妈的角色不现实。那个妈妈对把她的生活变成地狱的儿子总是充满耐心，总是和颜悦色，从来不会发脾气，也从不会口出恶言。我对导演说，写剧本的人完全没概念，根本不存在这样的妈妈。但是我想，是我搞错了。你妈妈就是这样的，没错吧？"

大卫盯着木地板，盯着之前弟弟跪着的地方，然后盯着依然还锁着的阁楼屋门。之后他望向凯特，诺雅发现他眼里充满了愧色。"通常情况下克鲁莫发作是因为有什么东西让他感到害怕。"他轻声说。

凯特和吉尔伯特交换了一下眼神，不过后者一筹莫展地耸了耸肩。"或许是只老鼠，"诺雅说道，"'胖可可'今早给凯特孝敬了一只当早餐。"

大卫忍不住微笑起来。"或许吧。"他说，"那么接下来我会继续收拾墙面，你帮我吗？"

他扶着通往客厅的门，等诺雅通过。这一整天诺雅还没出过门，不过现在可不仅仅只是灰色的天空不让她出门了。

等到大卫告别离开，天色已经完全暗下来了。客厅已抹好石灰，明天应该就可以粉刷。凯特邀请大卫下次一起共进晚餐，他答应了。

诺雅送他到门口。

"这位吉尔伯特不是你的爸爸,对吧?"在离开前,大卫问道。

诺雅摇了摇头。"他是凯特的男朋友,"她小声说道,"不过他俩之间没什么。那你爸爸呢? 他在哪儿?"

大卫没有回答,眼睛在诺雅的脸上游弋,最后停留在她的唇上。"你和你妈妈,你们有着一样的唇型。上嘴唇中间的弧度,跟心的形状一样。"

大卫将手指放在诺雅的嘴唇上,诺雅一下子躲开了,感觉那里像着了火。

只是之后躺在床上,等凯特和吉尔伯特早都睡着了,她才将自己的手指放在那个位置上,向夜色低声呢喃着大卫的名字。

第 4 章
画家罗伯特

...

长着痣的少年，他叫罗伯特，帮忙整修房屋。父亲立刻向他抛出渔钩，他想找个约拿旦的替代品，就好像我根本不存在一样，为此我更加恨他。不过罗伯特可不上钩，他一言不发只是工作。离开前，他望着我，他的眼睛如此深沉，几乎看不见瞳孔。我想，我决定喜欢他了。

伊丽莎
1975年7月9日

...

这一回是大卫吵醒了诺雅。他和吉尔伯特站在客厅里，正逐一列举接下来的房屋整修工作可能需要的材料，而客厅通往诺雅卧室的房门只是半掩着。

诺雅从床上坐起身，几乎是下意识地屏住呼吸。大卫的声音如此接近，就好像直接站在她的房门前。忽然间诺雅有种感觉，大卫是故意把说话的声音提高了那么一点点。

"听起来要大肆采购一番了。"大卫开列清单结束之后，吉尔伯特开口说道，"你真的要一个人去，或者还是我陪你一起吧？"

"嗯……"大卫顿了一下，"诺雅已经醒了吗？"

诺雅一跃而起跳下床，完全不假思索，在快到门口之前又努力平复了一下心绪，然后才将脑袋伸出门缝，满头黑发还因为前一夜的睡眠看起来乱糟糟的。

"我跟你一起去。只不过我还得先简单收拾一下，没问题吧？"

一刻钟之后，大卫替诺雅拉开那辆大众车的车门。这辆车实在是太棒了，车身上有上千颗星星，深蓝色的背景上遍布着微小的银色斑点。

"是你自己画的吗？"诺雅爬上副驾驶座位的时候问道。

大卫点点头，打着车，诺雅吓了一跳，因为车里音箱发出的音乐声震耳欲聋。

> 乔尼在他的车里捉星星，
> 开着收音机，
> 在停车场。

"这还挺应景。"大卫将音量调低时，诺雅哈哈大笑着说。面包车里的味道令人感到舒适，是一种混合了湿木头、香烟和须后水的味道。诺雅瞅了眼后面，工具和杂志放在一个很宽的塑料布上，底下似乎是张床垫。

"吉姆·卡罗尔，"大卫说道，"这张唱片是吉姆·卡罗尔的，你听说过他吗？"

诺雅摇摇头，把车窗摇了下来。

外面依然还是一片灰色。从昨天起，村子上方就笼罩着那种令人压抑的沉重。在诺雅看来，跟昨天相比，此刻天空的铅灰色似乎更加凝重，预示着一场山雨即将到来。

离度假屋不远的岔路口，一座棕色砂岩建成的房屋前，坐着一位年岁极高的老太太。老太太盘腿坐在一张折叠椅里，心思半沉浸在自己的世界中，就好像有人将她丢在那里，因为再也用不着了。老太太一身黑色，苍白的双手放在膝盖上，脸上布满上百条皱纹，几乎认不出模样来。但是当大卫开车从她身边驶过时，老太太猛地抬起头，两只异常锐利的蓝眼睛紧紧盯着诺雅。

"哈尔塞特的丈母娘，"看诺雅吓了一跳，大卫咧嘴一笑，"这个老太太都快100岁了，半个村子的人都怕她，因为有时候她会追着人们喊些莫名其妙的话。说起来，都是些乱七八糟的事情。吓到你了吧？"

诺雅点点头，想起昨天凯特喝咖啡时对玛丽说过的话。凯特说得没错，这老太太看起来真跟女巫没什么区别，就像从一本童话故事里蹦出来的一样。忽然，诺雅不由得想起镜子上那几个字：**白雪公主**。

往前又开了一段距离，他们看见了克鲁莫。他正跪在酒馆前，身旁是那个拄着拐杖的白发女人。在诺雅看来，跟那个女巫相比，这个女人几乎可以说得上是年轻。在她和克鲁莫之间，有一只白点红底的皮球，这会儿克鲁莫正冲着它滑去。大卫摁了下喇叭，克鲁莫抬起头，噼里啪啦拍着手。那个女人只是抬起手打了个招呼。

"是艾斯特尔奶奶吗？"诺雅问。

大卫点点头。"她是古斯塔夫的妈妈，但是对我们来说她就像我们的奶奶，很溺爱我们，几乎就像爱她的古斯塔夫一样。克鲁莫特别依恋她，但她那种过分亲切周到的方式让我有点烦。我敢肯定，要是我因为吸毒进了局子，她依然还会称我为她的好孩子。"

诺雅回头望去。她只见过艾斯特尔几面，但是那种过分亲切周到她可没感觉到。

"昨天克鲁莫后来又平静下来了吧？"

"也就那样，"大卫耸耸肩，"不知道为什么，在楼上走廊里他会吓成那样，你妈妈的反应真是太酷了。"大卫看着诺雅，"抱歉，我那个时候没能控制住自己。"

诺雅只是点点头。"这应该对你来说没那么容易。"过了一会儿，她开口道。

大卫没再做声，而是又拧大了收音机的音量。

> 比利没问为什么，
> 他只是盯着天空。
> 他说："爱总是令人折腰，
> 就像不得不付房租。"
> 他将爱情变成了一场犯罪。

"吉姆·卡罗尔在纽约最糟糕的街区长大，"大卫开口说道，"少年时期深陷毒品的泥沼无法自拔，直到遇见一位黑人才把他解救出来。吉姆曾经是美国职业篮球运动员，但他之所以出名，是因为他少年时期写的日记。后来他成了音乐家和作曲家，作的曲子对我来说像诗歌一样，甚至为了理解它们，我狠下功夫猛习英语，特别是吉姆写的那些关于星星的歌。几乎他的每一首歌里都会有星星出现。"

诺雅忍不住微笑起来。她没料到大卫竟然会这么滔滔不绝。谈起那位音乐家，就好像是谈他的老朋友。而那位音乐家对他而言，也同样是老朋友一样的存在。毫无疑问，是灵魂伴侣那样的存在。

"那你呢？"她问，"你也写歌吗？"

"我吗？"大卫笑着回答，"不，我更喜欢听。有时候，我会带着吉姆的音乐爬上房顶去听。你知道的……你们刚来村里的那个晚上，咱们见过的。"大卫狡黠地一笑，"要是你愿意，回头我带你上去。"

诺雅叹了口气。"可惜不行，我……我恐高。"

"恐高？！"大卫丢给诺雅一个吃惊的眼神，就好像她跟他说的是自己得了什么要命的病似的，"天哪，还有这样的事情？"

诺雅耸了耸肩："我也不知道怎么回事，从我懂事起我就恐高，你压根就别想把我弄上三米跳台去。"

大卫无法置信地摇摇头："恐高，我想要是我自己恐高，估计就得拿根绳上吊去了。能从某个高处远望大地，没什么能比这个更好的了。"

诺雅沉默着向车窗外望去。这会儿他们已经离开村子，从乡村小道开到了公路上。经过两天前凯特轧死那头鹿的地点时，诺雅不由得喉头一紧。麦田旁边的街道上还留有星星点点的深色血迹，不过那头动物已经不见了，诺雅很高兴大卫根本没注意到那摊血渍。

建材市场位于距离村子最近的那座城市的边缘，是一座闪烁着霓虹灯的丑陋建筑，有一片占地面积很大却基本上全空着的停车场。城市的名字叫作哈亨堡，按照凯特的说法，跟一个小巧可爱的首饰盒差不多大。文艺复兴风格的建筑，有一家天主教堂，曲折的小巷，还有一座铺着鹅卵石的市场广场。诺雅很希望跟大卫在这里喝杯咖啡，不过凯特让他们别耽搁，立刻返回，因为她打算今天就把客厅搞定。

大卫拉出来一辆巨大的购物车，跨了一步直接跳了进去，然后冲着诺雅眨了眨眼："现在你就是司机啦，如果可以的话，向颜料区挺进！"

诺雅咯咯笑起来，双手紧握购物车把手，开始加速助跑。货架直抵天花板的过道里空无一人，所以购物车跑得飞快。大卫嘴里吹着口哨，诺雅也加快速度，一只腿抵着购物车的铁架子，另一只腿使劲向后蹬，嘴里哈哈大笑着。这么简单，原来这么简单，就能感觉到幸福。

诺雅又加快了点速度，等到看见后面一排货架旁边站着个黑发男人，已经太迟了。大卫两只手在空中挥舞，可是诺雅已经来不及刹车，一下子撞上男人的脚后跟。男人踉跄着，双手大张，直直向一个颜料罐码成的塔栽过去，简直就像是一出滑稽戏表演。叮当哐啷，颜料罐塔轰然倒塌，几十个罐子滚了一地，那个男人就坐在当中。一开始，诺雅吓得呆若木鸡，但是这个场景实在太搞笑，依然还坐在购物车里的大卫居然没心没肺地捂着嘴噗嗤一声笑起来。没办法，诺雅也控制不住自己跟着笑起来。

那个男人挣扎着爬起身，拍了拍裤腿，看着诺雅。他左边脸颊的颧骨处长着一颗圆圆的黑痣，虽然看起来个头不算太高，但却显得十分强壮，很有男子气概。他的脸很严肃，嘴唇很薄，浓密的眉毛下，两只眼睛靠得有些近，眼珠的颜色极深，几乎无法跟瞳孔区别开。售货员飞奔而来，想知道究竟发生了什么事情。男人一言不发，没解释一个字。

他只是耸耸肩，拿走一罐涂料，冲大卫点了点头，然后拐个弯离开了。

"你认识他吗？"和大卫一起帮售货员把那些罐子恢复原位之后，诺雅问大卫，"要不然他为什么跟你点头？"

"他跟我们一样，也住在村子里。"大卫说道，"一个挺偏僻的地方，在下面森林那边。这家伙是位画家，大家都叫他罗伯特，姓什么我不知道。有时候，他在大自然里搞些事情。要我说，这家伙挺不寻常。我曾经向我妈妈和古斯塔夫打听过他，不过他俩只告诉我最好离他远点儿。村里也没人说起他。"

大卫伸手握住购物车。"来吧，咱们得赶紧了，要不你妈妈肯定会把我扔出家门的，因为我带着你在这一片儿晃荡来晃荡去，就是不干活。你可不愿意这样吧，或者说其实你也愿意？"

大卫一撩头发，冲着诺雅眨了眨眼。诺雅飞快地转过头，为了不让他看见，血一下子蹿上了她的脸颊。

这之后，他们采购完大卫之前清单上列的东西，出发返回村子。

第 5 章

降灵游戏

…

今天我和玛丽在一起，就是那个头上编着金色辫子，身上穿着粗布裙子的姑娘。她已经快满16岁，但却还是像个小孩子一般害怕鬼魂。她说，她的柜子里住着一个鬼魂。我低声告诉她，我能感觉到，而且我相信，它想跟她说话。我告诉玛丽，她应该大声叫那个鬼魂。当她吓得面色苍白时，我就嘲笑她。

伊丽莎
1975年7月11日

…

时间就像长上了翅膀，一整天飞一般地就过去了。只有外面笼罩着的灰色的沉重的闷热感，依然没有什么变化。看不见太阳，下午也不见它冒出头来，每过一小时空气都会变得更加令人窒息。吉尔伯特不停地在太阳穴上涂抹着虎牌清凉油，以此来抵抗头疼。凯特咒骂着，这是什么鬼夏天，根本就不是她想要的那个样子。就连两只猫咪似乎也被这天气搞得筋疲力尽，"胖可可"整天蜷缩着躺在诺雅的床上，"希区柯克"也在阁楼的台阶前打着盹。只有诺雅不受这鬼天气的影响，只要大卫开着玩笑，能听到他时不时爆发出爽朗的笑声，看到他双眼突然绽放出光芒，不止一次去捕捉诺雅的目光，灰色的天空就完全影响不了诺雅。

大卫完成了全部的工作。在诺雅的帮助下，他刷白了墙，把天花板的一道道木梁涂成了黑色，还跟凯特一起，把走廊里的书架搬进了客厅。

到了晚上，原来的客厅大变样，变成一个简朴、充满乡村气息却极其舒适的起居室模样：古旧的瓷砖壁炉，两把圈椅，几盏老式台灯，还有擦拭一新的书架。在那张大餐桌上，凯特安放了一座猫形烛台，上面点燃着一只暗红色的蜡烛，还有一束从花园里采摘来的五颜六色的野花。

随后她烹制了诺雅最爱吃的菜：红酒炖鸡，配迷迭香土豆和新鲜的沙拉。

以后的日子，诺雅经常会问自己，要是那一晚她没有跟着一起玩那个游戏，会发生什么呢？要是他们就那么坐在一起，聊聊天、打打牌、看看电视，就跟普通人会做的那些事一样，一切会不会就大不相同？但他们不是普通人，至少吉尔伯特和凯特不是。事实上，他们玩了这个游戏，而奇怪的是，提出玩游戏的人居然是大卫。

他们坐在客厅的餐桌旁，盘子里的东西被扫荡一空。为了庆祝完工，凯特特意拿出来一瓶香槟。香槟让诺雅的意识麻酥酥的，吉尔伯特又讲了鬼魂故事，凯特听了之后放声大笑。笑声肯定一路传进村子里去了。外面黑了下来。

吉尔伯特刚刚读完那本心理学著作的最后一页，书里解释了降灵的另外一种形式。要完成它，只需要一张纸、一支笔、一个杯子，还有强大的神经。

"好吧，那我们就玩一局吧。"大卫笑着说，"来吧，吉尔伯特，如果你真的相信这些废话，那我们就请鬼神降临一次吧。"

凯特夸张地抚着胸口，疯狂摇晃着她那满头的红色鬈发，但是大卫眼里闪烁着纵情欢乐的光芒。诺雅拜托了很久，才让凯特安静下来。

三分钟不到，吉尔伯特就在桌子上铺开一大张白纸。

"来吧。"他说，一张圆脸因为激动而泛着红光。

诺雅忍不住咯咯笑起来，她已经很久没有这么好的感觉了。根本用不着相信什么鬼神，对于如此安静的一个乡村夜晚，这样的一个游戏简直就好像为它安排的。

吉尔伯特画了个大圆，在圆圈外面标上字母 A 到 Z 和数字 1 到

9，在圆圈里面又画了四个小圆，分别写着**"是""不是""我不知道"**和**"我不愿意"**。

"我也不愿意。"凯特说道。吉尔伯特送给她个白眼，指着铸铁烛台，"开始啦，让我们点燃宝藏吧。"

风如静止一般，黄色火苗一动不动。诺雅向窗外望去，夜色中没有一颗星星，甚至连月亮都看不见。

吉尔伯特关了灯，蜡烛的火苗在新粉刷的墙上投下黑色的阴影。诺雅看向大卫，忽然心跳极快。

最后，吉尔伯特还点燃了一根线香。

"哦，别呀，"凯特抗议道，"可别还搞这个。"

"要的，"吉尔伯特说道，"要搞的，什么味道闻起来都比涂料的味道好。"

他这次并不是完全没有道理，诺雅心想。线香浓郁的香气已经在房间里弥漫开来，真的压住了涂料的味道。

"可以开始啦。"吉尔伯特郑重宣布，"大家吸口气，把你们的食指和中指放在这个玻璃酒杯上。"

"你想要哪根中指？"凯特问，左手握拳，右手像是画了个圈，同时慢慢比出两根中指，"这根还是另外这根？"

大卫扑哧一下笑出声来，刚刚喝进去的香槟从嘴里喷出，像下了一场香槟雨，吉尔伯特将将来得及挪开那张纸。

"另外那根。"吉尔伯特一本正经地回答，"我们到底是玩还是不玩呀？"

"玩呀。"凯特呼出一口气，换上一张正儿八经的面孔，惹得大卫又险些忍不住把嘴里的香槟向外喷出来。

但是吉尔伯特的样子看上去就像是有人再捣一次乱他就会离开客厅似的，于是最终所有人将右手的两个指头放在了玻璃酒杯上，努力做出一副严肃的样子。

"闭上眼。"吉尔伯特发号施令。

诺雅最后一次捕捉到大卫的目光。他冲她眨了眨眼，然后闭上了眼睛。诺雅也合上眼睛。她的指尖触到了大卫的手指，一种几乎像过电一样麻酥酥的感觉从脑袋沿着胸口直冲小腹而下，在那里倾泻开来。是她的幻觉，或者是大卫的食指微微抬起了些许，为了与她的食指嬉戏一番？诺雅蓦地撤回自己的手指。

"吸气，"吉尔伯特低语道，"吸气，呼气，吸气，呼气，深呼吸，一直抵达腹部，保持手指静止不动，不要用力，让它们非常轻柔地留在杯口上。"

有那么一段时间，诺雅只听见自己极力保持严肃的沉重的呼吸声，然后她听见吉尔伯特的声音再次响起。

"你在吗？"

从后面圈椅的方向传来"胖可可"的哈欠声。凯特吃吃笑着，诺雅咬着牙，这次可千万不能再笑场了。

"你在吗？你……在……吗？"

酒杯晃动了一下，十分微弱，几乎感觉不到。诺雅睁开眼，太不可置信，可是似乎真的起作用了。此刻，就连凯特和大卫也皱着眉头，紧紧盯着酒杯。酒杯慢慢地，但确定无疑地向左边靠近，朝着写有"**是**"的那一区。毫无疑问，他们并没有用手指推动那个酒杯。那个酒杯纯粹是靠自己动起来的，轻得像片羽毛一样，就在他们的手指下的纸上滑动。几秒之后，酒杯来到选定的区域停下来。

吉尔伯特最后一个睁开双眼，烛光倒映在他的瞳孔里。"看到了吧，"他似乎在思索，"看到了吧，我是对的。"

"返回圆心，"他向屋里窃窃私语，"现在返回到圆心。"

酒杯又运行回去，然后吉尔伯特问了下一个问题：

"告诉我们你的名字，拼写你的名字。"

有那么一会儿，什么都没有发生。凯特的唇边正要扯出一丝略带嘲讽的微笑，但随后杯子又重新运行起来，冲着圆心的下方。

我不愿意

"返回圆心。"吉尔伯特用他那种窃窃私语的声音命令道。

随后他说："要是不愿意告诉我们你的名字，那可以再问你一个问题吗？"

酒杯又朝着圆圈上方移动，缓慢而犹疑。

我不知道

"你是男人吗？"

酒杯向右移动。

不是

"你是女人吗？"

酒杯再次向上移动。

我不知道

"或许你是同性恋？"

这个问题是凯特提的。大卫龇牙咧嘴地疯乐着，诺雅又开始紧咬下唇，吉尔伯特的样子看起来像是恨不能甩给凯特一巴掌。

"再说一次这种话，"他带着威胁的语气说道，"我就再也不会跟你说一个字。"

凯特做了一个鬼脸。"或许我们在呼唤鬼魂的时候应该多带一点自身经验，你觉得呢？"她很无辜地问。

吉尔伯特完全忽视她的建议，从他们的指头下拿开那个酒杯，晃了晃，又重新放在圆圈中央。他又从头开始玩了。

这第二个鬼魂是个男人，而且，他将把自己的名字告诉他们。这一次可以满足他们的问题。

凯特的嘴角又向外扯开来，而且眼角细细的皱纹里隐藏着嘲讽，但是诺雅紧张地咬着嘴唇，当酒杯以一种令人惊讶的速度在他们的手指下朝着字母 V 移动时，她感觉自己后脖颈上的寒毛都竖起来了。这个游戏这么玩儿，实在太不可思议。到底是怎么回事？是什么样的功能让酒杯移动？

字母 V 之后是字母 I，然后是 N-C-E-N-T。

"文森特？"当酒杯再次回到圆心时，吉尔伯特问道："你叫文森特？"

是

"继续，拼出你的姓。"

V-A-N……

"凡·高！"又是凯特中间插话，但是这一次她的声音里夹杂着一丝惊讶，"你是文森特·凡·高？"

酒杯向着圆心的方向移动，然后继续冲着写有"**是**"的那一区移去。

凯特皱起了眉头："他回答我的问题了。"她说。

"嘘，"吉尔伯特在嘴唇前竖起一根手指。他的手颤抖着，声音因为激动而拔高，"别吓到他，要是你想问他的灵魂，轻点声。"

"你怎么死的？"凯特问。

杯子回答这个问题时移动的速度极快，诺雅不由得呼吸加速。

自杀

"没错，"凯特嘴里咕哝着，"那个家伙是自杀。再看看……"

她清了清嗓子。"你是哪一年自杀的？"

酒杯无声地滑向那些数字。

1890

吉尔伯特打了个冷战。"没错，"他低声道，"老天爷，完全正确，全都正确。"

诺雅的胸口感到一阵酥麻，这是一种咕嘟咕嘟冒泡的感觉，就好像香槟在她身体里跳舞似的。当然她不相信有魂灵存在，但是这种感觉实在、实在是太美了。或许原因归根结底就在大卫身上，就在于从他指尖隐约传来的那种脉搏一般的电流，就好像他的心跳就在指尖一样。

"哪个月？"凯特继续问。

7月

凯特瞥了一眼吉尔伯特，后者紧紧盯着酒杯，一声不吭点着头，双眼圆睁，脸色惨白。凯特忍不住又笑起来。

"得了，吉尔伯特，别折腾这玩意儿了，你就是用手推的。这个凡·高是你最喜欢的画家，你读过关于他的书，这不算数。"

吉尔伯特把手指从杯子上挪开。

"那就这次别带我玩儿。"他轻声说道。

凯特望向诺雅，然后又望向大卫："凡·高把自己的耳朵割下来了，"他压低声音说，"你们知道吗？"

诺雅和大卫点点头。

"你俩知道是哪只吗？"

两人双双摇头表示不知。

"你知道吗，吉尔？"

吉尔伯特点点头。

"好吧，我不知道。"凯特重新窃窃私语道，"那么，文森特，你活着的时候到底把自己哪只耳朵割掉了？ 是右耳吗？"

酒杯朝右边移去。

不是

"是左耳吗？"

是

凯特望向吉尔伯特，眼睛像发烧一样释放出炙热的光芒。

"没道理啊！"凯特说，"诺雅、大卫，得了吧，你们两个中间有一个人撒谎了，你们知道是哪只耳朵。"

诺雅摇了摇头。

"没有啊，"大卫说道，明显看起来一头雾水的样子，"我真的不知道。这也太疯狂了，我根本没料到这居然能行。好吧，还好，我妈没在这里，要不然这会儿准尖叫着夺路而逃了。"

凯特打了个哈欠，又响又带劲儿，都没用手掩嘴遮挡一下。要是说刚才有那么一刻让她因为受惊心烦意乱，那么现在她已经很快又重新缓过神来了。"我也要溜了，我还得再研究几页剧本呢。还有你，吉尔伯特，也许你该住手了，你激动得都快要完蛋了。"

由于吉尔伯特没什么反应，凯特一掌拍在桌上，站起身，将手放在吉尔伯特的脑袋上。"你们瞅瞅，这个可怜的家伙脸色像死人一样苍白。哈喽，吉尔伯特，快醒醒……"凯特扯着他的耳朵，"通灵术已经结 —— 束 —— 喽，我们又回到活 —— 人 —— 的 —— 世 —— 界！"

吉尔伯特叹着气站起身来。

"看看你妈妈，"他对诺雅说，"你觉得，我们是不是应该把她锁进那个黑暗的阁楼？或许那样她就会相信鬼魂啦。"

"那我们可得先找到钥匙。"凯特笑着说。

"顶楼铁将军把门，跟个安全监狱似的。明天我得去问问那个农夫。"她亲吻了一下吉尔伯特的脸颊，又转身朝向诺雅和大卫，"你俩呢？再玩一会儿呆呆精灵，还是今天也差不多了？"

吉尔伯特叹着气离开椅子。"真受不了这个女人。"他嘴里一边咕哝着，一边打开房门。"胖可可"趾高气扬地走了进来，喵喵叫着，蹭了蹭凯特的腿，在"希区柯克"正睡觉的椅子边上磨了磨爪子。

诺雅没法具体说清楚，究竟是门口送来的一股气流还是外面突然刮起的一阵微风，桌上的烛光一下子忽闪摇曳起来。很轻，几乎感觉不到。不过当诺雅朝大卫看去，她就明白，大卫也看见了。

凯特走向圈椅，一边抚摸着"希区柯克"的后背，一边轻轻挠着"胖可可"的耳朵后面。"跟我来，小可爱们。"她说，"来吧，还有顿吃的呢。""胖可可"立刻从椅子上笨拙地跳下来，但是"希区柯克"似乎对凯特的提议不感兴趣。它优雅地向上一跃，占据了"胖可可"之前在圈椅上的位置，一下下舔着自己的爪子。

"那好吧，你就待在那儿吧。"凯特朝门口走去，"胖可可"喵呜叫着，摇摇晃晃跟在后面，肚子都快擦着地面了，它可真够肥的。

往外走的时候凯特向窗外望了一眼："闻起来像是要下场雷阵雨的样子。"她说，"希望真的来一场，这种闷热快让我受不了了。"

凯特关上门走了，诺雅捕捉到了大卫的目光。

"要不，咱们再玩一局？"

第 6 章

幽灵私语：我被谋杀

...

若我自己就是鬼魂？我的父亲会与我交谈吗？他会在梦中呼唤我，就像现在呼唤约拿旦一样？而我 —— 我会回答他吗？或者我将沉默作为对他的惩罚？

暮色变成了夜色，这个村子实在太安静了，不适宜头脑发出这样的思考。我令它们屏退，如同推开一块黑色的幕布，但是天色并不会因此而变得明亮。

伊丽莎
1975 年 7 月 13 日

...

四下一片宁静，村子似乎停止了呼吸。一滴烛泪落在了白色桌布上，火焰的光芒映射在大卫的眼睛里。他的微笑实在太动人了，让人心痛。

有那么一瞬间，诺雅感觉自己的脉搏停止了跳动 —— 不是因为游戏的缘故，而是因为大卫。她感觉到了某种危险，自己似乎要爱上他了。

"我不知道。"对于大卫提出的要继续玩这个游戏的问题，她犹豫不决地回答。那种兴奋的情绪，好玩混杂着害怕，直接导致吉尔伯特的郑重其事还有凯特的挖苦奚落，突然间变了味。诺雅只听到屋里一片宁静，这个游戏，这张带有吉尔伯特手写字母和数字的纸，在忽闪明灭的烛光下，突然显得有点危险。

大卫也感觉到危险了吗？诺雅在他眼里搜寻一个答案，但是大卫已经将手指放在了玻璃杯上，挑战似的看着诺雅。诺雅也将指尖放在杯子冰凉的表面上，忽然，一切就那么自然而然地发生了。

就好像他们无声地问了一个问题一般，酒杯滑过游戏区，直冲着写着**是**的那个地方。

大卫抬起头看了诺雅一眼，舌头舔了舔上唇，就一下，很快。诺雅清了清嗓子，把指尖缩回一毫米，因为她几乎已经无法忍受自己和大卫之间产生的电流。

但是，还有另外的什么也有所不同。

诺雅下意识地弯下腰，眼睛飞快地扫过客厅、椅子、台灯……是的，又是这种感觉，这种有人盯着她看的感觉。不是大卫，而是别的什么人，一个根本就不在这里的人。大卫也感觉到了吗？微笑还留在他的唇角，但是已经变了，变得惊恐不安。

"你叫什么名字？"大卫的声音几乎跟耳语一般。

酒杯滑回圆圈的中心，轻轻地不带一丝声响，然后从那里继续滑向各个字母，先是 E，然后是 L……

伊丽莎

等到酒杯停回圆心，诺雅无声地拼出一个名字。她抬起头，"伊丽莎，这个名字告诉你什么信息了吗？"大卫摇摇脑袋，他又弯下腰，俯身在酒杯之上。

"伊丽莎……你是谁？"

酒杯一动不动。诺雅再一次感觉到脉搏飞起，然后一下子停了——这次是因为面临答案和屋里越来越无法忍受的压力。那种有人看着的感觉每分每秒都在加重，她突然变得口干舌燥，还有点头晕目眩。别胡思乱想了，一个声音在她内心响起，这个游戏跟鬼魂没有丁点儿关系。这是能量，某种电流，从大脑传导给手指并以这种方式让酒杯移动起来。凯特会这么解释，每一个普通人都会这么解释。

时间过去了无数秒，什么都没有发生。然后，杯子冷不丁地又开始动了，朝着字母移去，拼成单词，而且还是两个。

我是……

诺雅咽了下口水，觉得有点吞咽困难，就好像嗓子里卡着一块碎片。酒杯朝着数字的方向滑去，先是指向1，然后指向8。

我是18岁

这是酒杯一步步拼写出来的。

大卫唇边的微笑已经消失不见了。他伸出舌头又舔了舔上唇，这次诺雅发现，其实这是他在紧张。他的指尖抽搐了一下，似乎在考虑结束这场游戏。

一道闪电照亮了天空，诺雅不由得轻轻叫了一声。有那么一秒钟，天空如同白昼，之后又迅速沉入一团漆黑。没有雷声。

诺雅和大卫谁都没有再继续提问，但是酒杯还在回答。它从一个字母冲向下一个字母，速度极其快，目标极其坚定，就像是担心有人会突然不让它把话说完。字母变成单词，单词变成句子，诺雅狂热地紧紧跟随着它的变化。

1975年8月21日我在这所房子的阁楼里被杀

真相从未曝光

但是现在……

之后就没有再继续下去。天空传来震耳欲聋的炸雷声，与此同时，大卫猛地缩回手指，一下子从椅子上站起身，身下的椅子呼啦一下倒向后方。大卫冲着诺雅的脸喊道："够了！该死的，够了！你们比我弟弟的脑子更神经错乱。别把我当猴子耍，这该死的根本就不是什么悬疑惊悚，我也不是大笨蛋，可以让你们随便戏弄着玩儿。我是混这里的，明白吧？"

诺雅因为尴尬身体僵硬，一动不动。下一刻凯特就出现在屋子里，赤裸的身体裹着一块床单，在她身后是穿着睡衣的吉尔伯特。两个人看着大卫，然后又看向诺雅。一道新的闪电划过天空，明亮又刺眼，两个呼吸之后雷声袭来，如擂鼓一般炸响。

诺雅的嘴里发不出一丝声响。

大卫向门口冲去，凯特被他狠狠撞向一边，一下子倒在吉尔伯特的身上。片刻之后，房门吧嗒一声合上了。一阵风吹进窗户，刮乱了凯特的头发，吹熄了桌上的两只蜡烛。外面大雨倾泻而下，噼里啪啦、突如其来，就好像有人使劲拽了一下绳子打开了开关似的。

诺雅脑海里突然闪出一个绝望的念头，希望有人会喊一声"卡"。"卡，录影结束，谢谢，晚安"，就像凯特每次拍某个电影场景的时候，导演总会发出那样的口令。

不过，当然没有人来喊那声"卡"。

"到底怎么了，你们俩疯了吗？"凯特抓住诺雅的肩膀使劲晃，可是诺雅挣脱了出来。

"都是你那个破游戏！"她冲吉尔伯特喊道，"那个破游戏把一切搞得一团糟！我本来挺幸福的，该死，我本来终于又有幸福的感觉了。我恨你们，我恨你们两个！"

诺雅退后一大步，脚底下却被绊了一下。在最后一刻，她又稳住了身体，向后一转身，跑进了自己的房间。

那股香气又出现了，非常强烈，就好像有人刚刚又喷了一次。

诺雅将脑袋埋进枕头里，不再害怕，只有满心的悲伤。

外面下起了雨，天终于凉快一些了。

第 7 章

伊丽莎 ——"白雪公主"？

...

农夫那里有牛奶。厨房里有煤的味道，炉子上方挂着一张圣母玛利亚的画像。那位老人叫我白雪公主。她整天坐在门前，花白的头发藏在一块黑色的头巾下，双手好像擦菜板一样粗糙。告别的时候她送给我一只苹果，我吓得要死，不敢去咬它。

伊丽莎
1975 年 7 月 14 日

...

太阳出来了。雷雨将空气中的闷热一扫而空，树木、草地、街道，甚至房屋外墙光洁如洗。深蓝色的天空一尘不染，几乎是透亮的。树冠闪烁着灰绿色的光芒，所有的一切都轮廓清晰，像彩色照片一样闪闪发光。正是夏天的样子。

诺雅又独自一个人了。

今天她本打算和大卫一起粉刷自己的屋子，可是他却没有出现。凯特三番五次刨根问底，想知道究竟发生了什么，但是诺雅并没有回答。

她当然明白，这不是凯特的错，事情并非凯特引起的，但是诺雅就是不想跟她说话。能说什么呢？ 一个女孩的鬼魂出现，告诉他们，三十年前就是在凯特挑中的这个度假屋里，她被谋杀了？ 诺雅也不会告诉吉尔伯特，自己一整夜都没睡着，一直在跟恐惧作斗争。恐惧伴着夜色又回来了，与诺雅的悲伤混杂在一起，重重地压在她的胸口，简直令她无法呼吸。不过，诺雅保持着沉默。

"昨天那样并非我的本意。"她没多说，但是吉尔伯特的表现恰到好处。他把诺雅揽进怀里，紧紧拥抱了一下，低声对她说，一切都会好起来的，然后就留下她一个人独处。为什么凯特就不能这么做呢？

一大早凯特就去附近的小城买东西去了，吉尔伯特则带着一本新书《向宇宙发号指令》坐在花园的核桃树下。他的身边长满了膝盖高的野草，绣线菊、百脉根、草地碎米荠 —— 各式各样的白色、黄色、紫色的花，星星点点地散布在绿油油的草地上，就好像画家调色盘上的五颜六色撒在了地上似的。空气中充斥着蜜蜂的嗡嗡声。"希区柯克"懒洋洋地蹲守在门漆成绿色的白色马桶小屋前，一边甩着尾巴尖，一边仰头盯着一只落在树冠上的麻雀。花园门口的野玫瑰旁，"胖可可"四仰八叉地躺着，正努力伸出前爪去逮一只黄翅蝶。在尝试了三次都一无所获之后，"胖可可"把头转向一边，打了个大大的哈欠，然后步履沉重地慢慢向躺椅的方向走去。躺椅是凯特和吉尔伯特从木棚搬到花园里的，他俩还搬来了四把折叠椅和一张挺宽的木头桌面，为此吉尔伯特还往潮湿的地面里打下四根木桩当桌腿。桌面上铺着一块红白格的塑料布，跟酒馆桌子上的那种一模一样。

这是凯特搞到手的，她还顺便带来了玛丽和古斯塔夫的问候。关于大卫，她一个字都没提。

但是诺雅却满脑子想着他，每一秒钟，不管是在打扫屋子、擦洗地板、整理柜子，还是在抛光镜子。她甚至把厚厚一层灰尘底下**白雪公主**那几个字都擦掉了，虽然不得不用铲子去铲。干活的时候，她又想起那个老女巫，哈尔塞特的丈母娘。但是，究竟是谁把这几个字写在镜子上的？伊丽莎吗？

诺雅之前问过大卫，这个名字对他来说是否意味着什么。她还没来得及告诉他，自己对这个名字一无所知，并不认识什么叫伊丽莎的女孩，也一点儿不了解这座房子的历史。凯特在报纸上发现了房子的租赁广告，立刻爱上了照片上的这所房子和这片地方，于是立马把小助理派过来，办好了一切手续。这就是诺雅知道的一切，更多的她也并不了解，她也很难想象凯特和小助理还听到过什么别的。

还有玛丽，她说了什么吗？除了只言片语，是关于很久以前从城里来的那户人家曾在这里度假之外，也没什么更多的吧？不过，她脸上的表情好像颇有意味。突然，那一刻的情景又浮现在诺雅眼前——玛丽惊恐的眼神，还有忽然紧绷的瘦削肩膀。

大卫的妈妈对那个家庭知道些什么？

大卫知道多少？

那个农夫哈尔塞特和他可怕的丈母娘又了解什么？

诺雅朝楼下走去，中间经过依然还锁着房门的阁楼。*1975 年 8 月 21 日我在这所房子的阁楼里被杀*。诺雅一想到这个，胳膊上的汗毛就竖了起来，一种奇怪的寒意爬上她的后背。

厨房的桌子上放着五欧元和一张纸条。

你们俩谁可以去取一下鲜牛奶？爱你们，凯特。

诺雅把钱揣进裤兜。昨天他和大卫曾经开车从农夫的房子旁边经过，应该很容易再找到那里。毕竟门口的街道直通那里，而那房子是岔路口边唯一的一座。那是一个简单修建而成的四方建筑，棕色砂石材质。窗户外面的花坛空空如也，窗帘拉得严严实实。诺雅觉得自己在最高的那扇窗户后面看见了一个人影，但是眨眼工夫人影就消失了，好像只是错觉。

诺雅绕过拐角，来到房子大门入口的地方。墙边靠着一把空空的折叠椅，诺雅想到昨天坐在这里的那位老太太，不由得咽了下口水。这会儿只有一只瘦弱的猫躺在椅子前，舔着自己的爪子。门铃磨损严重，诺雅摁了两下，尖厉的门铃声让她打了两个寒战，不过房子里面什么动静也没有。是不是该去牲口圈里找一下农夫？房子的另一边就是牲口圈，大门是被漆成绿色的一扇木门，旁边还有一个后门。诺雅没找到可按的门铃，不过牲口圈的大门敞开着一条门缝。诺雅犹豫着靠近，目光死死盯着紧邻的院子，那里有一只牧羊犬在狂吠，像是要把灵魂从身体里吠出来一样。这只动物死命地向前扯着一条拴它的短链，几乎要将喉咙给勒断了。牲口圈里飘出一股草料和干牛粪的味道。

诺雅小心翼翼地打开门："哈啰？"

牲口圈里一片死寂，布满了灰尘。一大堆工具四下摆放着，还有一些园艺工具，一把镰刀，一台联合收割机，一把干草叉，上面还沾着牛粪和浅黄色的草茎。阳光透过屋顶的缝隙被隔成一束束的，灰尘随着气流旋转飞舞，最里面一只老鼠悄无声息掠过石头地面，消失在一个黑暗的角落里。

或许是因为狗叫，诺雅没有听见背后的脚步声。一只沉重的手搭上了她的肩膀，她不由得大声尖叫起来。

无奈的笑声响起来，诺雅转过身，农夫的脸出现在她的眼前。鼻子比她几天前在汽车里看到的个头似乎还要大。蒜头鼻，鼻头发紫。

"吓到自己了吧，小姑娘？"

"我……"诺雅艰难地组织自己的语言，"我……只是想……舒马赫女士说，您卖牛奶？"

"这样啊，"农夫微微一笑，"她是这么说过。那就跟我去客厅吧，小姑娘。"

农夫退后一步，诺雅紧跟着他穿过后门进了房子。

没有门厅，进门之后就直接进了厨房。窗子下方有一张桌子和两把椅子，桌子的一侧还有个吃完没收的空盘子，味道闻起来像是卷心菜。

诺雅在铁质灶台上看见了一只碗，上方挂着一幅廉价的圣母玛利亚画像。除此之外，就只有一个简单的木头柜子装着餐具。还有一个水槽，旁边是一个橱柜，本该是柜门的地方挂着一块蓝白格子的布帘子。房门旁边的位置，立着一个带把手的铸铁罐子。

农夫从木头柜子里拿出一个空奶瓶放在桌上，从罐子里倒出满满一瓶牛奶。在他手上，有一道红色牛皮癣发炎的印迹。

"够了吗？"

诺雅点点头，农夫把瓶子递过来给她。阁楼，诺雅心里寻思，无论如何都得跟他聊聊阁楼的话题。实际上，那只是个简单的问题罢了。毕竟他们租了那房子，自然也包括那个阁楼。他们有权拿到钥匙，向农夫要一下其实挺理所当然的，不是吗？尽管如此，诺雅还是感觉到自己的嗓音变得很奇怪。

"那个阁楼，它……它是锁着的。"她低声问道，"您有钥匙吗？"

"钥匙？去阁楼的钥匙？"

诺雅再次点了点头。她感到，身体里的每一滴血似乎都涌上了面颊。一时间，她的脸变得奇烫无比。

"上面还有东西。"农夫的回答像是没有问号的问题，"是原来租户很贵重的东西，跟我们任何人都没关系。"

农夫向前跨出一步，像是要把诺雅从门里撵出去，但是诺雅站着没动，鼓足所有勇气紧紧盯着农夫的眼睛。"现在我们才是租户，"她说，"我妈妈说了，让我跟您要钥匙。"

"哦，她那么说了。"

农夫一边摆弄着夹克上一颗松了的扣子，一边不时地看一眼诺雅。他的双眼向外鼓着，像青蛙眼睛一样，颜色很浅。诺雅点头，咽了口唾沫，终于把那个一直像块大石头一样压在她心里的问题挤了出来："我们之前的那家租户，或许您知道他们的姓名？"

"姓名？"农夫笑了起来，就好像很享受她的粗鲁无礼，"你可真好奇呀，小姑娘。施泰根贝格，不对，施坦贝格，他们姓施坦贝格。"

"他们的女儿呢？女儿叫什么名字？"

农夫顿住了，也不再笑，只是望着诺雅。她明白，自己问得有点多了。

"你想知道这些干什么，啊？"他无礼地问，"牛奶也有了，现在你走吧，我要干活了。"

农夫又往前踏出一步，这下他离诺雅很近，近得能让诺雅感觉到他的呼吸。

诺雅又张了张嘴，但是勇气已经撇下她溜走了，于是她转身离开。瓶子里的牛奶摸起来是温热的，外面那只狗又冲着她狂吠起来。等到站在街上，诺雅突然想起，自己拿了牛奶却还没给农夫付钱。她再次转身，农夫还站在门里。

"牛奶，"朝房子走回去的时候，诺雅的心脏跳得又快又重，"这瓶牛奶多少钱？"

"五毛，"农夫说，"五毛钱。"

诺雅在裤兜里摸索那五欧元的纸币，却无意发现还有一个五毛钱的硬币，于是她把钱递了过去。"给您，谢谢您的牛奶。"

她已经准备转身，就在这时农夫的一只手放在了她的肩膀上：

"你是个漂亮姑娘，"他开口说道，"但是跟她不一样，没人跟她一样。我从来都记不住名字，但是我的岳母总叫她白雪公主，因为她长得太漂亮了。"

说完这些话，农夫关上了房门。

诺雅把牛奶放在厨房门前，一溜烟跑上楼去拿相机。凯特还没回来，吉尔伯特正坐在自己的屋子里冥想。诺雅想要一个人待着，想要运动起来，想要走路，一直走，就好像这么做就能摆脱掉那些黑暗的想法。她没朝酒馆的方向走，而是转向相反的方向，出了房门向左转，沿着街道一直走，最后来到一条狭窄的乡间小路。这条窄路穿过一座小木桥，一直通往森林的方向。

黄色的驴蹄草还有秋牡丹镶嵌在桥下的小溪两边，森林的右侧有一座房子，很像在树木投下的阴影里弓着腰。那是一座木结构建筑，看起来比他们现在住的那座还老旧，显然过去曾经是一座磨坊。芦苇做顶，一侧的墙边还有一个木制的水轮，一看就是许多年没用了。

诺雅想照张照片，却看见上面窗户那里有个阴影，于是她退缩了，疾步跑回森林小径，直到村子出现在她的身后，环绕着她的只有大自然的味道、香气和颜色。

在一个小坡的最高处，她停下脚步。

诺雅是个在城里长大的孩子，但是大自然，特别是森林，历来都对她有着很大的吸引力——这片夏日森林比她见过的所有森林都美。树木沐浴了昨天晚上的大雨，变得闪闪发光，无数的水滴挂在树叶上，阳光透过它们，闪烁出彩虹的所有颜色。两只乌鸫正在树冠上唱歌，完美地隐身在浓密的树叶里。灌木丛里不时有窸窣的声音，但是响动间隙的那些时刻对于诺雅来说实在太安静了——她就像置身于一片童话森林里一般。

白雪公主

诺雅把这种想法从脑子里驱赶出去，将森林里凉爽的空气吸入肺里，深呼吸感受空气中满满的各种香气：有成熟莓子和夏日鲜花的香味，各种蘑菇和潮湿泥土的香味，还有苔藓和树脂的香味。她的眼睛也在呼吸着绿色，各种树木郁郁葱葱的绿色。绿色笼罩着一切，就像一个巨大的屋顶。

于是她抓住相机，蹲下身来，按下快门，照了一张又一张。一张照的是一种雪白的鹅膏菌——诺雅知道它有剧毒，一张是种紫红色的莓子，还有一张是长在路边的一株植物，它丝绒般的花朵像乌木一样发着微光。

白雪公主

诺雅一边向森林深处走去，一边继续拍照。她拍到一张彩色的十字蜘蛛，那家伙在低垂的栗子树枝间织了一张网；还拍到串在一根细枝上的一盒万宝路；又拍到一根一人粗的橡树桩子。它的树根就像一只巨大无比的动物爪子，牢牢攘入泥土之中，而树的上半部分向后折断，就好像一场可怕的暴风雨硬生生地将它扯断了似的。木头碎裂的那处地方，是血一样的红色——是用颜料涂上的。是的，有人给那里刷上了红色，挺有艺术范儿，还很精准，甚至用上了不同的明暗色调。诺雅思索着放下相机。大卫有没有提到过，那个艺术家罗伯特有时候也会在大自然里作画？他的作品令人印象极其深刻。大卫曾经那么形容过他的艺术。但是当诺雅望向那截树桩的时候，她立刻理解了那位艺术家所想要表达的东西。树木也是生物，能感知疼痛的生物。

白雪公主

诺雅倚在树干上，闭上眼睛。摄影是她最热衷于干的事，过去很多次都能帮她驱走烦恼，但是这一次似乎不那么管用。每每回想起曾经发生的事情，就会像寄生虫啃噬她的大脑一般。一切的一切都那么偏离理智，那么疯狂，实在是太疯狂了，完全不可能是真的。世上不存在什么鬼魂，昨天发生的就是一个玩笑，一个糟糕的玩笑，肯定是他们发挥自己的想象力，开了那样一个糟糕的玩笑。

是有那么一个小姑娘，大卫的母亲之前已经透露出这个信息。或许，是某种想象力让诺雅和大卫在无意识中将它拼接组合成一个恐怖故事，也是这种想象力让酒杯移动起来。

是的，只能是这样，不可能还有其他解释。诺雅的呼吸终于变得平静下来。她心里想，我得找出那个小姑娘的名字，然后去找大卫，告诉他，不是我拿他找乐子，而是我们俩喝凯特的香槟上了头。都怪那瓶香槟和村子里宁静的夜晚，还有那个古里古怪的游戏。

回去的路上，诺雅一身轻松，禁不住吹起口哨来，脚步也轻如羽毛一般。她从灌木丛里摘了几个覆盆子，舔着手指头上滴下的果汁。

只是当她又看见那座磨坊的时候，她才停住了脚步。她听到各种各样的声音，一个男人低沉的声音，还有一个响亮的——那是凯特的声音。是的，那是凯特，她那一头红发从很远的地方冲着诺雅闪着光。她哈哈笑着，正在跟一个男人交谈，一个黑发男人……左边颧骨上长着一颗圆圆的痣。

诺雅想要避开，但是太迟了，凯特已经发现她了，那个黑发男人也朝她的方向看过来。他皱了皱眉头，诺雅搜肠刮肚想着怎么开口——毫无疑问，他认出她了。但是，他什么都没说，只是点了点头。对于他沉默的问候，诺雅十分感激。

"你在这儿哪，"她妈妈的声音当然非常响亮，"我刚才又去了农夫那儿，取了一瓶新牛奶。"凯特用拳头轻轻捅了诺雅一下，"你个冒失鬼，把敞着口的奶瓶放在厨房门口，把'胖可可'给乐坏了。

那个胖乎乎的肉丸子打翻了奶瓶，然后把门厅舔得干净得发光。不过，"凯特手里摇晃着一把银钥匙，"我找到机会从农夫那里搞到了这个，我们终于可以上阁楼去看看了。走廊里的书架已经算是一次小小的探险了，我一下子就发现了一本低俗小说，《凯特和山里医生》。"凯特吃吃笑起来，"要是我喜欢这个故事，我就让他们把它拍成电影，我来扮演凯特。你觉得怎么样，诺雅？"

诺雅苦涩地笑着，那位画家脸上的神色一点都没变。要是凯特开这么个破玩笑是想搞明白这个男人是不是认出了她大明星的身份，那她肯定是失败了。"无论如何，"她话音未落又接着说道，"我现在很好奇阁楼里面都藏着些什么。那个农夫说，你之前都已经问过了。不过……"她将手放在男人的胳膊上，"……不过，你肯定还不知道碰见的是谁，对吧？这是罗伯特。想不到吧，他是位画家，吉尔伯特前不久刚刚买了一本他的画册。我完全都没想到。他的画真的太棒了，我都忍不住想亲眼看看原作。"

凯特的眼睛闪闪发光，毫无疑问，她正在疯狂地跟这个男人眉来眼去地示好。但是在诺雅看来，让那个人很难移开目光的不是凯特，而是她手上拿的那串钥匙。

"顺便介绍一下，这是我的女儿诺雅。"

"你好，诺雅。"男人说道。他的嗓音低沉，有点沙哑，好像很久没有开口讲过话的样子。但是诺雅却发现，他有着一种讲故事的声音，就跟以前那些童话磁带里的声音一样。是一种能够赋予语言生命的声音，能够吸引人无论他说什么，都会按照他说的话去做的声音。

"那么，祝你们今天顺心愉快。"画家冲她们点了点头，然后扭头走了。

"您也一样，还有……或许不久再见？"这回凯特的声音变小了，甚至还有点腼腆，"我真的很想亲眼观赏一下您的画作。"

画家又转过身，望着凯特，表情严肃地看了许久，就好像在为创作一幅肖像画而仔仔细细审视她的脸。诺雅这辈子第一次看见妈妈的脸变红了。

"男人的沉默。"在回家的路上，凯特开口说道，手挽着诺雅的胳膊，"但是，这个男人不简单，你发现了吗？他可确实不简单。这样的偶遇实在太不可思议了，偏偏是他住在这个村子里。我得马上告诉吉尔。你呢？你去森林里了？拍照了吗？我刚去了城里，买了一大堆的食物，还……"

诺雅一个字都没听进去。就在刚才，当凯特提到走廊里的书架的时候，一个念头忽然在她脑海里闪过，这会儿，这个念头在她的脑袋里扎了根。

林格伦的那本书，缠着绿丝带，里面有一句话底下画了红线，第一页上有手写的、模糊不清的献词。献给谁？这本书究竟是送给谁的礼物？

　　她们回到那座房子，凯特去捣鼓阁楼的门锁，诺雅一溜烟跑进客厅。

　　这本褪色发黄的精装本里的献词实在模糊不清，诺雅不得不花大力气去辨认。但是，她做到了。

　　她读出声来：

　　　　献给我的妹妹伊丽莎

　　　　1967年8月21日

　　　　10岁生日。

　　　　爱你的哥哥约拿旦

　　　　永远陪伴在你身边。

　　"芝麻开门！"凯特的尖叫声从走廊里传来，"锁卡死了，但我把它给弄开了！有没有人感兴趣来参观一下阁楼？"

　　楼梯上传来吉尔伯特的脚步声，但是诺雅坐在那里，手里捧着那本书，一动不动。她坐在那里，心里回想着那个酒杯之前拼写出来的时间。

要是1967年8月21日伊丽莎10岁，1975年8月21日死去，那么时间就吻合。一切都对得上。

伊丽莎那个时候18岁。

她在自己的18岁生日那天死了。

第 8 章

阁楼上

…

阁楼将只属于我，我一个人。爸爸正在说服罗伯特继续在家里工作，就在那个时候，我偷偷溜了上去。我被过去包围，我的微笑被陌生的故事缠绕。我也想要一个故事，一个我自己决定的故事。

伊丽莎
1975 年 7 月 15 日

…

诺雅站在阁楼门口。门敞开着，满是灰尘的冰冷空气扑面而来，但是她却无法挪动脚步。门，这个黑暗的四边形，在她面前的空气里具有压迫性地高高竖立着，就像一道界限。凯特和吉尔伯特迈过去了，但是诺雅却一步都跨不过去，一步都不行。铁锈色木制台阶前的地毯破旧不堪，她的双脚牢牢钉在上面，仿佛生根了一般。凯特的声音从上面传了下来。诺雅突然注意到，原本她等待的是凯特的一声尖叫，但是传来的只有"啊""哦"。

"太棒了！"一个小时后，凯特将脑袋探进诺雅的房间，嘴里发出热烈的赞叹声，"阁楼真是太棒了，好大一间，可以好好收拾利用一下。吉尔伯特当然想开辟出个冥想空间来，或者用来当作书房，但是我更愿意把它变成一个家庭影院。你怎么想？"

跟以往一样，凯特没给诺雅留什么回答问题的时间，而是自顾自地往下说着："上面所有的东西，我想知道都是谁的，你其实也该看看。不是因为刚好符合我的品味，而是因为其中几样东西十分贵重，无论如何跟这房子里的家具截然不同。不过你倒是说说，为什么你刚才没跟着上去？"说到这儿，凯特做了一个小小的停顿，用沾着灰尘的食指戳了戳诺雅。

"没兴趣。"

"想着大卫呢吧，嗯？"凯特倚着门框，红色的头发里挂着蜘蛛网，"听好了，今天晚上要播《犯罪现场》，我在里面也演了个角色呢。酒馆里刚好有台电视机，昨天我去那儿问了古斯塔夫，看看我们能不能在那儿看，结果那家伙激动得都快爆炸了。你觉得呢，我们去吗？"

"不去，谢谢。"

"讨厌，诺雅！"凯特的嗓音变得又高又尖，"你现在又想跟以前一样，就待在这儿生闷气了是吗？要是你不愿意跟我交个底，究竟是为什么这个大卫突然变得火冒三丈的，你干吗不打起精神来跟他谈一谈呢？我两只眼睛看得清清楚楚，你是喜欢他的。谁要是敢从我面前二话不说跑掉，我就……"

"我不是你，凯特。"

"对，"凯特叹息道，"你不是，但是有时候我希望你可以把生活过得轻松一些。嗨……"凯特朝诺雅迈近一步，随后又停住了脚步，就好像此刻正站在一道界限前，"……嗨，你知道吗？要是你不想上阁楼去，那我帮你一起去探一探地下室，你未来的暗房，怎么样？本来我是想请大卫帮忙的，不过现在看起来，我们得找其他人了。在找到帮手之前——就这样！"凯特深鞠一躬，"我将全力为你服务，同意吗？不许拒绝！"

诺雅忍不住微笑起来："同意。"

地下室是一个没有窗户的黑洞，比阁楼留给诺雅的印象来得更加黑暗。诺雅迟疑了片刻，之后就果断撩开脸上的头发，用眼睛来丈量空间的大小。毕竟期望拥有一个自己的暗房，是诺拉答应这次来这里度假的主要原因之一。出于这个目的，这间地下室是完美的。天花板上伸出一根光秃秃的电线，底下晃着一只发出昏暗灯光的灯泡，灯光忽闪忽闪的，但还能用。

凯特已经准备把摞在地上的一堆空土豆箱子搬到上边去。除了那些箱子，屋里几乎不剩下什么。几个尽是窟窿眼的麻袋，一只死老鼠，"希区柯克"饶有兴趣地嗅来嗅去。一只显然清理过的老旧铁烤箱，还有一张撑起来的裱画桌。凯特用手拂去上面的灰尘。

"这个或许可以用来放你的定影仪，不是吗？来，握住了。"

她俩一起把桌子推到地下室的中间。

"你带着碗了吗？"凯特问道。

诺雅点了点头。"带了几个，还在车里，就在后面，我的座位下面。"

墙皮严重剥落的深色墙壁上有两个钩子，刚好可以绑一根绳子，这样诺雅就可以把照片挂在上面。她会把那个灯泡换成一个简单的红色灯泡。唯一没有带来的是浓缩液 —— 定影液和显影剂 —— 不过希望在那个小城里能买到。

诺雅转身朝向自己的妈妈。"谢谢你，凯特。"

"不用谢。"凯特在牛仔裤上擦了擦脏手。牛仔裤裹着凯特的臀部，紧身短袖 T 恤下露出一截肚子。诺雅再一次意识到，自己的妈妈有多么年轻。每次她俩走在街上，总是凯特获得更高的回头率。原因不仅仅在于她是一位知名的演员，凯特即便围一块破布，也还是会释放出耀眼的光芒，吸引得男人们如飞蛾扑火一般。

"一起去吧！"凯特捏了一下诺雅的鼻子，"今天晚上一起去酒吧，好吧？别让你可怜的老母亲一个人落单。"

"你还有吉尔伯特。"

"哎呀，吉尔伯特呀，"凯特笑起来，"这个家伙从今天早上起就在炮制他那个宇宙主题的购物清单，有时候我在想，估计有一天这家伙就奔那儿去了呢。来吧，诺雅，一起去，好不好嘛。"凯特抬起双手，做出小狗乞求的样子，大眼睛瞅着诺雅，嘴里呼哧呼哧喘着气。

"要是有人要奔着宇宙的方向去，那准是你。"诺雅看着凯特，做出断言，"对你来说我到底是什么？是你需要的配角？在一个村子的酒馆里看你演的《犯罪现场》，对我又有什么好处呢？别担心，即便没有我，你也会有足够的观众。"

凯特放下手："有时候我真想打你一顿。"

"别勉强自己。"诺雅双手捧着妈妈的脸颊，但是凯特一扭身，朝楼上走去。

砰的一声巨响，门关上了，灯泡灭了。

诺雅站在一片黑暗里。

凯特和吉尔伯特离开了，诺雅坐在床上，"希区柯克"和"胖可可"在脚边打着盹儿。手里拿着一本有关大自然摄影的书，但是注意力却根本无法集中，诺雅突然发觉，自己第十遍读着同一段话。她倾听着自己的心跳，今天下午以来它就一直以这样飞快的节奏在跳动。她心中的恐惧变得越来越浓，而且还在不断增长，直到盖过屋里的一片宁静。

"你们两个，好好照顾自己。"诺雅对两只猫咪低声说道，"我马上就回来，跟凯特和吉尔伯特一起。别让老鼠溜进屋里，明白吗？"

第 9 章
古斯塔夫

...

托马斯·库尔特，你是个可怜的小香肠，你知道吗？你那些肮脏的话或许能吓唬吓唬玛丽那样的小姑娘，但是却吓不倒我。你要是打我的主意，那就来吧，放马过来吧！

伊丽莎
1975 年 7 月 17 日

...

    在去酒馆的路上，诺雅大老远就听到那些少年的声音，还是从公共汽车站的方向传来，但这次还有个人跟他们在一起。他们围着那个人，那人不能说话，只能发出一种绝望单调的喊声"阿嘿"。他不断发出"阿嘿"的声音，而那些少年哈哈大笑着。那是一种粗鲁、刻薄的笑声，一直持续不断。

    "哎，麻秆儿，你的阿嘿不在这里，你就不能说点什么别的吗？

来，说一遍：'我小儿麻痹。'来，说：'我 —— 小儿 —— 麻痹。'"

其他少年也加入进来，一遍一遍重复着，像卡农曲里的多声部。"我小儿麻痹，我小儿麻痹，我小儿麻痹……"

诺雅已经走到了酒馆门口。从男孩子们背对着她快速前后运动的节奏中，她判断得出来，他们应该是一边怪叫，一边把那个可怜的受害者像拳击练习用的吊球一样从一边揉向另一边。

"阿嘿！"

诺雅一个箭步冲过去，抓住其中一个少年的胳膊。

"放开他，你们这些坏蛋！"

"哎哟！"

那个男孩子转向诺雅。是那个长着火红色头发的少年，他粗矮壮实的身材给诺雅的感觉比那个晚上更具压迫感。丹尼斯，诺雅想起来了，他的名字叫丹尼斯。他的身体看起来就像是没有足够的地方可以容纳他身体里填塞得满满的暴力，所以要去攻击，要爆发出来。他目光阴郁，额头很低，下巴很宽。其他男孩简直完全不是他的对手。他左手紧紧抓住克鲁莫的胳膊，手上使的劲儿很大，大卫的弟弟跪在他的面前，一个劲儿地呻吟。"阿嘿……"

"放开他。"诺雅又一次开口。

"哎哟，你是谁呀？大卫的新女票？那家伙很快就能攒一堆女票了，是不是呀，伙计们？"诺雅决定从这一刻起私底下偷偷叫丹尼斯为"火警警报器"。这家伙促狭地笑起来，望向这一群人，然后松开克鲁莫，想去抓诺雅，把她也拖进他们一帮人中间。不过诺雅的速度更快，她迅速摆脱掉他，跑进酒馆里。

酒馆里满满登登，没有一个空位。大家手指着电视，那里面一个正尖叫着的凯特被谋杀了，一个穿黑色皮衣的家伙正疯狂地一刀刀刺向她。与此同时，真正的凯特两手交叉背在脑后，正坐在第一排观看——左手是她的吉尔伯特，右手是古斯塔夫，那个店主。电视机的声音调得太大了，根本听不到外面发生了什么。

大卫站在柜台边上，正在往啤酒杯里倒啤酒。玛丽不在那儿，取而代之的是艾斯特尔站在他的身边，一头白发，用一个精致的发网收拾得服服帖帖。在她身后，架子里的啤酒杯中间挂着一块餐巾样的布，白底上绣着一行红字：愉快地完成你的使命。

"你弟弟！"

这是从诺雅嘴里蹦出来的所有的字。

大卫抛下手里的杯子，像头猛兽一样夺门而出。

他猛兽一般扑向那群人的小头目，其他男孩作鸟兽散，但是"火警警报器"丹尼斯明显速度不够快。

大卫揪着他的领子，把他拎到自己面前。两个人之间的距离如此之近，感觉他想要咬破丹尼斯的喉咙。然后大卫又把他推远一些，离自己大概有一臂长的距离，抡圆了拳头打在他的脸上、鼻子上，一拳、两拳，两眼之间，然后鼻子上又是一记重击。

身形比大卫壮一倍的"火警警报器"完全蒙了，居然忘了抵抗。他叫喊着，试图用那只没被扣住的手去护住自己的脸，但是大卫一拳比一拳更快、更狠，完全出离愤怒。

等到大卫终于放手，丹尼斯用手捂着鼻子。鼻子可能断了，血从指缝中渗了出来。丹尼斯踉跄着退后几步，在转身离开前，他冲着大卫嘶吼道："我会让你还回来的，你这个婊子养的。"

听到这句话，大卫又做出挥拳的举动，丹尼斯撒腿就跑。其他男孩早已经溜之大吉。克鲁莫窝在地上，发出悲惨的声音，大卫转身面向他。克鲁莫冲着哥哥伸长胳膊的样子深深打动了诺雅，她死死咬住嘴唇，才没让眼泪流出来。

大卫扶着克鲁莫，帮他回到酒馆里。门边站着艾斯特尔，脸上挂着微笑欢迎两个男孩。她安慰地抚摸着克鲁莫的脑袋，看着大卫，就像注视着一位英雄。

诺雅一个人留在后面。

她站在那里很长时间，同情、恐惧、惊叹、勇气萦绕着她，混成一个结，让她的呼吸变得沉重起来。诺雅转身往回走，但是走到农夫房子那里，她就再也没法继续往前走下去。折叠椅前还是卧着那只骨瘦如柴的猫，猫眼在夜色中熠熠发光，一声轻微的喵叫从猫的喉头发出。所有的窗户都是黑暗一片，只有最上面的那一扇是敞开着的。诺雅看见窗帘间有阴影在动，不由得吓了一跳。

"魔镜，魔镜，我问你，谁是这世界上最美的人？"

这句话听起来并不像正常的人声，更像是一种嘶哑的喉音，但是却像电流一样击中了诺雅。

当诺雅再次在酒馆前站定的时候，她的心差点跳到了嗓子眼儿。酒馆里传出响亮的鼓掌声，谋杀那一幕就是真相水落石出的时刻，《犯罪现场》结束了。诺雅深深叹口气，推开门，走进酒馆。

大卫和克鲁莫没在里面。这会儿玛丽和艾斯特尔正站在柜台后面，清洗着酒杯。其他观众 —— 当然今天也无一例外都是男人 —— 将椅子又推回桌边，一边聊着天，一边将目光不断扫向凯特。诺雅忽然发现，自己在人群中寻找着罗伯特 —— 今早她和凯特碰到的那个画家。但是并不奇怪，他不在这里。他和这里的男人不一样，非常不一样。

"为塔利斯女士干一杯！"古斯塔夫大声喊道，从坐着的椅子上站起身来。看起来他像是喝出了一大堆的勇气，松弛的脸上一片通红，嘴唇湿漉漉的，弹珠一样的圆眼睛像圣诞夜小朋友的眼睛一样闪闪发光。他的样子完全说不上好看，但是自带一种独特的魅力，有一点孩子般的天真，让他散发出某种吸引力。

"当然，也敬诺雅！"他降低嗓音添了那么一句，"我母亲告诉我，你刚刚叫了大卫。谢谢！谢谢你，诺雅！"

柜台后面的艾斯特尔又点了点头，薄薄的唇边露出一丝优柔寡断的微笑。她的脸颧骨高耸，在诺雅看来几乎像是透明的。明亮紧绷的皮肤不见皱纹，仿佛一个装着黄油面包的口袋被熨烫得又光滑又平整。一双眼睛毫无光彩。这个人，像是生活已经把她抛弃了，诺雅心里寻思。

"我想要一杯加气泡水的苹果汁。"诺雅冲古斯塔夫说道，后者依然站在那里冲着她微笑。诺雅迅速溜过去，坐在凯特身旁的空位上。

凯特点了一杯白酒，吉尔伯特点了一杯葡萄酒，却只是一小口、一小口地抿着。他俩前面摆着吃完的餐盘，凯特那盘上还剩着点儿蘑菇，这次她应该点的是蘑菇煎锅。

"刚才外面发生什么了吗？"吉尔伯特小声问诺雅，但是诺雅没法回答他的问题，因为凯特再次将所有人的注意力都吸引到自己的身上来了。

她讲了拍摄工作，讲了谋杀那场她拍了十几条，最后还讲了那所房子里的阁楼，还有她和吉尔伯特在上面发现的老物件。

"哎呀，"古斯塔夫端着一杯烧酒坐到他们的桌边，他说，"我以为，那个阁楼……不是空的吗？"

"不，"凯特说道，"不是。上面的东西是我们之前那家租户的，至少今早哈尔塞特是这么告诉我的。他说，当时他是想给那所房子置办家具的，不过显然之前那家租户对于农村生活的想象跟他的完全不一样。他们自己带了家具过来，把哈尔塞特的破烂都挪上了阁楼，诺雅屋里的镜子还有走廊里的书架除外。嗯，他们搬走后，哈尔塞特又把家具陈设给换回来了。他的挪下来，前租户的挪上去。"

古斯塔夫圆咕隆咚的眼睛睁得大大的："这都是哈尔塞特告诉您的？"

凯特忍不住笑了。"哎呀，"她说，手指头卷着一绺头发玩着，"我得稍微帮他一下，说得好听一点儿，可以叫作循循善诱。不过，毕竟现在是我们租着这房子，有权了解一点它的历史吧。当然，我也问了哈尔塞特，为什么前租户再没来取过那些东西，不过他也没告诉我原因。不管怎么说，反正我觉得，都过三十年了，领取期限已经过了。您认为呢？"

古斯塔夫一直点头："是，是，可以……这么认为吧。"

"当然，"凯特瞥了吉尔伯特一眼，"我们在清理之前，本来可以打电话问一下那家人的，可是农夫没联系方式，但是他告诉了我姓氏，好像叫施坦……"

凯特蹙着眉。

"施坦贝格，"诺雅接口道，"那家人姓施坦贝格，女儿叫伊丽莎。"

诺雅声音并不大，但是她说的话产生的影响却非同寻常。

有那么一刻，酒馆里鸦雀无声。玛丽正在洗涮杯子的动作停住了，一张桌子旁有个人在咳嗽，像是被呛住了。随后有个男人站起来，并不是他把帽子丢在桌上的方式令诺雅不安，而是他的长相。直到此刻她才意识到，在他们到达村子的第一天晚上，那个满口大放厥词，说什么母亲节的就是这个男人。火红的头发，宽宽的下颚，看起来就像是大号版的丹尼斯。不过他的眼睛看起来跟丹尼斯的不同，不是阴郁，而是尖锐。他走起路来一条腿跛着，似乎比另一条腿短了一点儿。离开酒馆之前，他望向一脸煞白的玛丽。

"再见，托马斯。"诺雅身后紧邻的一桌有个男人大声喊道。

诺雅看见，艾斯特尔将手放在了玛丽肩上，古斯塔夫接连咽下好几次口水，仿佛有异物卡在喉咙里似的。

"给我们再来杯啤酒，玛丽？"邻桌的男人这次冲着吧台的方向喊道，"再把骰筒拿来，我们来掷一轮色子吧？"

玛丽点了点头，屋子里的紧张气氛消散了。

"我不认为需要给那家人打电话，"古斯塔夫再次转向凯特，"就像您自己说的，塔利斯女士，那家人租那栋房子都是多少年前的老黄历了。我真的无法想象，都过去这么长时间，他们还会对那些家具有兴趣。要是您愿意，我很乐意帮您看看那个阁楼……"

"不用，不用，"凯特说道，"我们自己能搞定。不过我们很想知道，大卫……"

诺雅踢了凯特一脚，速度极快，凯特领会了她的意思。

这会儿，古斯塔夫开始讲乡村庆典的事。这个周末就是欢庆的时间，乡村庆典每年都在夏季举办，村里很多人家为了表示敬意都会杀猪宰羊。村里的乐队会现场演出，还会支起一座啤酒帐篷。若是凯特和家人赏脸成为他们的客人，大家都会很开心。

"不是吗？"他环顾四周，鼓动大家鼓掌欢迎。玛丽在吧台后面微笑着表示同意。艾斯特尔使劲点头，几个男人啪啪鼓掌。

哎，太棒了，诺雅心道，就连在这里凯特也有粉丝。但是对她妈妈而言，这还远远不够。她夸张地举起食指，"真赏脸，给我和我的家人！吉尔伯特，你听到了吗？"

还在吉尔伯特回答之前，凯特招招手，让古斯塔夫靠近自己，大声冲着他耳朵喊着，声音大到连诺雅也能听见。"我跟吉尔伯特的关系纯属精神层面的，这其实意味着：要是有人想追我，我这边是虚位以待。"

一瞬间，一团红色从古斯塔夫的脖领子里蔓延而出。他发出一种可笑的尖叫声，在努力想对凯特这句厚颜无耻的说明给出答案时，硬生生地把自己呛到了。

"我……啊，塔利斯女士，我……"

吧台后，艾斯特尔薄薄的嘴唇抿得紧紧的，目光直直扫向他们这张桌子。诺雅恨不能去踢凯特的小腿，她实在是太生气了。

"行了，古斯塔夫，"凯特哧哧笑道，"只要您能邀我共舞一曲，我就满意啦。我们当然要来！"

半个小时后，玛丽来到他们桌边结账的时候，冲着诺雅微微一笑。"我也想谢谢你把大卫叫了出去，外面那群男孩子让我们特别担心。还有刚刚那个男人，他是……"

"……丹尼斯的爸爸。"诺雅替她说完这句。

玛丽点头，又加了一句："还是我们村子的屠夫。"

夜里，月光洒在诺雅的窗户上。几乎是满月，看起来像是一枚浅色的银币挂在漆黑的天空上。"希区柯克"来到凯特身旁，但是"胖可可"却钻进诺雅的被子里，跟她亲昵地依偎在一起。猫咪发出的轻柔、单调的呼噜声令诺雅感到十分心安，于是听着听着她就睡着了。

她睡得很沉，又没有梦来打扰，直到一声轻轻的当啷声把她吵醒了。

小石子。有人站在她的窗下，朝玻璃窗扔着小石子，一下又一下。

第 10 章

星　空

...

要是相信村子里的风言风语，那其实要严防死守的不是这位库尔特，而是罗伯特。据说他有人身伤害的前科，受害者好像是个小姑娘。但是我喜欢他散发出来的那种黑暗气息。我喜欢他的面容，他悲伤的眼睛。就像不见星星的夜色一样，他具有一种奇异的美。

伊丽莎

1975 年 7 月 19 日

...

　　是大卫。他就站在诺雅的窗前，倚在一棵白桦树的树干上，双手插在磨得开线的牛仔裤裤兜里，脑袋微微侧向一边，似乎在倾听投出的那颗石子到底有没有起作用。月光染白了他的头发，大卫向上望着诺雅，目光拘谨地示意她下来。诺雅身体里所有细胞都想微笑，但是她忍住了。

"你要干吗？"

"邀请你。"

"谢谢，没必要。"

"要我做点什么？唱歌吗？"大卫退后一步，仰着头，开口唱道：

我想要那天使，令黑暗加倍，吸掉我所有麻烦的光彩……

诺雅用力呼气，她完全不相信眼前发生的一切。她先是目瞪口呆地凝视着大卫，然后抬眼望向街对面的那座房子。那是一栋颇现代的红砖小楼，肯定是刚建成没几年。不过现在，那房子看起来就是一片黑影。

我想要那天使，她了解这片天空。她有美好的品德，眼里有平行之光闪烁……

"嘿，你疯了吗？"诺雅压低声音说道，"你想把邻居们都吵醒吗？"

大卫停下来，促狭地笑着："要是非得如此，那就吵醒吧。这首歌有十七小节呢。但是或许你可以下来，那我就闭嘴。"

诺雅摇了摇头，很使劲儿，似乎这样就能把自己的感觉摇走似的。但是没用，她的笑容越来越浓。

"你可真幸运，幸好你不是什么好歌手。给我五分钟，好吧？"

诺雅从大门溜出去的时候，大卫就站在花园门口。这会儿，他的笑容变得腼腆起来，脸上是一种混杂着开心和不确定的表情。

"谢谢你能来，真的……很抱歉，前天我那么歇斯底里。"

"我已经领教过了。你总是这样吗？前脚打破别人的脑袋，后脚道歉赔不是？你多久发作一次？"

大卫替诺雅拉开花园的门："对你这样的人或许不太经常。"

"我是认真的，你要再敢来这么一出，就给我走着瞧。你这是要请我去哪儿？"

"这是秘密，来吧！"大卫冲诺雅伸出手，但诺雅只是将两手交叉抱在胸前，并没有将手递给大卫。很开心有黑夜打掩护，才没有泄露她脸上开心的表情。

大卫带她绕过房子走向花园门口，他的那辆大众面包车就停在那里。他打开车内灯找钥匙，诺雅往车厢后面瞥了一眼，看见堆在后面的那一大张塑料防水布、工具还有杂志都被清理掉了，只剩下张床垫。那是一张厚厚的双人床垫，上面铺着白色床单，旁边放着一床卷起的羊毛毯。突然，诺雅想起"火警警报器"丹尼斯在酒馆前用嘲讽的声音对她说的话，"哎哟，你是谁啊？大卫的新女票？那家伙很快就能攒一堆女票了，是不是呀，伙计们？"

诺雅猛然转回头，吓了大卫一跳。他望着她，她想要说点什么，却一个字都说不出来，手紧紧握着车门把手，心跳剧烈。她经历的过往，情景重现，像夜色中的小偷窥探着她，想把她逼到黑暗的角落，掐住她的脖子。

"嗨，"大卫的声音十分轻柔，诺雅的眼泪一下子涌了出来，"嗨，你怎么了？"

诺雅垂下脑袋，轻轻摇头，一左一右，一左一右，根本无法停下来。求你了，她默默祈求，求你了，求求你了，千万别问问题。

大卫深吸一口气，然后来到了后面的车厢。诺雅听到一记拍掌的声音，于是像慢动作一样缓缓扭头望去。

大卫面前是那床卷起的羊毛毯，他俩之间是一架望远镜。

"离这儿不远，"大卫开口说道，"有一片空地，就在村子的高处，紧挨着森林。从那儿瞭望天空景色绝佳，我想给你看一看。可以说，那里有点像个户外电影院。票钱嘛，"大卫微笑着说，"只需要一声'好的'。"

诺雅咽了一下口水。

"好的。"她轻声说。

那片空地离村子只有几公里远，陡斜的山坡上青草还是温热的，那是白天太阳照射的结果。四下里无声，很安静。村庄像一只沉睡的动物蛰伏在他们的脚下，头顶上是万丈星空。从天文望远镜望出去，一颗颗星星触手可及。大卫跪在诺雅身后，手轻轻放在她的肩膀上。他向诺雅解释着星座，由于地球围绕太阳公转，星座的位置每个晚上都会发生细微的移动。他的声音似乎变成了窃窃私语。

"镜头里那边的三个星座，你能看见吗？它们塑造了我们的夏日天空。三个主星，织女星、牛郎星、天津四，构成了一个大三角——夏日三角。最容易看见的是天鹅座，就是天津四的星座。等一下，你看错方向了。"

大卫的手放在诺雅的脑袋上，极其温柔地引导她的目光朝向左边的一个十字形星座方阵。他又再次放轻了声音，像是怕惊扰到那里的存在。"现在你想象一下，有一只天鹅在最高远的天空一路向西南飞去，翅膀大张，长长的天鹅颈努力向前伸直。看到了吗？"

诺雅点点头，是的，她看到了那只天鹅，距离那么近，好像都能听到天鹅翅膀在风中扇动引起的呼啸声。她似乎想起，当自己还是个孩子的时候，抬头仰望朵朵云彩，在它们里面寻找神话中的形象：喷火的恶龙、长着双翼的马、翩翩起舞的鱼美人。然后，这些云彩在风的作用下，又慢慢变幻成其他形状。但是，她还从未以这种方式来仰望星空。

"你从哪里知道这一切的？"她问大卫，"你从哪里知道这所有星座的名字？"

"从我爸爸那里。"大卫的声音很轻，"以前，在克鲁莫出生之前，有时他会在夜里唤醒我，带我来到这里。有的时候，我们会一直坐在这里，直到天色泛白。我爸爸可以像读一本书那样去读整个天空，他了解所有星座的名字，不知不觉我就受到他的影响。他离开我们的时候，我一心想把一切都忘了，但是我做不到。这种景象让人着迷，至少我是如此。有时候我会想，如果让我选一个地方，没有什么能比那上面更让我喜欢的了。晚上，我经常跑出来，一个人来到这里。在我13岁生日那年，艾斯特尔送了我这架天文望远镜。"大卫将手放在镜头上，温柔的目光拂过望远镜光滑的表面，"我猜，这个家伙花了她一半家当。"

"那你的爸爸？"诺雅问，"你偶尔还会见到他吗？"

"不会，"大卫把手从镜头上撤回来，"只有一次，他打来电话。那时他刚刚在科隆找到一间公寓，想接我过去度周末。但我当时说，克鲁莫去我就去，他挂了电话，然后，就没有然后了。"

"他……"诺雅咽了下口水，"他是因为克鲁莫才离开你们的吗？"

"下一个话题。"这一刻，大卫的声音听起来有点难以忍受，但是诺雅立刻就理解了他。她也不乐意谈及自己的爸爸，凯特总是称他为那个捐献了精子的家伙。要去谈论一个压根不了解的人，到底该说什么好呢？诺雅只知道她的爸爸是个犹太人，音乐家，还是凯特那一份暧昧关系清单里排名靠前的某个数字。凯特从来没有告诉过他，她跟他的那一段情，最终导致了什么样的后果。她一个人拉扯诺雅长大，换句话说或许更合适，她以某种方式，让诺雅跟着自己一起长大。

诺雅将镜头转动了一点点："左边那颗明亮的星星，是启明星吗？"

"是的，这是金星，准确地说，是一个星球。人们按照司爱情和美貌的罗马女神为它命名，因为它是夜空中最闪耀的那一颗，其他星星在它面前只会显得苍白。"

诺雅点头："它真是太美了。"她低声说道。

"从这里看，是挺美。"大卫回答，"它历来就以美貌迷惑了无数宇航员。过去人们曾经认为，金星跟地球上一块潮湿泥泞的地方并无两样，甚至可能有生物存在。在另外一些宇航员的想象中，它是一块沙漠。但在现实中，它就是一个噩梦，完全就是一个魔鬼星球。在那个星球上，就连岩石都是炽热的。它的大气层是由有毒的二氧化碳组成的，会令你窒息，而天空上的云朵是硫酸构成的。我把它叫作地球邪恶的双胞胎姐妹。"

"你觉得，"诺雅提问，眼光并没有从望远镜上移开，"你觉得我们会是这个宇宙唯一的生物吗？"

"我不知道，我只知道，我们的宇宙从130亿年前就已经存在，而且我们人类并非衡量万物的尺度，远远不是。你知道，单单在我们银河系有多少颗星星吗？4000亿。4000亿星星。从上面看下来，"大卫的手指头指着天上，"我们地球比一粒灰尘的绒毛还要小。总有那么一天，我们会逐渐消失，那上面不会有一只公鸡冲我们咯咯叫。反正，这就是我理解的真相。"

诺雅把望远镜推到一边，抬起头仰望星空。城市不会有真正的漆黑夜色，而黑暗却让天空变得无比璀璨。城市里关注的是世俗明星，像这样的星空大部分的青少年最多只能从天文馆里一探究竟。但是，吉尔伯特有时会跟诺雅聊起星星的故事。那是从前，凯特要去赴某个派对，吉尔伯特会负责哄诺雅入睡。

"吉尔伯特相信，要是我们死了，我们的灵魂会飞向那些星星。他还相信，那里存在着一种更高级的生命形式，一种不受我们皮囊束缚的生命形式，一种没有痛苦的生命形式。"

"听起来确实像是吉尔伯特说过的话。"大卫说道，"你妈听到肯定笑得要死，对吧？"

诺雅也没办法忍住不笑。大卫躺在草丛里，脑袋枕着胳膊，仰望着天空。

诺雅在他身边躺下。

"昨天，我跟我妈谈过了。"大卫向着宁静的夜空开口说道，"我问她，以前住在你们那栋房子里的那家人姓什么？他们叫作施坦贝格，是对夫妇，带着他们的女儿。那女孩年纪跟你差不多大。我妈妈说，有一天他们一家人离开了，之后就再也没有回来过。她没说有过什么谋杀，但是我又问了那个小姑娘的名字。我妈假装好像记不起来，但是当我提起伊丽莎的时候，她的脸色全白了，然后我就没有再继续问下去。"大卫坐起身来，"诺雅，你是怎么知道这个名字的？"

"我本来不知道，我们在玩那个游戏的时候，我其实是不知道她叫什么的。"

"诺雅，得了，请你……"

"我之前真的不知道。"

诺雅转过头，用目光回复大卫的视线，直到他停止在她眼中寻找另外一个真相。

"这也太疯狂了。"大卫低语道。

"是的，"诺雅说道，"我也告诉自己，这实在是太疯狂了。但是，之后我去找了农夫，那个哈尔塞特，我们的房东。他也信誓旦旦地说，想不起来那个小姑娘的名字。但是他说，他的母亲叫她白雪公主，因为她无比美丽。今天晚上，那个老太太站在窗户边，像团阴影，那个场景太可怕了。"

在重复当时那位老妇人冲着站在下面的她喊话的场景，诺雅还是感觉不寒而栗。她也把森林散步的经历讲给大卫听，讲了那棵折断的、刷上血红颜料的大树；讲了罗伯特，那位画家，他是如何站在那座磨坊边，两眼死死盯着凯特手里的阁楼钥匙。

大卫平静地倾听着她的讲述，之后轻轻摇了摇头，仿佛他还一直相信，这整件事就只是一个噩梦。"我也见过那棵被当作画布的树，"他最后开口道，"那个家伙非常怪异，这我之前就已经告诉你了，不过这些不能证明他就是个杀人犯。"

"我也并没有这么认为，"诺雅回答道，"相反，我甚至还挺喜欢那棵树的创作。我认识一位美国艺术家，他的创作跟这个类似，吉尔伯特爱他爱到不行。让我起疑心的是他盯着那把钥匙的目光。你应该看看他的脸，那张脸看起来就像是……"诺雅思索着合适的表达，但是没有找到，于是垂下耸着的肩膀，"我也不知道。总而言之就是觉得不对劲儿。"

"那阁楼上到底有什么？"大卫问，"你还压根没提起过这个。你在上面发现什么了吗？"

"我没上去，我……"诺雅从草地里揪了一棵蒲公英，用手指捻来捻去。"我就是觉得害怕。但是按照凯特的说法，好像上面并没有什么可疑的东西。在你们的酒馆里，她热情洋溢地把上面的玩意儿说了个遍。"

大卫促狭地笑了："我都听见了，"他说，"当时我和克鲁莫在厨房里。我的妈呀，你说出伊丽莎的名字之后，那一片鸦雀无声……听起来，就像是你引爆了一个炸弹。"

诺雅点了点头。是的，她也有同样的感觉。"甚至有一个男人站起来，盯着你妈妈和古斯塔夫看，眼神特别奇怪。你妈妈说，他应该就是那个丹尼斯的爸爸。就是那个长着一头红发，今天对克鲁莫……"

"托马斯·库尔特，"大卫的眼睛眯成一条缝，"那家伙跟他儿子一样是个王八蛋。不过再说回伊丽莎，要是说在我们玩游戏的时候你并不知道她的名字，那你怎么那么肯定，她就叫这个名字呢？"

诺雅冲手里的蒲公英吹了一口气，很轻柔，所以只有几只绒球脱离草茎，在无风的空中飞舞，直至落在他们的脚前消失不见了。"我是在一本书里读到的。"

大卫皱了皱眉头："一本书？什么样的书？"

"一本童书，林格伦的，放在我们的书架上，我甚至还拿在手里翻过一次。首页上有个献词，已经相当模糊了。"诺雅摇摇头，把草茎丢到一边，"很奇怪，开始的时候我觉得是有人把水撒在上面了，现在我认为那是眼泪。应该还有一个小孩存在才对，一位兄弟，名叫约拿旦。他在伊丽莎10岁生日的时候送给她这本书当作礼物，我可以给你看。但是农夫并没有提到什么约拿旦，还有你妈妈……"

"她也只是说起，那家人有一个女儿。"

"按照献词的说法，约拿旦的岁数应该更大一些。爱你的哥哥约拿旦，永远陪伴在你身边。这行字在下面。或许，他没跟着一起来过这里。"

"或许吧。"大卫跪在望远镜前，开始松三脚架台的螺丝，"看起来，他在关键时刻，并没有待在妹妹身边。"他猛地向下合上镜头，镜头撞击脚架，发出啪的一声。诺雅不由得想起，大卫也是当哥哥的人。

回去的时候，大卫选择了另外一条路。他向左拐，穿过森林，从画家的磨坊旁边穿行而过。

下午的时候，这座旧磨坊在诺雅看来就是阴沉沉的，现在更是漆黑一片。一张漆黑的面孔上长着一只闪烁的独眼，那是一扇窗户后面点燃着的一盏灯光。森林太安静了，车窗是摇下来的，诺雅竟然能听见音乐声从那边传来。

是钢琴声，而且毫无疑问不是从音响中放出来的那种。有人在弹钢琴，弹的正是诺雅以前从手机铃声合集里删掉的一首曲子，因为对她来说实在太荒谬了，用这样一首曲子来当手机铃声实在是太降格了。曾经有那么一段时间，诺雅一遍又一遍循环播放这首钢琴曲，她觉得实在太好听了。

"《致爱丽丝》，"大卫说道，"这首曲子是《致爱丽丝》，不是吗？"

诺雅只能点头。

"你觉得，这个罗伯特和伊丽莎，我的意思是……和她的死有关吗？"半个小时后，大卫再次将车停在花园门口，诺雅开口问大卫。

"该死，诺雅，如果这个酒杯愚弄我们的故事大反转，变成一个真实的故事，那每一个人都有可能是凶手。不光是罗伯特或者托马斯·库尔特，那个老女巫或者哈尔塞特，要是你愿意，也可能是我妈妈或者古斯塔夫，甚至可能是30年前在这里生活的每一个人。我们村子有300个村民，大约220个人超过30岁。从数据统计上来看，这挺搞笑，但要是我们想找凶手，那就堪比在夜空中去定位一颗黑暗的星。如果你再仔细想想，也有可能不是我们村子的人，而是跟着伊丽莎来到这里的某个家伙。肯定有几千种可能性吧。你想怎么办？要不要来个有趣的问卷调查？"

诺雅沉默着，然后轻声说："其实，我们只需要问伊丽莎。"

大卫还没回答，诺雅抬脚下了车。"谢谢你的露天电影院，"她笑着说道，"电影真的很棒！"

第11章
一架照相机和一卷胶卷

...

今天，罗伯特给我带了件礼物，一个带锁的小盒子，是他自己描绘的图案。他是一位真正的艺术家。鸟儿的颜色像我的沙发一样是红色的，现在沙发正放在阁楼上，在我的地盘里！盒子就像是为我的首饰量身定做的一般，那部莱卡相机也锁在里面。爸爸要是想找到它，得找到心灰意冷吧。

伊丽莎
1975年7月21日

...

"胖可可"一跃跳上诺雅的肚子，诺雅一个激灵醒了过来。压根没顾及自己有多重，这只胖虎猫在被子上卧了下来。七年前，它还是小小的一只，当时凯特把它从动物收养所里带回家的时候，它看起来又脏又可怜。这会儿它用牙齿叼着被罩，嘴巴里呼噜噜山响，一双前爪前前后后地蹬着。这是所谓的吃奶标准动作，几乎所有太早从猫妈妈身边被带走的小奶猫都有这个习惯，"胖可可"尤其是。它可以数小时之久保持这种仪式性的动作，眼睛半眯着，就像凯特总说的那样，保持一种沉迷于此的面部表情。

"希区柯克"这会儿也从门缝里探出来一个黑脑袋，嘴里发出一声委屈的猫叫。显然，这两位还饿着肚子。

诺雅叹了口气，把"胖可可"往一边推了推，翻身下床。窗户还敞开着，昨夜银色闪耀的繁星如盖为今天碧空如洗、万里无云的天空悄然让位。阳光撒进屋里，预示着今天会是炎热的一天。诺雅提上牛仔裤，套上一件灰色短袖 T 恤，打算下楼去厨房。突然，她听到凯特房间里传出一声巨大的呻吟。

诺雅的妈妈正坐在床上，脑袋俯在一个汤盆上，用一种类似痉挛的抽搐在呕吐。红发落下，遮挡住了凯特的脸，等她抬起头，惨白的额头满都是汗。

"你到底怎么了？"

"我要死了，这不一目了然嘛。"凯特努力想要把汤盆放回地面，但是她的手抖得厉害，汤盆差点儿从手里掉下去。那个汤盆看起来是质地非常昂贵的瓷器，跟凯特从城里买的那些简易餐具一点都不搭。

"我跟你讲，昨天晚上我遭了一夜的罪。我真的以为胃要完蛋了，很有可能是那个蘑菇跟我不对付。"凯特筋疲力尽地又倒回枕头堆里，"你昨晚在哪儿？我半夜去看你的时候，你的床是空的。"

"我散步去了。"诺雅没兴趣跟凯特提起大卫。

"要我给你带点什么吃的上来吗？一片吐司，或者一杯茶？"

"不用了，谢谢。"凯特的手又捂着嘴，好像只是一想到吃的她就又得吐。她的嗓音听起来无精打采的，但要论说话凯特一直都行，无论病得有多么厉害。凯特需要说话才能活着，就像其他人需要空气才能活着一样。

"我把吉尔伯特打发进城去了。"她说，"希望他无论在哪儿都能给我搞几片非处方药来，我可没兴趣让某个乡村医生仔细给我做检查。哎呀，太讨厌了，我本来打算今天动手收拾我的屋子呢，这一下子没戏了。"凯特的目光扫过还没打开的行李、一厚沓剧本、她的签名照，还有一些装了框的照片，就倚在旧梳妆台旁的墙边。那是玛琳·黛德丽、葛丽泰·嘉宝、英格丽·褒曼、莫妮卡·布莱布特罗伊的肖像照，当然还有诺拉·格雷戈的，那位默剧女演员，诺雅的名字就是从她那儿来的。凯特的照片也在其中，那是一张黑白照片，是诺雅一年前掌镜为妈妈照的。当时凯特将那只公猫"希区柯克"像个黑色围脖似的围在自己光溜溜的脖子上。诺雅还清楚地记得，"希区柯克"是如何奋力挣扎、激烈反抗凯特以这种方式对待它，一个不留神，就在凯特的胸口上落下了一道印记。那是一道深深的抓痕，当时流了很多血。如今再看凯特的那张黑白照片，那就只是浅色低领衫上方的一道深色印痕。照片上的凯特红发向后梳得紧紧的，将她那张长着绿色大眼睛、高耸颧骨、丰满心形嘴唇的脸表达得更强烈。

这会儿她的头发湿成一绺一绺的，双眼无光，嘴唇毫无血色——但是依然很好看。人们怎么说来着："没有什么能够破坏一个美人的美丽？"这句话说的就是现在的凯特。

"你可以喂一下猫咪。"凯特把被单一直拉到鼻子底下，"我觉得，我得再睡一会儿。之后咱们还得考虑一下，看请谁来帮咱们整修房子。或者你认为，还可以再考虑一下大卫？"

诺雅耸了耸肩。昨天夜里她并没有跟大卫说起整修房子的事儿，但是等她下楼来，大卫正好跟在吉尔伯特的身后进了房子。

"凯特怎么样了？"吉尔伯特手里拎着一个药店的袋子，看起来有点忧心忡忡。

"好像都吐了。你们昨天吃了什么？"

"我吃的是煎土豆，但是我肚子疼可能是因为我眼大肚子小。"吉尔伯特冲着大卫咧嘴笑着，"你妈妈确实挺为客人考虑的，你们那儿的菜量一份总是那么巨大吗？"

大卫耸了耸肩："我们就是个乡村酒馆，又不是什么美食餐厅。不过我也在问自己，到底是什么让凯特上吐下泻的。我也吃了蘑菇，但我完全没事儿。"

"或许是一株蛤蟆菌迷路掉进了凯特的盘子。"吉尔伯特会心一笑，不过马上就举起双手表示歉意，因为大卫朝他投来愤怒的目光。

"就是个笑话，别担心，我并不打算指责你们家，也许就只是因为凯特的胃比较敏感罢了。"吉尔伯特将手放在大卫的肩上，"我其实真的很高兴你又回来了，不仅仅只是因为整修房子的工作需要你。那么，我先上楼一下，给那只生病的老母鸡送点药，之后咱们仨可以考虑看看下一步做什么，好吗？"

大卫跟着诺雅进了厨房。这一天余下的时光，凯特就躺在床上度过了。吃完一顿早午餐，诺雅开始归置自己那间冲洗胶卷的暗房，接下来，又帮着吉尔伯特和大卫把她那个房间的壁纸撕下来。等到垃圾和灰尘都打扫干净，装进垃圾袋，运到楼下，已经是傍晚时分了。

"要是可以的话，粉刷的事情可以推到明天。"吉尔伯特擦了一把额头的汗。他的圆圆脸因为劳累发着光，平时光滑的手也因为干活的缘故变得粗糙起来，"我得去呼吸点新鲜空气，你俩跟我一起去散个步，还是另有打算？"

大卫用询问的眼光看了一眼诺雅，诺雅只是紧咬着下嘴唇不做声。吉尔伯特微笑着推了推鼻梁上架着的圆眼镜，要是没有眼镜他看人看物就会有点轻微的斜视。

"那我走啦,一会儿见。"

房门在吉尔伯特身后关上很久,大卫还是一直盯着诺雅。"先玩游戏还是先去阁楼?"他小声问。

诺雅犹豫着。"先去阁楼。"最后,她低声开口道。

诺雅在踏上第一级台阶时紧张极了,恨不能牵住大卫的手。钥匙还插在锁眼里,但是上次参观结束之后凯特又把门锁上了。这会儿那个锈得要死的锁舌在开门的时候发出刺耳的嘎吱声,一层鸡皮疙瘩从诺雅的后背上竖了起来。

是的,凯特说的没错,阁楼的空间非常大。但是在看到里外两个套间的一刹那,诺雅并没想到什么冥想室,或是书房,也压根没想到什么电影放映室。事实上,她根本不知道自己想了些什么,这个地方的气氛似乎对她有种特殊的魔力。倾斜的屋顶相互抵着,如同一个巨大的三角形的两边。尖利得像箭一样的阳光,拼命从布满尘埃的天窗钻出一条道来。灰尘随着气流从地面旋转至空中,在光线中变成一颗颗闪亮的微粒。

听不见什么动静,四下一片安静,仿佛这上面所有的声音都消失不见了。消失在他们头顶的屋架上,消失在依次从地板上凸起的沉重木梁后面,消失在哈尔塞特从屋子的各个房间捣腾到这里来的家具之间。

大卫已经首先向前迈出几步，穿过一组装饰着流苏和饰带的墨绿色天鹅绒沙发椅。左边一个沙发上搁着一个鹿角，右边一个上面放着个铸铁的烛台。

其他一些随意摆放在外间屋子里的古董，看起来也像是被鉴赏家精心挑选出来的。一个胡桃木的衣柜，一个镶有镀金锁的写字柜，两张咖啡桌，六把高背软垫座椅，几盏形状各异的羊皮纸罩台灯，一架梳妆台，几个乡村风味的绣花靠枕，一张长长的餐桌，上面堆放着各式各样昂贵的东西。诺雅走上前去，仔细打量。水晶大肚玻璃瓶，银光闪闪的水银玻璃器皿，五花八门的纪念品、挂盘，还有一套银质餐具随意堆放在一个旧鞋盒里。

一眼看到陈列在餐桌旁玻璃柜里的那套陶瓷餐具，诺雅忍不住咧开嘴笑了。原来凯特今天早上抱着吐的那个汤盆是从这里拿走的啊。

"太不可思议了。"大卫望着诺雅，轻声说，"看起来挺高雅的，很难想象有人就这么不要它们了。要是把这些杂七杂八的卖了，银行账户里得多出好大一笔银子。"

诺雅点点头，随后忽然一下子呆住了。是那股香气，略带点淡淡甜味的女士香水，它又出现了。在这里，这个布满灰尘的阁楼里，香味比在楼下房间里还要强烈。大卫同样也注意到了。他皱着眉头朝诺雅走过来，脸凑近她的脖子，诺雅都能感觉到他的呼吸。

"不是你的香味啊。"

诺雅摇头。她从不用香水，即便用，也肯定不会选这种类型的。跟上次的感觉一样，似乎有人刚刚喷过香水。诺雅不由得想起来这里的第一个晚上，在她和凯特、吉尔伯特离开房子的那一刻，那种感觉也如此强烈。就是有人在盯着她，目光一直跟随着他们，直到他们从房子里出去。

"不知道她能不能看见我们？"诺雅更多像是对自己自言自语，"她是不是……以某种形式真的在这里。"

大卫吸了一口气，长长地深吸了一口气，向四下一番打量。诺雅有种感觉，虽然楼上热度不散，但是大卫却哆嗦了一下。之后他耸了耸肩："我们其实可以问她的，就像你昨晚说的。我的意思是，以后，假如我们再玩这个……这个游戏，我们就可以问她。不过现在我们先下去吧，好吗？"

大卫转过身，诺雅紧挨着他。两扇门将后面那间屋子和前面这间隔了开来。门框左右是两扇嵌进墙里的窗户，上面没有玻璃。不过这会儿因为那两扇门大开着，所以窗户被半遮住了。两个门扇冲着外间屋子敞开着，样子像极了一双翅膀，黑黢黢的巨大翅膀。看见这个，一个怪诞的念头突然在诺雅的心中闪现。与其说念头，不如说是一种幻觉。一种幻觉，连她自己都吓了一跳，因为这幻觉无法解释，就像那种香气一样。她看见了两个人：一个男人藏在左边那扇门后面，另外一个男人藏在右边。他们两个穿过没有玻璃的窗户向后面那间屋子看去，就像在看一个舞台。

"怎么样，你正跟着你的想象力漫游吗？"大卫将手放在诺雅的胳膊上，仿佛察觉到了她脸上的表情变化，"我的天哪，你起了一身的鸡皮疙瘩。"

诺雅迅速闭了一下眼睛，然后果断地向前迈出一步。里间屋子里确实有个类似舞台的东西，或许正因为如此，她才能感知到那么奇怪的画面。积满灰尘的木地板上只有唯一的一件家具，一只深红色的长沙发椅。或者按照凯特的说法，那是一张贵妃椅。

后面没有墙，贵妃椅后面裂开了一个深洞，那是通往谷仓的门槛。

诺雅感到片刻的晕眩，她紧紧抓住大卫的手，想要把他拉回来，但是大卫继续向前走着，于是诺雅松开了他。

"真的很深，"大卫一边向前弯下腰，一边嘴里说着，"得有四五米。"

"回来。大卫，求你了，回来吧。我 …… 我没法看这个。"

大卫回头看向诺雅。"哦，对了，恐高症。"他想起来了，哈哈笑着。诺雅怒了，极其愤怒，因为大卫又往前迈出一步，张开双臂做出飞翔的样子。

"别这样，该死的，这不好笑。要么你停下，要么我立刻下楼！"

"好啦，好啦。"大卫折回来，查看那些斜墙。承载它们的木梁在底部用草茎和泡沫橡胶塞得密不透风，但是有几个地方，似乎仍有空气辟出一条道路进入阁楼。诺雅是从灰尘微粒上看出来的，它们也在这里的地板上飞舞，似乎是从外面吹进来的。有一处地方冒出银灰色的一团，其实只有很小的一角，基本上没太可能被看到，但却无巧不巧地落入了诺雅的眼里。

她跪在那个地方，扯了下那一团东西 —— 是丝绸。诺雅发现这么一拉，泡沫橡胶一下子松散开来，很容易就能扯出来。泡沫橡胶后面隐藏的像是某种和服一样的织物，不过里面好像裹着什么东西。

诺雅把织物拨开的时候，不由得心跳加速。里面是个小盒子，材质是简单的木头，已经开裂，远没有这里发现的所有东西值钱。但是有人非常艺术地精心描绘了这个小木盒子，几只小鸟盘旋在深蓝色的背景上，形象生动逼真到看起来随时都要展翅飞起。小鸟的颜色跟贵妃椅的一样，都是一种深红色。盒子的锁眼里没插钥匙，诺雅试图打开盒子的盖儿，她用一种完全无意识的手上动作使着劲，结果手指一滑，一个木刺扎进了皮肤，手指马上流血了。

"糟糕！我没打疫苗。"诺雅害怕地叫了一声。她非常清楚，没打破伤风疫苗，要是有脏东西进入破损的伤口，一个人有多容易得败血症。

"等一下。"大卫在诺雅身后跪下来，拿过她那根手指头，用大拇指和食指使劲挤压，想弄出那根木刺来，但涌出来的全都是血。诺雅还没来得及抽回手，大卫一下子又将手指放进嘴里。他的嘴唇含着她的手指，诺雅能够感觉到他温暖的舌头正在触探着指头上的伤口。她又觉得头晕目眩起来。诺雅向后缩了一下，但是大卫的手并没松开。血还在向外涌，滴在了大卫的牛仔裤上，但他毫不在意，只是冲着光线举起她的手指头，眉头皱着。

"别动。那个木刺挺大的，不过已经露头了，我能感觉到。我肯定能把它弄出来。"

大卫再一次将诺雅的手指头放进嘴巴里，嘴唇噘着，使劲吸吮，直到木刺露出头来。真的是一根大木刺，即便在阁楼昏暗的光线里也能看得出来。大卫用指甲剪钳住木刺顶端，一使劲就把它拔了出来。

"拔出来了。你们这里有没有常备消炎的东西？"

"我不记得有。"诺雅嘴里咕哝着，用自己的大拇指按住伤口，低着头，害怕去看大卫的眼睛。

"那你拿着这个吧。"大卫递给诺雅一张纸巾，"不会有事的，重要的是，刺已经没了。"

诺雅用纸巾缠手指的当儿，大卫站起身来，从餐桌上那个旧鞋盒里拿出一把餐刀。诺雅紧张地看着他是如何一步步尝试打开盒子的。先是用刀尖在锁里前后左右捅了几下，不过却是徒劳，因为刀尖太粗，锁眼太细。接着又将餐刀塞到盖子底下，使出了吃奶的劲儿用力向下撬。"该死…… 这可恶的玩意儿…… 我…… 我打开啦！"

盖子哗啦一声被撬开了，大卫长舒一口气。"好了，下一步我们该看个究竟了。你准备好了吗？"大卫的眼睛因为激动闪闪发光，诺雅冲他点了点头。

她不知道自己期望什么，一切都有可能出现在这盒子里，一切都有可能。但是此刻，那个打开的盒盖里出现的东西，是她完全没有料想到的。

那是一架照相机。一架旧莱卡，比凯特送给诺雅的那一架昂贵许多。

另外，里面还有一卷胶卷。

第 12 章
阁楼上有脚步声

...

上面太安静了。我在思考着所有可以在阁楼里做的事情。我望着罗伯特，感觉到他也在思考着。

我想要他爱我。我不爱他，但是我想要，他爱我。

伊丽莎
1975 年 7 月 23 日

...

"要把它拿出来吗？"

大卫想要打开照相机，但是诺雅却抓住他的手。纸巾下面的伤口仍然还疼得突突地跳。"别，等一下！"她急匆匆说道，"要是这会儿取出胶卷，它就曝光了。我……"她犹豫了一下，"可以之后在暗房里取，还可以在那儿把胶卷冲出来。"她从大卫手里拿走照相机。相机很沉，还有一个过片扳手，负责上胶卷。计数窗上数字停在28。"这卷胶卷还没拍完，"诺雅说，"还可以再拍8张。"

"那就……"大卫将金发撩到脸颊一边，又从诺雅手中拿回相机，"我们把它拍完吧。要我说就'既来之，则安之'。你觉得，电池还扛得住打闪光灯吗？"

"不行，"诺雅站起身，膝盖抖着，"肯定不行，我不认为能行。我下去一趟去取电池。你等在这里，好吗？"

除了电池，诺雅还发现了一个创可贴，还有用于消炎的东西。等到诺雅折返回来，大卫拿着那个相机不愿撒手。他换上新电池，端起相机瞄准了诺雅。诺雅吓了一跳，立马躲开。"别，不要，我不想让你拍我。我……我不喜欢被拍。"

她想要伸手去抓相机，不过大卫已经按了快门。闪光灯太亮，诺雅条件反射一般惊恐地睁大双眼。

大卫哈哈笑起来："哎呀，对于这种照片，我至少跟对其他那些照片一样充满期待。你做出那样一副表情，就好像我手里拿着把枪。"

诺雅忍不住微笑起来。"也差不多吧。"她嘴里嘟囔着，"你有没有注意到，形容照相的动作用的是什么词？端着相机，冲着某人，按下快门——这跟使手枪基本上是同样的概念。"

"好吧，"大卫说着，将相机放进诺雅的怀里，"你是摄影师。为了用完胶卷，你想要冲谁按快门？你妈妈，或者我妈妈？"

诺雅看着大卫，笑了："我本来想的是拍你。"她说。

诺雅知道，在镜头前，即便是最自信的人都会散发出奇怪的羞怯感，那是一种带点防御又带点惊恐的情绪混合。权力掌握在镜头之后的那个人手里，因为跟模特不同的是，摄影师隐藏了自己的面孔。面对镜头的人是无助的，站在镜头前，就像面对答案未知的问题。应该看起来什么样，希望看到什么样的面孔，一张漂亮的脸吗？自己好看吗？自己的感觉和实际看上去的效果是一样的吗？

有一种方式可以掩饰这种不确定性，那就是笑，可以用笑来隐藏自己。诺雅当然了解这种大多数摄影师都会使的滥招。以前在学校，摄影师为班级拍照的时候，大家都会微笑着说"茄子"。诺雅几乎总是唯一那个没有跟着一起喊的人。其他人做着鬼脸的时候，通常她都是恐惧地直直盯着镜头。

大卫不一样。他没有一丁点儿的羞怯，也不像凯特那样摆姿势，而且他也不故意做鬼脸。

他就静静站在那里，望着相机的方向，仿佛镜头不存在一般。他的斜上方是那个天窗，于是阳光将他的半张脸笼罩在一团模糊的光线中，另外半张脸沉浸在黑暗中。诺雅突然觉得，那就如镜中的另一个大卫。互为对立，互相吸引 —— 也吸引着诺雅。他的短袖上面还沾着诺雅伤口的血迹，嘴唇上依然挂着一丝古怪的微笑。大卫轻咬下唇，诺雅感到自己的两只手在发抖。

"我想吻你，"大卫开口道，"你能看得出来吗？"

诺雅没有回答。她按下快门，一下又一下，直到再也按不下去。她费了好大劲儿，才放下相机，直视大卫。

"结束了，胶卷用完了。"

"然后呢？"大卫向诺雅迈出一步。他的脸离开阳光，完全沉浸在黑暗里，但是微笑却越扯越大，绿色的眼睛周围泛出细细的笑纹。"现在可以吻我一下吗？ 当作拍那些照片的奖励？"

诺雅站在那里，两只脚沉重得像灌了铅似的。她脑子里想着"不"，心里却在说"好"。当时跟海克也是因为一个吻开始的，但是大卫并不是海克。大卫不一样，或者，也一样？

"你从哪里来的这么多担惊受怕？"他忽然小声问。

"跟你没关系。"

诺雅交叉着双臂抱在胸前。她明白，自己的声音既生硬，又拒人千里之外，但是她希望自己以后能改一改。

但是大卫并不接受她的拒绝。"这么说，"他微笑着，"跟你稍有不同的是，我马上就会发现两个秘密。"

诺雅咽了一下口水，大卫的脸突然变得无比严肃。

"我不知道在你身上发生过什么，诺雅。按照你的行为方式，一定是发生了极其可怕的事。但是，我不会伤害你。我只想做你也愿意做的，不多，也不少。"

他又靠近了些，脸上的表情无比温柔。当他的手指抚上她的面颊时，诺雅缴械投降了。她垂下手臂，闭上眼睛，喉咙中发出一声既像呜咽又似开心的声音。大卫将她拉向自己身边，诺雅可以感觉到他的手停留在她的两个肩胛骨中间，温暖又坚定。他俩的嘴唇还没碰到，猛然听到一声清嗓子的轻咳。

诺雅迅速转身。

吉尔伯特站在其中一扇没有玻璃的窗户后面。

"抱歉，打扰你们俩了。"他尴尬地说，"但是楼下有人找你。"吉尔伯特看着大卫，"你妈妈在这儿。她说，你得赶快回家，你弟弟不太好。"

玛丽等在阁楼台阶前的走廊里，眼睛睁得大大的，脸色煞白。

吉尔伯特拍了拍大卫的肩膀："希望明天能见。"他说。

大卫迅速看了一眼诺雅。他跟随母亲离开时，诺雅感到一阵晕眩，一半是因为幸福，一半是因为害怕。

这一天晚上，凯特第一次离开她的床榻。吉尔伯特煮了个汤，凯特能吃点儿，没再吐，显然药片起效了。整个晚上，他们一起在客厅度过。凯特研读剧本，吉尔伯特又开始读一本新书，书名叫《力量动物 —— 身体、精神、灵魂的力量》。诺雅读了一下内容简介，说的是，要是人在读这本书的时候突然发出猫的呼噜声，不要惊讶，这是因为人体内的猫咪觉醒了。

凯特的两只猫咪依偎在地板上的一个靠垫里，难得融洽和睦地躺在一起，睡着了。

诺雅随手翻着摄影杂志，但是有点魂不守舍，那卷胶卷不断出现在她的脑海里。此刻，那卷莱卡相机里的胶卷正静静躺在暗房里，等待被冲洗出来。真可恶，自己真该把显影液和定影液从柏林带过来，那样的话今天就可以把胶卷洗出来。现在她得等到明天了，希望市里有家照相馆才好。明天一大早，明天一大早我就去问大卫，看看能不能载我去那里，诺雅心想。然后她又想起那个游戏，她本来打算和大卫一起玩来着。幽灵游戏，这段时间她都是这么称呼这个游戏的。她想起那个吻，那个没有发生的吻。

十点刚过，诺雅就上床睡觉了。不一会儿，凯特和吉尔伯特也去睡觉了。

正是在这个夜晚，诺雅第一次听见阁楼上的脚步声。

轻微、窸窸窣窣的脚步声，就跟英格丽·褒曼老电影里的一样。在那部影片里，凯特最喜欢的女演员扮演了一个最终被丈夫逼迫至疯狂的女人。

脚步声混杂在诺雅的梦里，像幽灵一样黑暗和模糊。但是，那不是幽灵，那也不是梦。

第 13 章

张开双臂的女孩

...

我觉得，一个人站在悬崖边上感受到的恐惧，在现实中更多是一种
渴望。一种自由坠落的渴望，或者是一种伸开双臂飞翔的渴望。

伊丽莎
1975 年 7 月 25 日

...

诺雅得攒足全身的勇气，才能从床上爬起来。赤足踩在木地板
上，感觉非常不真实。苍白的月色从敞开的窗户中透进来，在墙上
画出的阴影如鬼影一般，诺雅脖颈上的汗毛不由得竖了起来。她用
舌头舔了舔嘴唇，嘴巴像脱水了一样。脚步声此刻正出现在她头顶
的上方。两声闷响，**嗵，嗵**……然后又停住了。接着又往前，**嗵，**
嗵，嗵……

伊丽莎。这是诺雅的第一个念头。一个幽灵，可以跟他们用字

母来交流。一个幽灵，或许那是她的香气，而且可以一而再，再而三地被她感受到，就连大卫也能清楚地闻到，这样的幽灵难道就不能弄出声响来？在谋杀的事发地点无法安息，来来回回地走动，直到事情平息，得到解脱。这样的故事，不管在哪个世界，不是都一样吗？

吉尔伯特的书里就有这样的桥段，诺雅曾经翻找过，甚至考虑跟吉尔伯特就此谈谈，不过她又打消了这样的念头。吉尔伯特肯定会歇斯底里的，那样对她对大卫都没什么帮助。基于某种原因，诺雅也并不相信阁楼里的脚步声是伊丽莎的。有个声音一直在诺雅的脑海里低语，要是幽灵的脚步，肯定会更轻、更柔。

诺雅从床头柜抽屉里摸索出手电筒，抱起"胖可可"，将它紧紧搂在胸前。这家伙本来蜷成一团睡在床脚，这么折腾也就呼噜一声就随遇而安了。它本来就是什么都喜欢的性子，性格随和得像只旧的毛绒泰迪熊玩具。

诺雅蹑手蹑脚走到走廊那儿，地板在光脚丫下嘎吱作响。"凯特？"她压低声音呼叫着，"凯特？……吉尔伯特？"

没有人回答。诺雅将脑袋伸进凯特卧室，听见妈妈轻轻的呼吸声。她溜下楼。吉尔伯特的门是关着的，但是呼噜声穿透门板，直接响进了门厅。诺雅的后背感到一阵微风，风来自厨房，窗户开着一条缝儿。

"胖可可"停住呼噜声，用前爪使劲蹬着诺雅的胸口，直到把它放在地上。"胖可可"径直向它的猫碗走去，喵喵地叫着，讨要可吃的东西。诺雅倒了点猫粮进去，然后又折返上楼。

她站在阁楼门口，恐惧像手指一样攫住了她。

门锁着，钥匙还插在孔里，很明显没人能从这里登上阁楼。这一切真的是她幻想出来的吗？正当诺雅想要再次转身的时候，一声轻微的猫叫传入了她的耳朵。是"胖可可"吗？不可能，四下哪里都看不见有猫。但是猫叫声再次响起，这次声音更大。这是一种嘶哑的喵呜声，随之还传来扒拉木头的声音。一半松了口气，一半吓个半死，诺雅终于搞清楚，抓木头的动静是从里面传来的。"希区柯克"，肯定是凯特养的那只公猫。难道下午的时候，它是跟凯特和吉尔伯特一起待在阁楼里的？或许他俩一不小心把它锁在里面了？对，肯定是这样。诺雅用颤颤巍巍的手指，拧着锁眼里的钥匙。阁楼门打开的一瞬间，那只黑色的公猫突然一下子蹦出来，吓得诺雅几乎大喊出来。

"该死的，'希区柯克'！你吓死我了，你知道吗？"

"希区柯克"已经一溜烟窜进楼下的厨房里去了。等到诺雅又躺回床上，她的心还在剧烈地狂跳，像要跳出来一样。

脚步声停了，四下一片宁静，无边的宁静。忽然，诺雅想起来，晚上她还见过"希区柯克"，它跟"胖可可"一起躺在客厅的靠垫上。它究竟是怎样穿过锁着的房门进到阁楼里去的？是凯特或者吉尔伯特在睡觉前又上去了一次吗？

第二天早晨，天空又布满了乌云。一阵轻柔的，闻起来带着雨水湿气的微风从窗外吹进来。在决定掀开被子上阁楼之前，诺雅又赖在床上躺了片刻，直到彻底醒透。

一切都跟昨天她和大卫在上面的时候一模一样。只有那个盒子昨晚被诺雅拿走了，它此刻正好端端地躺在诺雅的柜子里，跟她的衣服放在一起，还有那件银色的丝质和服和莱卡相机。大卫刚一离开，诺雅就把它们带了下来。

诺雅看着尘埃里留下的脚印，叹了口气。它们都是谁的脚印，已经无法判断。大卫、凯特、吉尔伯特，还有诺雅自己，都在阁楼里来来回回走动过，如今再加上猫咪在木地板和长条餐桌上留下的小爪印。诺雅进到里面那间屋子，看见就连贵妃椅上也有一个圆形印迹。显然那只公猫在喵喵叫着用爪子挠咮房门之前，曾在那里卧过。再一次，诺雅想起了那个脚步声。那是一种均匀迟钝的声响，基本上无法跟"希区柯克"轻柔的猫爪联系起来。要疯了，这一切简直太疯狂了，诺雅心里寻思。或许真的就是"希区柯克"，或许是因为透过屋顶所以声音才会那么钝钝的，或许凯特或吉尔伯特昨天晚上真的又上了一次阁楼，一不留神把"希区柯克"锁在那里了。

诺雅跑下楼，来到厨房。灶上正咕嘟着瑜伽茶，吉尔伯特正在切面包。听到诺雅的问题，他疑惑地皱了下眉头。"大晚上的我们去上面干什么？玩躲猫猫游戏吗？该死！"吉尔伯特扔下手里的刀，将大拇指塞进嘴里，"我切到手了！"

诺雅不由自主地想起昨天，想起自己的手指头，流连在大卫的唇间。"严重吗？"

"不严重，还行吧。我去拿个创可贴。你行行好，去叫一下凯特，好吗？一刻钟之后吃早餐。"

"没问题。"诺雅跑上楼，然后又跑出门，去往酒馆。吃早餐前她想赶紧去找一趟大卫，告诉他阁楼上的脚步声，还有一件重要的事，那就是请他开车带自己去一下那个小城，她要去买浓缩液。

诺雅按了两下门铃，来开门的是古斯塔夫。酒吧靠后的一张桌边坐着一位红头发、宽肩膀的男人，正在喝着酒杯里的最后几口啤酒。托马斯·库尔特，"火警警报器"丹尼斯的爸爸，村里的屠夫，玛丽就是这么叫他的。诺雅的脸上完全是一副厌恶的表情，这还没到中午呢，光是想想有人这个时间就喝啤酒，她就觉得实在太讨厌了。

"那宰杀这事就说好了。"她听见托马斯·库尔特说道。此时古斯塔夫还一直站在门里，他刚刚刮过胡子，松弛的脸面色红润，就像刚刚冲了个凉水澡。他那圆咕隆咚孩子般的眼睛看着诺雅，友好地微笑着。忽然诺雅意识到，她还没跟这位店主打招呼。

她刚要开口，古斯塔夫截断了她的话头。"大卫不在这里，"他抱歉地说，"他让我捎个口信给你们，说是下午去工作，上午还有些事要解决。你需要我给他捎句话吗？"

"谢谢，"诺雅回答道，失望的感觉在心里蔓延，"麻烦您告诉他，我……等他。"

古斯塔夫点点头，于是诺雅转身往回走。太阳出乎意料从云层后面透出头来，吉尔伯特于是将花园桌支在核桃树下。早饭过后凯特要去城里，诺雅会跟着一起去。要是大卫下午才能过来，那她就得一个人开始冲洗照片。还得多等一段时间，这让她有点忍不住。

那座小城真的挺漂亮，很小，一览无余，拥有一座历史感十足的市中心。跟村子不同的是，这里的房屋保持着古老的风格，并没有突兀的建筑兀立其中。它们被粉刷成各种养眼的颜色，绿色的百叶窗和窗前盛开的天竺葵像是专门为了艳阳高照的一天盛装打扮似的。一排房子的中间有一座天主教堂，诺雅在它前面驻足片刻，仔细聆听管风琴悠扬的乐曲。大门里走出一位满头银发的年长妇人，那是艾斯特尔。大卫所谓的奶奶礼貌地点头致意，回应诺雅的问候，然后拄着拐棍，慢慢走下台阶。

凯特已经往喷泉前面的广场方向去了，那里有一个市场，人来人往。空气里飘着各种味道，有香甜的水果味、鱼味，还有刚烘焙好的面包味儿。其中一个摊子上，长长的绳子上挂着一串跟《马克斯和莫里茨》书里一模一样的拔毛鸡。

"看见这个我又要不舒服了。"凯特说道，胳膊挽着诺雅，"你想吃点什么？要不今晚我们做道好吃的沙拉，你觉得呢？"

"沙拉听起来不错。"诺雅回答。

她们买了新鲜的生菜、芝麻菜、黄瓜、西红柿和鸡蛋，接着凯特又在一家布料店逗留了半个小时。售货员认出了她，于是凯特很热情地跟她聊了很久自己的新作品，刚好这里的影院也正在放映这部电影。

诺雅不耐烦地瞄了一下手表。马上就是中午，到时候商店就该关门了，可她还需要给暗房买浓缩液，不就是因为这个她才来这里的嘛。于是她留凯特在店里，自己向前又走了两栋房子，来到那间照相馆。出乎她的意料，她在这里找到了冲胶卷需要的所有材料。等她兴高采烈地从店里出来，凯特都已经在橱窗前等她了。

"我们再喝一杯卡布奇诺吧？"

诺雅还没作答，凯特就冲着市场广场左边的一家小咖啡馆走去。"前不久我来过这里，他们家的卡布奇诺真的是用牛奶打沫，而不是什么奶油，这我可完全没想到。嘿，快看，这是……"

凯特停住话头，诺雅顺着妈妈的目光，也看到了他。

是大卫。他坐在一张桌子旁，却不是一个人。一位金发姑娘正坐在他的身旁，大卫——背朝着诺雅和凯特——将手放在她的胳膊上。姑娘穿着紧身的连衣裙，黄色底子上带有精美的绿色条纹，微卷的长发衬托着她娇嫩的面孔。姑娘倾身向大卫靠得很近，看起来似乎他的嘴唇都要挨到她的面颊了。

"该死，"凯特说道，"这似乎不是一个好主意。"

诺雅一言不发，只是转身离开。胃里一阵疼痛的空虚蔓延开来。为什么？该死的，为什么她要相信这个坏家伙？

"吉尔伯特跟我讲了，你俩昨天在阁楼里。"凯特在发动车子的时候开口说道，"我的意思是，或许这也是他的前任，他在跟她谈分手，因为他爱上了你。"

"凯特，"诺雅疲惫地开口，"别再说了，我们谈点别的好吗？"

"你想谈什么话题？天气？你房间墙壁的新颜色？或者我们可以破例谈谈你的感受？天哪，诺雅，你别总把我当敌人对待。我能感觉到你喜欢大卫。吉尔伯特跟我说，他昨天在阁楼上打扰了你们两个的时候，我真的为你感到高兴。我觉得这太浪漫了！在那个海克之后，我还从没见过你跟哪个男孩子在一起。这都差不多过去两年了，但是其实并没有真正过去，对不对？你难道不觉得，你也慢慢足够大了，可以和男孩子……"

"可以和男孩子干什么？"诺雅的声音尖厉极了。有一秒钟，凯特对方向盘失去了控制。路虎危险地向一边打滑，但是诺雅根本没有注意到这些，"可以跟男孩子亲热是吗？你就想听这个是吗？你知道吗，就是因为你一直疯……"

诺雅戛然而止，手捂着胸口望向窗外。前方几百米，有个男人正赶着一群鹅赶路。凯特不得不减速，因为这群动物——一共好几百只——占领了一半的街道，它们排成一列纵队向前挺进，嘎嘎嘎扑腾着走在自己沉默的主人前面。

"我一直疯，你就是这么看的。"凯特手指不断敲击着方向盘，声音听起来悲伤极了。

"我不知道还能怎么看你。"诺雅轻声反驳。她不由得想起了斯文嘉和娜丁，她的两个朋友这会儿正在希腊斯文嘉姑姑开的酒店里度假呢。她俩的妈妈们一丁点儿也没预料到自己的女儿已经和多少个男孩子有过肌肤之亲。"她们会让我们去下地狱。"斯文嘉对诺雅说，"在这一点上，你该对凯特满意才是，或许她还会长期给你赞助安全套呢。"

是的，诺雅心想，毫无疑问凯特会这么做。即便如此，她也不了解，一丁点儿也不了解。

"狗屁，我热爱生活，"凯特固执地接话，"哪儿错了？"

"没错。"诺雅咬紧牙，手指握成拳头，"根本没错。只是，我以前也曾经喜欢找乐子，喜欢跟你一起在床上吃早餐，或者和你一起看电影，玩游戏，去逛动物园……随便什么，一起干一些小孩子跟家长在周末爱干的事。你知道吗，你挂的那张讨厌无比的**谁先打扰，谁受惩罚**的牌子，是我还是小孩子的时候，星期天中午饥肠辘辘地站在你卧室门前最早认识的几个字？该死的，凯特，你根本就不了解我，你根本就不知道我是谁。你到底清楚不清楚，在过去这些年里，每当我想要跟你谈谈我的感受，你基本上每一次都不在，或者根本就不耐烦？或者你正在跟那些我通常连名字都不知道的男人找乐子？在我人生最糟糕的那个夜里，我打电话给你的手机求你回家，可你一定要把那个聚会玩到最后，所以你把吉尔伯特派回家。真该死，凯特，从什么时候开始你想要跟我谈谈我的感受？"

诺雅憎恨这种在她体内迅速爆发的自我同情，她努力使出全身的力气不让在眼里打转的泪水流出来。

"该死，我知道，"凯特说道，"我知道，我不合格，我是一个糟糕的母亲，我……"

诺雅不想再继续听下去。我，我，我。这就是凯特知道的一切。她这次没把她的哪个暧昧对象带到这里来，基本上全都是吉尔伯特的功劳。

她们到家的时候，吉尔伯特挥手向她们致意。不过等到看见她俩的脸色，他的微笑就凝滞了。

"哦嚯。"他说。

凯特大声关上车门，从花园大门大步匆匆冲进去，连买的东西都没拿。

诺雅提着装有浓缩液的袋子，消失在暗房里。

那间小小的、笼罩在红光中的屋子，如今已经丝毫看不出曾经是装土豆的地下室。在那张裱画桌上有几只装着显影剂的碗，旁边是用来观察负片的放大镜和灯箱。诺雅的 CD 播放器里传出美国女演员芭芭拉·史翠珊的音乐。凯特完全不能忍受她，诺雅没看过她演的电影，不过这个由古典作曲家改编而来的诗歌，经芭芭拉·史翠珊在这张音乐光盘上娓娓道来，是诺雅去年冬天有一次在吉尔伯特那儿听到的。她立刻爱上了这个音乐，所以吉尔伯特就把光盘送给了她。她最喜欢的一首是改编自艾兴多夫的诗歌，名字叫《月夜》。直到今天，每当诺雅听到这首诗歌，还是会热泪盈眶，因为这里面蕴含了极其深沉、诗意的力量。那是这张唱片里的最后一首，诺雅忽然想起里面也提到了星星。她深呼一口气，努力压抑胸中再次升起的悲伤，开始专心干活。冲好的那条底片已经挂在晾衣绳上，诺雅取下罩在灯泡外面的红光过滤器，打开灯箱，目光先扫了一遍底片。隐隐约约，能看见照的一些景色还有人脸。但实际上，她的注意力被底片后面的一张所吸引。这张底片是深色的，明显比其他底片深许多。

诺雅不仅学习了摄影，还自学了冲洗胶卷。这是她通过参加一系列课程，同时搜集大量专业资料才掌握的技能，所以她打眼一扫，立刻就判断出为什么这张底片颜色这么深。这是两张照片叠加的效果，也就是说，在这个位置上进行了二次曝光。摄影的时候这种现象也算常见，特别是当一架相机搁置许久没用的时候。或许是因为，当时在阁楼上，大卫拍下诺雅的第一张照片时，相机并没有成功上卷。

但是更具体的，只有在照片的接触小样冲洗出来之后，才能辨认得出来。到那个时候，那些隐隐约约的底片会变成一张张小小的正片，在一张 A4 纸上显现出来。

液体散发出的化学味道，闪着微光的光滑相纸，这种神秘万分的氛围在实验室的黑暗中围绕着她，这些对于诺雅来说一直都具有一种魔力。但是一步一步的变化过程最吸引她。诺雅将冲印好的相纸拿到灯泡底下时，那种麻酥酥的幸福感还是一如既往地在她体内微微颤动。接触小样，成了。所有36张照片一目了然，比邮票大不了多少，但是作为微型照片已经能够看出一些究竟。

最开始的照片真的都是风景照，没什么特别，都是些远眺山谷、树木、草地、落日什么的。

接下来的照片是跟大卫差不多年纪的一张少年的脸，短头发、黑眼镜，还有 —— 即便在这么小的照片上也能看得十分清楚 ——

左边颧骨上一颗很大的痣。

"罗伯特。"诺雅听见自己的声音。实在是太神奇了，那位画家在这些年容貌竟然都没什么变化。在小样的方寸之间，年轻罗伯特的脸沉默、严肃地望着诺雅。

最后几张照片上是大卫，浅色的头发，闪闪发光的眼睛，还有那动人的微笑。诺雅压抑住自己想把整张相纸撕成碎片的冲动，专注于那张二次曝光的照片。那张照片刚好处于罗伯特和大卫的照片中间。在接触小样上，二次曝光更容易辨认出来。此刻，这张小照片比其他的照片颜色都亮得多，也因此那种幽灵般的印象更加强烈。

"是我，"诺雅吓了一跳，小声说道，"应该能在这张照片上看到的是我。"她紧张地咬着下嘴唇。是的，昨天大卫第一张照片照的是她。但是，她的脸二次曝光在一张怎样的照片上了？诺雅的腰弯得更低一些查看小样，银灰色底色上面好像是一块深色的圆形印记。是一只眼睛的轮廓吗？没道理呀，这简直太荒谬了，至少在这张接触小样上看就是这样。

诺雅叹口气，将潮湿的双手在牛仔裤上擦干。没太大帮助，要想仔细辨认，还得将底片放大。诺雅又将红光过滤器罩在灯泡上。在那个时候，她第一次希望，能加快这个既缓慢、又要求手指灵敏把控的过程。

终于，诺雅将曝光的相纸放进盛满显影液的碗里，那个时候她的神经已经快要绷断了。她小心翼翼地前后摇晃着显影盆，屏住呼吸观察着，那张相纸如何从一张白纸变得有了影像。

先显现出来的是深色的面积，然后是浅色的。可以看见一个黑发女孩，却不是从前面，而是从后面。这会儿诺雅已经看出来了，那个照片中心的圆斑，确实是一只眼睛。

她自己的眼睛。

张得大大的，充满了恐惧，这只眼睛就这么盯着诺雅。她还能清楚记起大卫按下快门的那一刻，记起她在那一刻感受到的惊吓。

她的第二只眼睛也显了出来，但是红光还在照射，只有等冲洗流程结束，诺雅从定影液里拿出照片，她才能将红光过滤器再摘下来，仔仔细细查看成品。只有在那个时候，将她的脸嵌入其中的那个明亮的背景轮廓才会清晰可见。

诺雅的脸出现在一个女孩后背的正中间。那女孩穿着一件银灰色的披肩，是件和服，漆黑的头发打着卷儿落在她的肩头，她像要飞起来一样张开着双臂。女孩站在一个深洞前面，在她面前裂开一道漆黑的虚空。诺雅从右边的房梁判断出，那个女孩正站在阁楼里，站在通往谷仓的门槛上。一地月光，从照片右上方那扇开着的天窗里洒下来。诺雅正看着照片，音乐 CD 播放器发出轻轻的咔哒一声，最后一首曲子的字里行间比以往更加打动她。

好似苍穹

安详地低吻着大地，

又如大地在花卉丛中

与天空梦幻幽会。

微风轻拂原野，

掀起一片轻轻的麦浪，

树林低声悄语，

夜空星光明亮。

思想张开了

飞翔的翅膀，

越过寂静的田野

犹如飞回自己的故乡。

　　诺雅压根没有注意到，通往地下室的门打开了，有人从上面走下来。直到两只胳膊从后面拥住她，她才回过神来。

　　"多美的一首歌啊。"大卫的声音如喃喃私语钻入她的耳朵。诺雅挣开怀抱，甩给大卫一记响亮的耳光。

第 14 章
再玩一场降灵游戏

...

信任另外一个人，基本上等同于玩一场游戏。要么失去所有，要么赢得一切。另外的那个人永远都是对手，正因为如此，得严肃对待他。没有玩家会将牌摊开来放在桌面上，他手里握着牌，选择先亮哪张，哪张留到最后。

伊丽莎
1975 年 7 月 27 日

...

离开暗房，跟吉尔伯特告别的时候，大卫的脸上还留有诺雅的指痕。吉尔伯特要去城里听一场古典音乐会，凯特还没回来，但是她把钥匙留在车子的点火开关上了。

大卫跟着诺雅来到楼上，他没让她来得及将房门在他鼻子面前砰的一声撞上。

"真该死，"他一边责问诺雅，一边将脚卡在门缝里，"也许你总该告诉我一下吧，到底发生了什么事情？"

"发生了什么事情？"诺雅退后一步，让大卫进到屋里，同时用愤怒的目光跟他保持距离。她的嗓音如刀割一样冰冷，"我想，你是认为我笨吧？我本来不想相信那个丹尼斯，最近在酒馆门口，他当面告诉我你是什么样的一个家伙。要不要我跟你泄露一下，他都告诉了我什么？他问我是不是你的女票，顺便还提了一下你有趣的女票集邮大全。"诺雅厌恶地摇着头，"我真荣幸也成为那其中一个。我看见你了，大卫，今天上午在市中心，就在市场广场旁边那个温馨的小咖啡馆里。真是相逢不如偶遇呀，不是吗？但是很显然，你那漂亮的金发女朋友让你飘飘然了，她简直都要挂在你的身上了。你至少得知道自己想要什么吧？"

有那么一刻，大卫看起来就像是要转身离开，但是随后他又改变了主意。"是的，我知道。"他慢慢回答，手伸进裤子口袋，掏出一张纸，一张折起来的报纸剪报。诺雅疑惑地蹙起眉头，在愤怒中觉察到一丝不安。

"但是，显然你当时已经离开了。"大卫倚在诺雅的柜子边上，报纸剪报依然还拿在手里。他继续说道，"否则我应该已经把你介绍给莱思丽了。我们曾经在一起过，但是不知什么时候我们之间就没有火花了，于是我们成了好朋友。今天我跟她讲了你的事，虽然我其实是因为另外一个原因跟她见面的。我曾经试着从我妈妈和古斯塔夫那里探听消息，但是什么也没打听到，他们总是找个理由就把我给打发了。于是我想到，莱思丽的爸爸在报社工作，所以我给她打了个电话，请她帮我找点东西，而她也帮忙了。"

大卫递给诺雅那张剪下的报纸。他的脸上清楚无比地写着，对她提出的指控，他感到深深的失望。诺雅感到一坨红晕迅速在脸上升起，脸颊羞耻得如同发烧一般。

"我不知道，你在咖啡馆里看见了什么。"大卫用一种轻蔑的声音说道，"我也不知道，你想要相信哪个笨蛋说的关于我的什么鬼话。但是或许你对这篇文章感兴趣，这是1975年8月发表在《莱茵邮报》上的一篇报道。"

诺雅觉得嘴里一阵苦涩，她的怒气像只被人慢慢撒了气的气球一样瘪了。她的感觉很不好，眼前的一行行字慢慢变得模糊起来，她得竭尽全力才能读下去。

18岁的伊丽莎失踪案 —— 是悲剧性自杀吗？

杜塞尔多夫 —— 围绕着伊丽莎·施坦贝格失踪事件，虽然进行了大规模的搜索行动，但却一直没有任何结果。关于这位1975年8月21日夜里在杜塞尔多夫失踪的年轻女孩，至今没有发现任何线索。女孩的父亲声称，伊丽莎在18岁生日当天，因为头疼，傍晚时分就上床睡觉，但第二天一早她却并不在房间里，而且也并未出现在她就读的中学——杜塞尔多夫吕克特文理中学。

伊丽莎身边的朋友以及老师都未再见过她，被拐卖的嫌疑在第一轮调查之后已被排除。女孩的父亲——一位在当地颇有声望的全科医生——当时整晚都在处理自己的税务问题。女孩的母亲自从悲剧性失去大儿子之后，一直患有严重的睡眠障碍，所以如有最轻微的动静也应该会被吵醒。唯一可能的线索出现于这个家庭数月前在韦斯特瓦尔特租住的一栋周末度假屋，但在对其进行搜索之后，也因为毫无结果，线索中断。

基于年轻女孩精神状况紊乱——根据女孩的父亲的描述，他的女儿对于因摩托车车祸丧生的哥哥的爱超越一切——目前地方警察不排除自杀的可能。

诺雅放下报纸，望向大卫，这会儿他正倚在窗边。天空被染成一片红色，花园里的核桃树上方正挂着一朵云彩，看起来仿佛是要被枝条缠住，像是穿上了一件瘦削的连衣裙。

诺雅的脑袋里一团乱麻，不知道自己该说什么。

大卫关上窗，用手指捋了捋浅色的头发。"最让我惊讶的是，据说她是在杜塞尔多夫失踪的。"他开口说道，岔过去了这会儿最让诺雅揪心的话题，"这可没什么意义，对吧？"

诺雅耸了耸肩。"我马上回来。"她轻声说。

等到大卫仔细看完接触小样和那张二度曝光的照片之后，他在诺雅的床上躺了下来。

"这张照片看起来真让人毛骨悚然。从她站在深洞前的姿势来看，完全可以相信，下一刻她就会一头栽下去。但是，居然有人还把这个拍下来，这可真的太不正常了。你觉得会是罗伯特吗？"

"至少他是这些照片上唯一的那个人。但是，也有可能他们只是在做游戏，伊丽莎也许只是做出跳下去的样子。"诺雅不由得想起大卫往深洞走去，也是双臂张开，像飞一样。

"要是这个女孩就是伊丽莎，"大卫沉思着反驳道，"事实上我们只是从后面看到了她。但是也有可能是其他人，有可能是个成年女人。"

他再一次拿起接触小样的相纸，仔细研究下半页。"你给我拍的照片相当不错。恭喜你，你确实有天赋。"

大卫说话的时候就好像之前什么都没有发生，但是诺雅能从他的声音里明确听出，他的声调过于冷静。大卫在保持距离，从内心上，诺雅非常想把他重新召唤回来，却不知道该怎么做。

"吉尔伯特离开了，凯特还没回来。"她说，试着捕捉他的目光，

"要不现在再玩一场那个游戏……"

大卫从诺雅的床上一弹而起。"好的。"

诺雅之前将游戏用的那张纸，还有那只酒杯收在柜子里。幸好吉尔伯特没再追问这事，或许他还以为诺雅已经将这张纸撕碎了。

光天化日之下玩这个游戏感觉有点奇怪。诺雅将手指放在酒杯上的时候明显感觉到，大卫也在身体上跟她保持距离。他俩的手指不再像那一晚互相触碰，大卫的眼睛也不再熠熠发光，空气中的紧张感完全只来自于他俩中间的那张纸和那只酒杯。

"你在吗？"大卫问，目光紧张地注视着酒杯，"伊丽莎？你在……吗？"

有那么一刻，诺雅觉得伊丽莎不会回答他的问题。也许，所有的一切都只是他们的幻觉？但是那只酒杯已经开始移动了。

在

"现在呢？"大卫皱起眉头，他抬起头，"我们该问什么？"

诺雅首先想到的问题跟那场谋杀没关，也跟她今天下午冲洗出来的照片没有关系。

"你能看见我们吗，伊丽莎？"

酒杯移向各个字母。

偶尔

诺雅的鼻翼翕动了几下。那种香气又出现在屋子里了。在此期间诺雅一直在问自己，会不会其实这香气一直都在，只是她并不是一直都能闻得到。

"那现在呢？"她不安地小声问，"你现在能看见我们吗？"

能

"阁楼上的脚步声，"诺雅继续问，感觉到自己在颤抖，"是你的吗？"

不是

"脚步声？什么脚步声？"大卫将手指从酒杯上移开。一抹红晕爬上了他的脸颊，诺雅起初以为那是激动的意思，但是当酒杯向字母 D 移去的时候，大卫从酒杯上撤走了手指。

"要是你问的是昨晚阁楼上的脚步声，那是我的。"

"你的？"诺雅目瞪口呆地盯着大卫，"你开玩笑吧？你是怎么上去的？你知不知道，你差点吓死我？大半夜的你在上面究竟找什么？"

大卫伸出舌头舔了舔上嘴唇，动作很快。这段时间诺雅发现，只有当他不那么肯定的时候才有这个动作。"抱歉，我没想到你听见了。这整件事情都让我没法安心，我想再查看一下，看看除了那架莱卡和那件和服，还能不能有什么发现。一开始我是站在你的窗前，但是屋里的灯已经黑了，我不想吵醒你……所以我一个人上去了。"

"但是你怎么进去的？"诺雅头脑混乱地摇着脑袋，"你到底是怎么进去的？门是锁着的啊，钥匙插在——外面。"

"我从后面进去的。"大卫尴尬地说，"我把谷仓的门打开了，里面有架梯子，挺高的一架。我爬梯子上去的，实在是太抱歉了。"

"那你发现什么了？"

"什么都没发现，没什么特别的。"

诺雅朝他投去愤怒的目光。"下次一定要叫醒我，听到了吗？另外，你把'希区柯克'锁在楼上了。"

"'希区柯克'？"

"我家的猫。"

"噢，它呀。"大卫瞅了一眼圈椅，那两只猫曾经在上面又躺又睡，"抱歉，没看见，也许它跟着我上去了。"

诺雅想起来厨房窗户是开着的。我的老天爷，"希区柯克"跟着大卫爬梯子，那可真是上演了一出大戏。也有可能大卫在溜出去的时候把猫锁在谷仓里了，"希区柯克"没办法，只好沿着梯子爬上阁楼。真该死，它有可能摔断一身猫骨头。

"我真的无法理解你会做出这种事。"诺雅恼火地嘟囔道。

她将手指再次放在酒杯上。还磨蹭什么？该是问那个重要问题的时刻了。

"谁是凶手，伊丽莎？是谁杀了你？"

那只酒杯以一种几乎令人头晕目眩的速度在圆内移动开来。

我不愿意

"我不愿意？"大卫盯着酒杯，然后又看向诺雅，"这是什么意思，我不愿意？这个是不是……"

"嘘！"诺雅点头示意，酒杯慢慢又开始向那些字母滑动。

两只手掐住我的脖子

令我窒息而死

它们将我拖向深渊

然后一把推下

伊丽莎的回答令诺雅完全无法呼吸。忽然间，她觉得自己也像是快要窒息的样子。她跳起身，想打开窗户，却困惑地发现窗子本来就是敞开的。诺雅探出身子，呼吸新鲜空气。她深深地呼吸，就像是要以此证明自己还活着。明亮的阳光直刺入眼，她不得不眯起双眼。

"什么样的手？"等诺雅重回座位，大卫开口问："谁的手？谁杀害了你，来吧，告诉我们。"

酒杯继续徐徐移动。

下一个问题

诺雅摇了摇头。我继续不下去了，她想，我没办法忍受这个。

"该死，难道我们在这儿玩一个电视智力竞赛节目？"大卫茫然地用空着的那一只手捋了捋头发，"这太不像话了。"他目光牢牢盯着酒杯，嘴里发出嘶声："我们在这里，是想要将真相大白于人间——你自己是这么说的，难道不是吗？真相永远不会自己公之于众——你跟我们玩猫捉老鼠的游戏也改变不了什么。你被谋杀的那个夜晚，到底发生了什么？你到底为什么被杀？"

酒杯一动不动。诺雅几乎感到自己有一股冲动，想去用手推它，不管朝哪个方向。她望向大卫，看起来他是彻底筋疲力尽了。突然，诺雅脑子里蹦出一个想法。

"她不认识我们，"她小声说道，"伊丽莎完全没概念我们是谁。或许她这会儿在想，要是她透露给我们那个名字，我们并不会相信她。或许……或许曾经发生过什么糟糕的事情。"

大卫鄙视地瞅着诺雅。"糟糕的事情？这个女孩被人谋杀，掐死了然后从阁楼上推了下去。逻辑清楚，当然是发生过糟糕的事情。至于我们是谁，根本就不重要！无论如何，我们就是能够帮助她的人。要是她不信任我们的话，那她还能信谁？"

酒杯又开始朝着字母滑动。

我不信任任何人

诺雅发出一声深深的叹息。她说不出话来，大卫似乎也同样如此。他看起来又失望、又愤怒，而诺雅恐惧的情绪中突然混入了同情的感觉。她无助地咬着下嘴唇。现在还能问什么？在很多情况下，去争取一个人的信任已经很难了。老天爷呀，该怎么争取一个幽灵的信任？

"那罗伯特呢？"她迟疑地开口问道，"他可能是那个凶手吗？"

为什么你们自己不去问他

大卫发出一声呻吟。"该死的，这没用。我们有一位受害者，不肯出卖杀她的凶手。我们还有一个幽灵，不肯信任她对之显灵的人。谁知道……"大卫苦笑道，"或许根本就没有凶手，或许跟报纸上写的一样，伊丽莎真的就是自杀。"

诺雅朝大卫抛去一个埋怨的眼神。伊丽莎压根不可能自己把自己掐死，然后从阁楼上掉下去。不，诺雅相信她，她甚至理解她面对信任被辜负的担心。在那一刻，她似乎感到离伊丽莎要比离大卫还近。

"你毕竟也不信任我，半夜在我们家阁楼跟个幽灵似的晃荡。"她挑衅道，"要是你还不够清楚的话，我来告诉你，这叫非法闯入。"

大卫哆嗦了一下，从酒杯上拿下手指。这一刻诺雅有点害怕，担心他会站起来离开，就像上次一样。但是大卫还是坐着不动，只不过嘲讽地看着诺雅。"其实今天下午我立马就能告诉你这件事，谁让你连打个招呼都害怕呢？"

诺雅低下头。为什么，她心里想，为什么我超级有本事，却总是把一切都搞得一团糟？ 她闭紧嘴，似乎这样就能让说出去的话当作没有发生，但是显然这样没什么用。

大卫又将手指放在酒杯上。"继续，"他轻声说，"我们继续，否则她会不见的。你来和她交谈吧，我觉得，我马上就要控制不住我自己了。"

诺雅深吸一口气，尝试着换了一个新问题。"那张罗伯特的照片，莱卡相机里的照片，是你照的吗？"

是

"还有最后一张照片，那个穿着银色和服的年轻女孩。是你 …… 曾经的你吗？"

是

"是罗伯特为你照的吗？"

是

"问问她钥匙的事儿。"大卫又做出更加和解的姿态，向诺雅耳语道，"那把小木盒的钥匙。"

我被杀的时候脖子上正戴着它

诺雅和大卫交换了一下眼神。

"你是 ……"诺雅使劲吸着空气，就好像屋子里的空气不够呼吸一样，"是罗伯特为你拍照那天死的吗？"

那是死亡的美好一天

诺雅紧咬着嘴唇，双手变得潮湿，大卫看起来依然还是万分执拗。

"报纸上说，你在杜塞尔多夫失踪了。你怎么会来到村子里？"

偷偷来的

"那你来这里干什么？"

下一个问题

大卫的手指抽搐了几下，似乎费了好大劲儿才能控制住自己，不把那个酒杯甩在墙上。诺雅感到一阵绝望。她的问题得不到答案，她有某种感觉，这好像正是伊丽莎的意图，她似乎就是想要告诉他们：就到这儿，再往前不行。她做这一切，胸有成竹，知道诺雅和大卫会上钩。是的，不管他俩愿不愿意，都卡在这个黑暗神秘的故事里不能动弹。

"求你了，"诺雅最后一次尝试，"求你给一点线索，随便什么，至少让我们能继续查下去。"酒杯停在那里一动不动，像是有一个世纪那么长。外面夕阳西下，客厅窗外的那一方天空透出深深的红色。

酒杯无声地向各个字母滑去。

找到我的珠宝

然后再看是不是能帮我

这就是所有，更多的伊丽莎就不愿意泄露了。大卫和诺雅多次尝试提问，但是伊丽莎一直保持缄默。

大卫离开时天已经黑了。他迅速瞄了诺雅一眼，就跟昨天玛丽因为他弟弟身体有恙来叫他的时候一模一样，但是他眼里的火花不见了。

"再见。"这就是大卫在黑夜里消失之前唯一说的话。

很快凯特就回来了，那个时候诺雅正坐在椅子上。只见凯特快步冲进客厅，头发蓬乱，两颊通红，手里拎着一幅绷着木框的小小画作。那是一幅抽象画，几近立体的黑色背景，上面是各种鲜艳的色彩四下飞溅。

诺雅盯着妈妈："你从哪里弄的这个？"

"罗伯特给我的。"凯特的声音带着点儿执拗，"怎么了？你这么看着我干什么？我脸上是青了还是肿了？吉尔伯特到底在哪儿？"

"你跟他发生了什么，"诺雅嘀咕道，"你跟罗伯特之间一定发生了什么。"

凯特噘起嘴，像个偷吃糖果被逮住的孩子："哎呀，你听好了，我跟他就待了一个下午，你把我当成什么人了？"

诺雅宁愿不回答这个问题。

而且她看出来了，她在凯特的脸上看出来了。即便今天什么都没有发生，但是也用不了多久。

我征服了他——凯特眼里的光在说话。

诺雅忽然一下子不知道究竟哪一种感觉更强烈，是对妈妈的愤怒还是对她的恐惧。

第15章

"好好照顾你自己，小姑娘"

...

那位老妇人，所有人都认为她疯了，但我的感觉是，她知道那些事情，那些在我的未来里 —— 也在另外一个人的未来里，还没发生，但终将发生的事情。

伊丽莎
1975年7月29日

...

这个夜晚，是静谧让诺雅无法入眠，那种一片宁静让她的思绪变得更加活跃。一个小时又一个小时，她在床上翻来覆去。最后她爬起来，来到敞开的窗户前。天际已经晨曦初现，每一刻太阳似乎都会喷薄而出。

核桃树下坐着"希区柯克"，目光紧盯着花园大门。那里有一只身上长着浅色虎纹斑的猫，正昂首阔步地踱进来。从它凄厉的叫声中诺雅得出结论，这只母猫正在发情。它靠近"希区柯克"，叫声一下比一下更煽情，搞得公猫先生明显有点手足无措。看见那小可怜儿无助的样子，诺雅忍不住微笑起来。在它们出生头几个月，凯特就让人把它和"胖可可"给阉了，所以这两个家伙对同类的自然需求完全不解风情。

老天爷呀，你到底想从我这里得到什么？"希区柯克"像是在问母猫，我他娘的到底应该怎么做？

母猫女士越靠近"希区柯克"，它就喵呜得越绝望，直到"希区柯克"最后被逼得往地上四脚朝天一躺。

母猫立马不再叫了，四个爪子像在地上生根一样，一眼不眨地盯着地上的那只公猫。诺雅忍不住吃吃笑起来。折腾得也差不多了，鉴于公猫如此缺乏理解力，母猫失望地摇摇脑袋，随后一转身，满怀鄙视地又从花园大门踱了出去。"希区柯克"转过脑袋，看着母猫的背影，完全一副不明所以的模样。诺雅噗嗤一下笑出声来。

"可怜的笨蛋'希区柯克'。"她冲着花园大声喊道，"希区柯克"抬起头，这下子轮到它喵喵叫着，备感受伤。它一跃而起，追上了母猫。母猫女士一开始嫌弃它，后来又一副满心不情愿的样子让它待在身边。

"嗨，"诺雅在后面冲它喊着："嗨，'希区柯克'，等一下，你不能到街上去。"

但是那只黑色公猫已经转过了街角。诺雅听见远远传来汽车开动的声音，吓了一大跳。

"希区柯克"和"胖可可"都是家养猫，直到不久前，它俩连公寓都没离开过。它们不习惯汽车，在这里它们也都是一直待在花园里，最多跳上篱笆向外瞧一瞧。

诺雅迅速套上牛仔裤，追着她家的猫咪向外跑去。可是追向哪里呢？

等她心跳如擂鼓一般望向村子的街道，早已看不见"希区柯克"的丝毫踪迹。

诺雅一直跑到下面的交叉路口，左边那条路通往酒馆，从那里就出了村子；右边那条路向上蜿蜒至另一片森林。森林后面，据吉尔伯特昨天晚上从城里回来之后的说法，是村子的火车站。诺雅又听见一辆汽车驶来的声音，几秒钟之后汽车从街角拐走了。那是一辆绿色的欧宝，诺雅立刻认出了车里的两个人。托马斯·库尔特坐在驾驶座上，副驾驶上坐着他的儿子"火警警报器"丹尼斯。从这里看去，那两个人相似得几乎认不出谁是谁。同样的发型，同样的发色，同样棱角分明的宽肩膀。诺雅不由自主地缩回脑袋，但是已经太迟了，那两个人也同样发现了她。丹尼斯投向她的目光，完全说不上友好亲切。

"'希区柯克'？"诺雅的声音在又恢复了空旷的街道上回响，

"'希区柯克',你在哪儿?"

她刚要拐向左边的街道,突然听见猫叫声。声音是从右边传来的。诺雅转过弯,看见母猫一溜小跑,沿着街道向上,消失在一条乡间小道上。诺雅追在它后面跑,脚步声在空荡荡的石子路上作响。那条从街道岔出来的乡间小径从一片墓地旁经过。这是一片很小的墓园,只有几十座墓,被维护得很好,有鲜花,有墓碑,还有小石子散布其中。一个白色天使雕像手里拿着一只碗,雕像上面蹲着一只鸟。鸟儿垂下脑袋望着诺雅,被她的脚步声所惊扰,扑棱棱消失在越来越亮的天光里。母猫还一直在前面领先,诺雅跟着它,不断轻声喊着"希区柯克"的名字,但却一直没看见它。

向前又走了几百米,从乡间小道又折回村子的街道。四下看不见一个人,整个村子都在沉睡之中。母猫在一家人的后院里消失不见了。

诺雅双手叉着腰,胸口因为跑步变得生疼。她慢慢回到村子的街道上,四下打量每一个角落,直到一声轻轻的嗤笑声让她停下了脚步。

她又停在刚才出发的地方,就在农夫房子的旁边。嗤笑声是从这里传出来的,从那个老妇人 —— 农夫疯疯癫癫的丈母娘那里。她坐在房前的折叠椅上,"希区柯克"正在她那弯曲的双腿边蹭来蹭去。有那么一刻,诺雅觉得自己的猫很陌生。它突然看起来像是一只女巫的猫。老妇人布满皱纹的脸看起来令人恐惧，诺雅恨不能掉头就走。

但是，那个老妇人冲她招手，让她过去。就像是有一根看不见的线拴在她俩之间，诺雅不自觉地被它牵引着。"希区柯克"卧在老妇人脚边，嘴里发出山响的呼噜声，完全不是它平时的风格。

老妇人一身黑色，两只备受痛风折磨的双手上布满鳞片状的老年斑，犀利的鹰眼似乎能在诺雅的脸上钻出好几个洞。

"我看见他了，"诺雅嘴巴里还没挤出一个字，老妇人就扯着嘶哑的嗓子说，"看见了，黑马王子。他每夜都来，来拿认为属于他的东西。但是有人跟踪了他，所以他回来的时候摧毁了一切，那个笨笨的王子。"

诺雅怕极了，怕得不敢问问题。她想弯下腰伸手去捞"希区柯克"，想带着它逃跑，但是老妇人用目光死死将她钉在原地。此刻，她的声音变成了嘶哑的窃窃私语。

"好好照顾你自己，小姑娘。"

诺雅一边将奋力挣扎的"希区柯克"死死按在胸前，一边走回自己住的房子。这个时候，太阳出来了。天亮了，但是诺雅不愿意看见白天。她钻进被子，蜷成一团，合上眼睛。她终于抵挡不住疲惫，沉重而黏滞的睡意向她袭来。

第16章

仍然没有头绪

...

玛丽爱罗伯特，她今天告诉了我这个秘密。我微笑着，沉默着。我想，最好保持无辜，愚蠢而无辜，就像玛丽一样。我看见她眼中闪烁的亮光，但我也会看见那亮光消失不见。它会越来越弱，越来越弱，就像火苗，起初炙热燃烧，然后变成灰烬。

伊丽莎
1975年8月1日

...

凯特那种人，得一场病就像人格上受到羞辱一样。她完全不会想到要对别人的小病小灾表示同情，自己身体不舒服也绝不会自怜自艾。对于凯特而言，要是生病，那就用最猛的药，以最快速度把它消灭掉。正因为如此，吉尔伯特的草本茶，他的顺势疗法药水，还有从医学书上自学的灵气疗法全部遭到凯特的强烈拒绝。吉尔伯特总是时不时劝凯特，胃不好，要好好养养，其实结局也没什么两样。昨晚喝汤的时候凯特喝了一杯红葡萄酒，今天早餐她又吃了提子面包抹肝肠，核桃树下的桌子上有只吃剩的盘子，诺雅可是一眼就瞧了个分明。这会儿，凯特正高挽着袖子站在堆肥里。花园的肥料都堆在厕所小屋旁一个用砖墙围成的花坛里，大概四平方米大。凯特脚蹬大红色的橡胶靴，身穿一件剪裁合体的工装裤，裤子底下套着一件紧身的螺纹背心。高高扎起的马尾上别着一枚水钻胸针，在阳光下闪闪发光。身旁泥土和杂草已经堆积如山，凯特一边猛挥着铁锹铲向堆肥，一边扯着嗓子唱：小小萨宾娜，是个小女人，可爱又贤惠，忠诚又正直，待在主人旁……

吉尔伯特穿着短袖短裤躺在躺椅上，耳朵里塞着耳塞，一边抚摸着躺在怀里的"胖可可"，一边随手翻着一本讲述冥想历史的大部头书。看见诺雅从屋里出来，他冲着凯特的方向扬了下脑袋，促狭地挤了挤眼睛："你妈妈正在把韦斯特瓦尔特翻个遍。"

"是堆肥，亲爱的。"凯特暂停歌声，"我决定了，要整个新堆肥出来。虽然吉尔伯特认为，我像个鼹鼠一样掘地三尺没多大意义，不过既然我都已经动手干了，就肯定能把它进行到底。你觉得呢？"凯特望着诺雅，就好像正要用铁锹挖出金子来。当然，她也跟平时一样，不等到诺雅回答就继续说道："我的老天爷，你睡得跟个死人一样。大卫来过一趟，本来打算给你的房间贴墙纸的。我跟他说等你醒来，等大鼻子消肿了，自然会去找他的。"

"你的笑话可真可笑，凯特。"诺雅懊恼地摸摸鼻子。凯特总喜欢逗她，说她的鼻子在睡觉之后会变肿，跟伤风一样。她拿起一片松脆的面包，抹上黄油，挥手赶走一只蜜蜂，那个家伙围着开盖的蜂蜜罐嗡嗡地叫个不停。

"该死，挖不动，这片地下都是树根。干完这活，我都能接一个大力士的角色了。"凯特嘴里抱怨着，一边再次挥起铁锹铲向地面，一边继续开唱：……从特罗伊恩布里岑，来了一位陌生的男人，妄图非礼小小萨宾娜，这个可恶的做鞋匠。

诺雅揉揉鼻子，给一块面包涂上蜂蜜，然后起身前往酒馆。

她的手镯表上显示，这会儿正好一点半。太阳高挂在天空，清晨的宁静此刻已经荡然无存。奶牛在草地上吃草，狗在吠。一座房屋前，一个包着头巾的妇人正走在归家的路上。房东的谷仓里，一辆拖拉机正在发动，突突突的声音从里面传了出来。那位老妇人这次没有坐在房门前，诺雅不由得加快脚步，低着脑袋从房子旁边迅速跑过，就好像那里面住着一只怪物。

酒馆前面停着大卫的大众面包车，尾门打开着，能闻到汽油的味道。大卫俯身在发动机上，身旁站在古斯塔夫和艾斯特尔。厨房窗子打开着，里面传出克鲁莫断断续续含混的声音。

诺雅停在离车几米的地方，大卫还没发现她，但是古斯塔夫却冲她热情地一笑。他穿着白衬衫，袖子高高挽起，虽然很明显是在给大卫当帮手，但是那件白衬衫上看不见一丁点儿油污，只有双手又黑又油。他一手拿着老虎钳，另外一只手冲着胸口，以便将胳膊肘冲着诺雅，好跟她握手致意。红晕又沿着脖子一路向上，瘦削的脸颊泛着灼热的光。诺雅心中不禁对他升起一种奇怪的同情。他看起来就像是一个太早成年的孩子。

"抱歉不能递手给你，"他说，"不过大卫已经去过你们家了。你睡饱了？"

诺雅点点头，视线绕过古斯塔夫投向那辆大众小面包。她想在尾门后见到大卫，不，她想要的比这还多，她还想触摸他，亲吻他。这愿望急促地攫住她，连她自己都吓了一大跳。突然间她觉得，车的尾门是一面墙，而墙后的那个人正在等她，那个人是她的一生渴望，她的每一根心弦都为他而动。要是古斯塔夫和艾斯特尔不在的话，她会向面包车飞奔而去，搂住大卫的脖子。这会儿，艾斯特尔也看向她，无声地点头致意，诺雅像是被逮了现行一样垂下目光。

正当她想着自己不可能面对大卫的时候，尾门一下子关上了。大卫望着她，绿眼睛熠熠发光，脸颊因为工作的缘故沾上了污渍，表情依然还是拒人于千里之外的样子。

"哎呀，醒了？"

诺雅还是只会点头。为什么这种感情不能停止下来？为什么在三个人目光的注视下，感情反而越来越强烈？为什么爱一个人会这么痛？

甚至连古斯塔夫都觉察到了诺雅的不对劲儿。他清清嗓子，向后退了一步，冲大卫眨了眨眼。

"你们年轻人先走吧，这里我一个人就可以搞定。诺雅，能不能告诉你妈妈，乡村庆典后天早上七点钟开始？"

"好，"诺雅说道，"好的，我很乐意告诉她。"

大卫在身上穿的短袖T恤上擦干净手，因为是黑色的，所以看不出上面的污渍。诺雅朝他走过去的时候，闻到他身上散发出来的气味，混杂着机油和新鲜汗水，像她喜欢的一款香水。

不知道大卫有没有觉察到诺雅心里呼啸的情感，反正完全没有表现出来。他绷着脸，声音冷冰冰的。不过，他点头示意，邀请诺雅跟他进到屋里。

"我得先去洗一下，不过贴墙纸的事情今天要泡汤了。"他在门厅里说道，"那辆该死的车要是打着了火，我得进趟城，给村里的庆典买饮料。"

大卫带着诺雅，从酒馆门口旁边的楼梯往楼上走去。上楼的时候，诺雅终于稳住了心神。克鲁莫含混的声音变得更大声了些，听起来像是在要求什么，因为他总是在重复一模一样的单调声音。

大卫用手指指上面的一层台阶，那其实是个平台，再往上还有一段楼梯通往更高处。"上面是我的房间，在那儿等着，我马上就来。"说完这几句话，他消失在了浴室的门后。

诺雅来到平台上面，发现过道尽头有两扇门，一扇紧锁，另外那扇开着一条门缝儿。诺雅犹犹豫豫上前几步，掉头张望好几次，这才来到门前站定。里面是一间卧室，小小的，很简朴，摆放着两张单人床，中间立着一个床头柜。柜子上放着一本《圣经》，旁边是只小花瓶，里面插着丁香花。柜子上方的墙上挂着一幅装框的刺绣图案，上面绣着**今日事今日毕，勿将今事待明日**。左边床上放着一件条纹睡衣，右边床的枕头上，叠得整整齐齐的是一件雪白的蕾丝睡衣。

诺雅一下子皱起眉头。为什么居然是一间双人卧室？ 玛丽和古斯塔夫是一对儿吗？

"哈喽，诺雅。"从她的背后传来一声轻柔的问候，吓了诺雅一大跳，惊得她几乎就要喊出声来。诺雅突然转身，退后一大步，与大卫的妈妈玛丽的目光不期而遇。她是从另一扇门里出来的，这会儿那扇门正敞开着。诺雅不由自主地向里望去。那间屋里也有两张床，一张大床带着栅栏，另外一张就是普通的床。

"大卫的房间在上面。"玛丽微笑着说。她的脸微微红着，像是觉得有必要解释一下，于是又加了几句："底下睡着卡尔和我，还有艾斯特尔和古斯塔夫。"诺雅感到尴尬极了，觉得自己冒犯了大卫妈妈最私人的领域。玛丽和自己生病的孩子住在一间屋里，这无可厚非，但是艾斯特尔和古斯塔夫住一个房间算怎么回事？

厨房里叮叮当当一阵响，玛丽于是道了声歉急匆匆地下楼了。诺雅溜到楼上，楼梯在她的脚下嘎吱作响。由于被玛丽逮个正着，到现在受到的惊吓还在她的血管里奔腾。

大卫的房间很小很简朴。倾斜的屋顶下放着一张窄窄的床，墙上贴着两张彗星招贴画，三摞半人高的书垒在床边，地上放着一台CD播放器，还有一些音乐CD。写字台上有一台旧电脑，桌子底下有一台打印机，一看就是有年头的老东西，但可能还能用。

诺雅瞥了一眼写字台上的几张纸。看起来，大卫把从网上搜到的大学清单打印出来了，柏林大学的名字也在上面。但是，在再一次东张西望被逮到之前，诺雅还是宁愿找个中立的地方坐下。椅子被报纸占领了，所以就只剩下床。蓝色的床单上躺着一件白色短袖T恤，诺雅忍住了拿起它凑到脸前的冲动。

等到大卫走进房间，身上有刚喷的须后水的味道。头发湿漉漉地发着光，因为向后梳着，显得他充满个性的脸部线条更加突出。他仔细打量着诺雅，一言不发，诺雅恨不能让自己消失在空气中。

"你的车坏了吗？"最终她开口问道。

大卫摇摇头。"它下周得去技术监督协会过审，"他回答，"这是台超级老家伙，不过古斯塔夫肯定会让它满血复活的。他是业余机械师，只要跟他说起汽车话题，他就能滔滔不绝。昨天下班后，他给艾斯特尔和我做了一场没完没了的报告，是关于刹车的，我都被他说睡着了。"大卫幸灾乐祸地一笑，"话说，你看起来也并不像是睡够的样子。"

诺雅深吸一口气，跟大卫讲了凌晨的偶遇。讲了那位老妇人，讲了"希区柯克"像一只女巫猫一样蹭着她的弯腿，还讲了那位老妇人对她说的话。自己的声音传进耳朵里都显得很陌生，诺雅觉得那些话都是托词，其实就为了不说出那句一直滚在舌尖上的愿望：吻我，大卫。

大卫把报纸从椅子挪到写字台上。"黑马王子，"他嘴里念叨着，"这句话那个老太太也冲我喊过。但是，她为什么要说你得当心呢？"

诺雅无助地摇摇头。"我不知道，但是我有点害怕。一开始我甚至想，肯定是这位老太太害死了伊丽莎。当然也是因为白雪公主的故事……我是说，童话里凶手毕竟也是女巫。但是，为什么老太太要警告我呢？而且在她提到黑马王子的时候，我一下子就想到了罗伯特。他……"诺雅垂下头，"顺便说一句，他是凯特最新的裙下之臣。"

大卫皱起了眉头："什么？"

诺雅叹了口气。"她在他那儿，昨天，就在我们玩那个游戏的时候。整个下午都在那儿，直到晚上。"诺雅的双手在膝盖上绞着，"我担心，我妈妈有了一个新情人。但是有件事一直在我脑子里挥之不去，就是那个珠宝。你觉得，伊丽莎说的珠宝到底是什么意思？是块宝石吗？或许她把它藏在小盒子里了？但是，为什么我们得先找到珠宝之后，才能决定是否能够帮助她？最重要的是，在哪里我们才能发现这所谓的珠宝？"

"我没有丝毫头绪。"大卫从椅子上站起来，打开天窗。阳光撒进屋里，微小的灰尘颗粒随之飞扬起来。"我甚至在家里仔细翻找了一遍。当然，什么也没发现。珠宝，"大卫苦笑道，"我的意思是，这听起来很荒谬，特别是因为这一切都发生在30年前。劳驾告诉我，我们究竟在哪里还能发现什么？在这期间，这个珠宝有可能已经变成其他什么了。"

"那我们去告诉警察？"说出这句话的那一刻，诺雅已经觉得自己奇蠢无比。

"告诉警察？"大卫嘲讽地重复道，"真是一个极棒的建议。那我们跟他们说什么呢？一个疯狂老太太的胡言乱语？还是说我们用酒杯跟一个鬼魂沟通，那个鬼魂还跟我们胡扯了一通30年前的一桩谋杀案，却不告诉我们凶手是谁？哈，这简直是最好笑的笑话。"大卫摇摇头，望着诺雅，"我从古斯塔夫或者妈妈那里问不出什么究竟。昨天游戏结束后，我又试着问了一次，但是结果跟问客厅里的家具没什么两样。古斯塔夫只是说，他跟那些人没打过交道。我妈妈表示很惊讶，虽然大家明镜一样知道她一定了解什么。即便如此，在这个村子里着手调查基本上是我们唯一的机会。我考虑过了，或许你跟我妈妈去谈一次会好一些。"

"我？"吓了一跳的诺雅从大卫的床上站起身来，"为什么是我？"

"因为她不了解你。我妈妈是一个极其礼貌的人，在你这儿她或许没那么容易转移话题。不像在我这儿，说换就换。来吧，我们下去，除非……"大卫脸上的表情不肯定起来，"除非你害怕克鲁莫。"

诺雅使劲摇着脑袋，跟着他沿台阶走了下去。

玛丽坐在厨房里，正在喂大卫的弟弟吃土豆泥。她看起来很疲惫，特别是眼睛下方又能看见重重的黑眼圈。她的眼睛跟大卫的一样，也是绿色的，但却不会闪闪发光。看起来，就像是有人熄灭了后面的那簇光，或者说有人令那簇光慢慢暗淡下去了。

克鲁莫坐在桌前的轮椅里，像一个巨婴一样让勺子送进嘴里喂他。他也像凯特一样，穿了条工装裤，底下套了件红白条纹短袖 T 恤。诺雅一下子就联想到《屋顶上的卡尔松》①，只不过克鲁莫的

---

① 瑞典女作家林格伦写的一部童话。

背上没有能够飞翔的螺旋桨。他看起来又幸福、又满意，吧嗒着嘴，轻声咯咯地笑着，偶尔用手拍打着桌子，对于从外面传进厨房里的猪哼哼笑个不停。通往庭院的门开着，诺雅看见一个小小的棚屋，里面养着三头猪。它们沾满污渍的粉红色脊背互相蹭来蹭去，长嘴巴在装着土豆皮的饲料槽里一个劲儿地拱着。

"他是因为饿了，"玛丽为克鲁莫的吧嗒嘴感到抱歉，"我今天喂得有点迟了。你想喝什么，诺雅？"

"来杯水吧。"诺雅说道，觉得嗓子眼里似乎被堵住了。到底该怎么说才能切入话题？

"你们在那栋房子里住得还好吗？"玛丽问道。大卫朝冰箱走去，为自己和诺雅一人倒了一杯气泡水。

"挺好的，谢谢。"诺雅喝了一口水，看着玛丽。她问得直截了当，连自己都吓了一跳："伊丽莎·施坦贝格，那个城里来的小姑娘，以前住在我们房子里的那个，您对她都知道点什么？为什么村子里没人愿意提起她？"

正要又一次把勺子往克鲁莫嘴里送的玛丽顿住了，直到克里莫不耐烦地拍打桌子，把桌上的咖啡杯敲得直响。玛丽一边把勺子喂进克鲁莫的嘴里，一边跟大卫交换了一下眼神。没有什么责备的意味在里面，更像是一只被追赶进困境的动物所表现出来的慌张。

"我已经告诉过大卫了，我对她所知不多。他们是那栋度假屋的租户，就跟你们现在一样。他们夏天来过这里，打发一段时间，然后有一天就离开这里了。"

"但是报纸上登的是，伊丽莎失踪了。"诺雅固执地坚持着，并没有提及是从哪里得来的剪报，"我读过一篇文章，一篇很久以前的文章，上面说这个小姑娘于30年前的8月在杜塞尔多夫不见了。是同一个夏天，她和家人从这里离开的吗？"

玛丽本来一直站在克鲁莫身边的，这会儿她坐下来，仿佛有人压在她肩上一副重担。她望向诺雅，眼里闪烁着泪花。大卫倚在关着的冰箱门上，脸上一副被吓到的表情。

诺雅不知道自己刚刚从哪儿来的勇气问了那些问题，这个时候她突然觉得自己有点残酷。自己闯入一个陌生女人的家，像个探长一样用问题来折磨她，可自己并没有这个权利。诺雅望着大卫，"我没有这个权利。"她的脑海里重复着这句话，大卫不易察觉地点点头。玛丽从盘子里刮出最后一勺土豆泥，送进克鲁莫的嘴里。

"伊丽莎，"玛丽轻声开口，轻得诺雅几乎很难理解她说的话，"伊丽莎是我见过的最美的姑娘，她身上有种冰冷的气质，这似乎让她变得更美丽。她就像一座雕像，一座玻璃……或者冰刻成的雕像。"玛丽微笑着，那是一种温暖却充满了痛苦的微笑。然后她放下勺子，手指撑在眼前，似乎想要赶走那些充满痛苦的回忆。"求你了，诺雅，别问我这些问题。我也看了那篇报道，那个时候你们两个都还没有出生。我不知道伊丽莎究竟发生了什么，过了这么多年，我不认为我还想知道。"

或许是因为看见了玛丽的脸色，或许是因为厨房里散发的紧张气氛，克鲁莫一下子将盘子从桌上扫了下去。盘子叮里当啷掉到地上，又跟那天下午在屋顶阁楼前一样，克鲁莫爆发出尖锐的叫声。

大卫一个跨步来到克鲁莫身边，从轮椅里举起他，紧紧地抱在怀里。"没事了，克鲁莫。没人强迫妈妈，没事了，没事了。"

诺雅站起身，但是大卫给了她一个信号，让她稍等。在他的怀抱里，克鲁莫瞬间就变得平静许多。"阿嘿好，阿嘿好，妈啊啊。"他嘴里还依然轻声嘟囔着。

诺雅双拳紧握。这不是问玛丽的合适时机，不应该是这里，也不应该是现在。"很抱歉，舒马赫女士。"诺雅说道。

玛丽的微笑里含着某种勇敢。"没事的，我知道你没有恶意。要是我租了那栋房子，我肯定也会问同样的问题。不过，相信我，我没法给你答案，村子里也没人能给你答案。重提几十年前无法解决的事情是没有意义的，就让事情这么过去吧，求你们了。"

厨房窗外响起大众面包车发动的声音。

"那我先开车去趟城里。"大卫说着，温柔地放下弟弟。

诺雅跟着他急急从厨房里出来。在门厅，大卫将她揽进臂弯，紧紧拥抱着她，令她几乎无法呼吸。然后他松开她，两只手捧着她的脸，低声呢喃着她的名字。自己的名字在耳边响起，既陌生、又美妙，仿佛一个咒语。他的唇触碰到了她的，诺雅闭上眼睛，带着丝羞怯，同时又带着无限渴望。她忘记了自己是谁，身在哪里，只能感觉到他的心跳挨着她的胸口，那是一种狂野的、触电一般的节奏。他的舌头滑进她的嘴唇，起初是温柔的、试探的，就像品尝一种新奇的饮料，紧接着是索取的、坚决的，就好像永远也不肯停下来，只愿一直吻她、吻她、吻她……

从厨房里传来克鲁莫含混不清的声音，听起来很幸福。

"明天下午，我请你看一池湖水。"大卫开车离开时，透过大众面包车敞开的车窗冲她喊道，浅色的头发在风中飞舞。诺雅站在马路牙子上，身边是艾斯特尔和古斯塔夫。这会儿，古斯塔夫的白衬衣上沾满了机油，诺雅一时竟不知道，自己是该笑还是该哭。

第 17 章

在 湖 边

…

爱一个人，就爱他本来的样子，这很简单。

困难的是，爱一个人，爱的是他不是的那个样子。

在一个人身上要看到一切，他可能的样子，还有他还不能成为的样子。

这是有一次约拿旦告诉我的。今天在湖边，我又再次想起他说过的那些话。

伊丽莎
1975年8月3日

…

他们两个，诺雅和大卫，刚刚贴完房间的壁纸就撒腿跑了。他们暂时不再纠缠于伊丽莎的事情，两个人默默达成一致，不去谈她，至少一段时间搁下那段黑暗的过去不谈。就连罗伯特和凯特一起度过昨天下午的事情，诺雅也缄口不言。今天实在是太美好了，她和大卫的开始实在是太美妙了。

那片湖水就位于森林的后面，很容易找到，就像与世隔绝一样，自成一片小天地。在云杉的保护下，湖畔环绕着一片片的羽扇豆、沼泽驴蹄草，还有深紫色的千屈菜。为了拍照，诺雅小心翼翼地摘下驴蹄草的心形叶子，堆在大卫的肚脐周围。在正中间，大卫肚脐眼凹陷的地方，摆放了一棵驴蹄草花。那朵花像颗小太阳一样，随着腹肌的运动上下震动，因为大卫笑得完全无法控制自己的腹肌。

"求你赶快照吧，"他对诺雅哀求着，"这东西简直痒死了！"

"别那么娇气嘛。"诺雅颇显严肃地呵斥他。诺雅穿着一件带有黑色细条纹的橄榄绿比基尼，正跪在大卫面前，上身前倾，这次手里端着的是她自己的相机。大卫的身体她刚刚偷偷打量过，丝绒般古铜色的皮肤，细削的身条，强健的肌肉，锁骨上还有一条细长的疤。但是她也毫无保留地袒露着自己的身体：髋骨突出，臀部很窄，平胸藏在橄榄绿色的比基尼下。不过现在，所有的不好意思统统消失不见了，感觉他们两个就像是一直在这里，一直在一起。

诺雅吃吃笑着，拖延着相机聚焦的过程。她玩性大发，一会儿向右转一下方向，一会儿又向左挪一段距离，直到大卫挠她的痒痒。"现在就照，不然我就要死啦！"

诺雅忍不住哈哈大笑起来。这是一种强烈的、非常有影响力的情绪，发自内心深处，她几乎已经忘了这种感觉。她无比惊讶地发现，快乐是多么的有力量。因为她一直在笑，照相机在手里晃来晃去，照片变得不清晰，但是这都没关系。没什么是重要的，所有的一切都很美好。世界散发着香气，世界熠熠发光，世界百花盛开，世界是广阔的，一望无际，美妙非常。

诺雅放下相机，坐在大卫旁边的草地上，胳肢他，直到那些心形叶子从肚子上被抖到地上。

"你想讨打，是吗？"大卫抓住她的手，不理睬她的尖叫，哀嚎声在渺无人烟的湖面上回响。他拉她站起来，把她扛到肩膀上，像扛着一个手舞足蹈的木偶一样走到湖边，一直往前，进到凉爽的湖水里。

大卫在滑溜溜的湖底滑了一下，下一刻，他们俩全都栽进水里。诺雅沉入水中，扑腾着又浮上水面，溅了大卫一身水花。她长呼一口气，骂着又笑着。水珠飞向空中，闪烁着光芒。大卫装模作样喊着救命，喊声里夹杂着正从湖对岸水面上飞起来的一只凤头鸊鷉呱呱的叫声。

"我眼里进东西了，"大卫呻吟着，"救命呀，我眼里进东西了，疼疼疼！"

诺雅吓了一跳，赶忙游向他，查看他的眼睛。就在这时，大卫飞快地伸出手，龇牙咧嘴地搂住诺雅的肩膀，带着她一起沉到水下，吻她，吻了足足有一辈子那么长的时间，直到诺雅没了空气，双脚一阵乱蹬。

"你个混蛋，"回到水面，她上气不接下气地说，"你想干什么？"

"我想干什么？"大卫潜下水，从她的身边绕过，接着又浮出水面。在这个过程中，他的皮肤触碰到了她的。诺雅现在的皮肤又光滑、又凉爽，她又再次感觉到了身体里那种轻微的、如遭电击的震颤。

"每当我看着你，都会想到一件非常重要的事。"

"什么事？"

"你真的想知道吗？"

诺雅点点头，但是她的心忽然跳得又快又重，就跟她要登上一块极高的跳板一样。

"每当我看着你，我都会想，生命是一件礼物。"大卫说。他的声音很轻，脸上的神色变得严肃起来。他的肩旁出现一只蜻蜓，一只纤细的、闪闪发光的蓝色蜻蜓，围着他的头顶旋转，然后转眼间又消失不见了。

诺雅想要回答，但是大卫用一根手指竖在她的唇前，堵住了话头，然后他离开她的身边，拉开自由泳的架势用力向对岸游去。

等他游回来，诺雅正躺在浴巾上。太阳在几分钟之内就晒干了皮肤，大卫湿凉的手让她一阵战栗。水珠像珍珠一样从他的头发滚落到她的肩膀上，悬在他的睫毛上，但是当他的指尖碰到比基尼带子的时候，诺雅感到身体一阵僵硬。

大卫立刻停了下来。"我给你时间，"他悄声向她的耳朵里细语，"别害怕，我会给你足够的时间，不管你需要多久。"

诺雅点点头，紧紧握住大卫的手，那些正从她脸颊往下淌的水珠又咸又热。

"柏林怎么样？"他们沉默了一阵儿之后，大卫开口问道。现在他正躺在诺雅身边，手里点燃了一根香烟。

"很大，"诺雅回答，"柏林是一个巨大的、散发着臭味的怪物，但是它也可以非常美丽。"她忽然想起那几页纸，上面有大卫从网上找到并且打印出来的各所大学的信息。"你想要上大学，是吗？柏林大学很棒，我可以想象……"

"你什么也想象不到。"

大卫的声音听起来很生硬，非常生硬，仿佛之前在湖里说的那些话，来自于另一张嘴，另一个人。

"可以的，"她温柔地说，"可以的，我可以想象到。我可以想象，你认为你不能离开这儿，因为你不能把妈妈和弟弟留在这里。我经历的不是你的生活，我感受到的不是你的感受，我承担的不是你的责任。但是，这并不意味着我无法想象是什么阻止你的脚步，去实现自己的梦想。我认为你非常勇敢，大卫。我只是想，你或许应该注意，不要太勇敢。"

"哦，太谢谢了。"大卫嘲讽地说，"你的梦想是什么？当个心理学家？"

"不是的，"诺雅认真地说，"我想成为摄影师，我想学摄影。"

"祝贺你，那学习的花费当然也是你妈妈包喽。"

"是的，"诺雅说，"我很幸运，凯特会资助我。但是即便她不这么做，我也会学摄影。"

"我为你感到高兴。现在我们能换个话题吗？"

诺雅沉默了。怎么可能大卫的一面是感情细腻温柔、善解人意，另外的一面却那么苦涩、愤世嫉俗、难以接近？大卫提出的改换话题的建议让两个人沉默起来，湖畔的宁静突然让诺雅感到一阵不快。她转过身，目光掠过湖边。那里有一棵树，又细又长，紧挨着湖边生长，长着很奇怪的枝条，上面有细细的血红色线条，像一条蛇一样顺着黑色的木头攀援而上。诺雅眯起眼睛，随后看出，原来那条蛇纹是花朵组成的，深红色的花，一朵挨着一朵。诺雅正在寻思这会不会是罗伯特的作品，此时一阵动静传来，惊醒了她。声音是从后面传来的，大卫似乎也听到了。但是等他们转过身看去，只见几只乌鸦在上空四散开来，消失在蓝天里。大卫一根接一根地抽烟，诺雅心里想着凯特，想着每次吉尔伯特跟她谈起她那些暧昧情史的时候她所说过的话。他当时问她，为什么那么畏惧保持固定的男女朋友关系？"男人和女人生理上相配，但却不适合。"凯特总是说，"一段固定关系只会带来麻烦，而要说麻烦，我一个人就足够多啦。"诺雅不知不觉站起身来，手里拿着相机，"我去散会儿步。"她说。

她能感觉到，大卫的目光追随着她的背影。她忽然希望，自己把浴巾也一起带着。

等到诺雅散步回来，大卫已经离开，带走了他所有东西。在她的浴巾上，一块心形石头底下压着一张字条。

很抱歉，诺雅，看来你也得对我有点耐心才行。你今晚还跟我一起去露天影院吗？我们可以一起野餐。你的大卫。

你的大卫，诺雅心想，他写的是"你的大卫"。

她把纸条抵在胸口，合上眼睛。她躺了一会儿，远眺万里无云的碧蓝天空，倾听凤头鹛鹛呱呱的叫声，决定回家之前再去湖里游一次泳。

她觉得自己就是这世界上唯一存在的那一个人，但是很幸福。当她游完泳回来，逆着日光望向自己的浴巾时，第一个瞬间她以为是大卫又折回来了。

　　但是，那个坐在浴巾上的少年并不是大卫，而是丹尼斯·库尔特，那个"火警警报器"。

第18章

"或许今晚再见"

...

罗伯特将小刀插入托马斯的胸口，托马斯哀泣着。罗伯特的弟弟眉开眼笑。虽然只比罗伯特小两岁，他却看起来还像个孩子。"谁敢欺负我弟弟，我就让他完蛋。"罗伯特说。我相信他，说到就会做到。

伊丽莎
1975年8月5日

...

是呀，还能是谁？

丹尼斯站起身。他穿着一条灯芯绒裤子，脚上的军靴正踩在诺雅亮黄色的浴巾上，仿佛踩着个脚垫似的。他的鼻头青肿，显然是被大卫教训过后留下的印记。一头红发抹了啫喱向后梳着，在阳光下泛着油腻腻的光。同样油腻腻的还有他的目光，此刻正落在诺雅身上，缓缓地，充满了蔑视，就像瞧着一块肉。他一只手里握着一罐啤酒，另一只手里拿着诺雅的相机。

"喂，大家伙儿快来看呀，来了就能亲眼瞧瞧爱打报告的小学生。要是你们问我的话，小母鸡瘦得简直像麻秆一样。"

云杉后面又冒出三个少年，那是丹尼斯的一帮走狗，之前诺雅只当他们是一帮子危险的龙套演员罢了。原来，这就是刚才云杉边那阵动静的来源。

刚才？过去了多长时间？他们到底隐藏身形窥探她多久？

那仨家伙傻笑着站在那里，两腿叉开，一水儿脚蹬军靴，双手插在裤子口袋里，目光紧紧追随着他们的小头目，就像被驯服的军犬等待主人发号施令。

但是丹尼斯很是从容不迫。他将啤酒罐送到嘴边，一口喝光，用一只手捏扁罐子，扔到诺雅的浴巾上，然后打了个嗝，又响又长。

两个少年龇牙咧嘴，另外一个笑出了声。

丹尼斯朝诺雅走来，手里晃着诺雅的相机，一下前一下后。诺雅就像被钉在地上，手脚冰冷麻木，整个身体微微颤抖。

"嗬，麻秆鸡起了一身的鸡皮疙瘩，你们都瞧见了吗？""火警警报器"转身朝其他人喊道，脑袋却立马在粗壮如牛的脖子上一转，又转头面朝诺雅，"嘿，小母鸡，别傻不愣登就站在那儿啊。来来来，摆个姿势，跟你亲爱的叔叔我说一声'茄子'。嚯，森林仙子，我可真好奇，你的小王子会对这些照片说些什么咧。"丹尼斯把相机从脸前放下来，噘起苍白的嘴唇，用几乎没长睫毛的眼睛死死盯住诺雅，青紫色的淤血从鼻子一直向上延伸至左眼。"得让那个家伙瞧瞧，把小公主一个人留在空旷的猎场里会是什么结果。"

丹尼斯又向前迈出几步，再次把相机架在眼前："现在开始吧，小木偶，说声'茄子'，马上就好。"

什么也没有发生。诺雅张着嘴，想要大声喊出来，但是最终发出的却只是一声嘶哑的叫声。脚似乎跟地面长在了一起，所以腿一直抖，一直抖，像是要折断一般。诺雅不由得全身摇晃起来。

照相机发出吧嗒一声，两声，三声，然后丹尼斯将相机递向后方，可视线却一直没有离开诺雅。"这样不行，我想我们得玩点别的。蚊子，你来摁快门，我得让这只小母鸡扑腾起来。"

那个被丹尼斯叫作蚊子的少年从三个人的队列里走出来，伸手去拿相机。他可看起来一点不像是只蚊子，个子很高，瘦长而笨拙，因为胳膊特别长看起来有点像猴子。

跑，诺雅心想。此刻，那个少年正将相机举在脸前，而丹尼斯离她越来越近。我得跑掉。可是，她却无能为力。她站在那里，直到丹尼斯离她很近，近得能闻到他呼出的啤酒味。突然，另外一张面庞浮现在丹尼斯的脸前，诺雅心中涌起一股狂野而绝望的怒火。她无暇思索，使出全身的劲儿踹向他的两腿之间。

丹尼斯倒了下去，躺在地上呻吟喊叫着。可是当诺雅终于能拔脚离开的时候，他一把抓住她的脚踝，将她拖倒在地，一使劲儿翻身压住她，笨重的膝盖压在她的手臂上，双手锁着她的关节。他的手像老虎钳一样猛地收紧，诺雅感到手上的血一下子全都流走了，手指头变得僵硬麻木。

诺雅无法看到其他几个少年在干什么，但她能感觉到此刻有人正从后面向他们靠近。丹尼斯张开嘴巴。

"放开她！"

这几个字音量不高，却像刮胡刀一般锋利，钻进诺雅的耳朵里。而此刻，"火警警报器"还一直张着嘴，向上直瞪瞪地望着，既没有动，也没有松开手。

"放开她！"

是罗伯特。他来到诺雅身边，丢下手里装满红色花朵的篮子，一把抓住"火警警报器"的头发，扯着他离开诺雅身边。"照我的话做，在我还能控制自己之前给我消失。"

"啊哈？"丹尼斯的声音听起来还是犟头犟脑的，但是后面却隐藏着恐惧，"要是你不能控制自己，会发生什么事情？拔出你的匕首吗，就像从前对我父亲那样，或者你要杀了我，就像……"

他没法再继续说下去。罗伯特挥出一拳，但是丹尼斯从他手里挣脱开来，大声嚷嚷着，因为一绺头发留在了罗伯特手里。他撒腿就跑，奔向也刚刚缓过神来准备逃跑的同伙，大声冲着罗伯特喊道：

"我会告诉我爸爸，他会抓你进局子的，你就该蹲号子。"

然后他就跑了，其他人跟着他一溜烟也跑了。

诺雅坐起身来。罗伯特冲她弯下腰，可她实在抖得太厉害，连牙齿都在打架。她根本没听见脚步声，只是听见了大卫的声音，不是说话声，更类似于一种咆哮。他想上去揍罗伯特，但是诺雅冲着他喊道："不是他，放开他，不是他。是丹尼斯，罗伯特帮了我。"

大卫垂下手，罗伯特站起身，脸上的微笑包含着无尽的悲伤。"那就或许今晚再见。"他对诺雅说道，拾起地上的篮子离开。红色的花朵就那么落在地上，有几朵被风吹向了四方。

诺雅张皇失措，无法正确领悟他说的话。大卫搂住诺雅。"我来得太晚了。"他低声说道，"我有种不好的预感，所以又折回头。可是来得太晚了，他都对你做了什么，诺雅？那头猪到底对你干了什么坏事？"

那些画面又回来了。不是刚才的画面，也不是"火警警报器"丹尼斯那一幕浮现在她心中，是海克。像从前那次一样，他的脸出现，一开始模糊不清，然后变得越来越清晰，就像是一张照片被慢慢冲洗出来。诺雅有一种感觉，似乎在她体内有一种束缚被打破，释放出长久以来积聚的风暴。今天上午在湖里和大卫一起，迸发出来的是一种喜悦，可现在却截然相反。诺雅用手护着脸，就像在保护自己。但是胶片还是在她心中逐格放映，于是她拉着大卫一起躺下。

"那是我的15岁生日，"她听见自己的声音在说，"虽然我本来没想庆祝，但是斯文嘉和娜丁一直劝我办个生日聚会热闹一下。凯特立刻答应说可以使用车库，只不过不准放任何人进入上面的房间。她那天晚上出去了，去参加某个颁奖晚会。我邀请了二十个人，但是不知什么时候就来了五十个人，而且其中很多人我都不认识。他们带了酒，很多很多酒。斯文嘉和娜丁刚到九点就已经喝得酩酊大醉，海克也是，我也是，可能所有人都醉了。我们跳舞，跳了好几个小时。舞池很小，我站在中央，大家都围着我。娜丁之前给车库装上了红色灯泡，红光闪烁晃着我的眼睛。不知什么时候，海克离我越来越近，他抓着我的胳膊，亲吻我，拉着我上到我的房间。我们俩已经在一起好几个月，我疯狂地爱着他，但是我不愿意跟他进一步，我还没有准备好。海克比我大，他18岁，每次我有所抗拒的时候，他都显得很烦躁。每一次，我都害怕失去他，怕得要死。那天晚上更糟糕，我本来应该只是亲亲他，让他也亲亲我就完了，但是他变得越来越性急，整个身体也越来越饥渴和毛躁。他在我耳边小声说，他就是我的生日礼物，今天他不允许我拒绝。他那么望着我，忽然让我感到一阵害怕。他的目光里包含着一些什么，让我觉得他就是一只狩猎的动物。当然，我本来能够反抗的，或许一声响亮的'不'就足够了，毕竟他不是什么动物，他是海克。但是，就在那一瞬间，我不再是我自己。我的内心在呐喊，但是从外表来看，我就像一个木偶，安静而沉默。我想，最糟糕的是我一直保持了沉默，为此我感到万分羞耻。我就让他那么做了，就好像那不是我。一共持续了两分十三秒。我知道这个，是因为我把头转向一边，从头至尾都在盯着闹钟。那是一只米老鼠闹钟，秒针上骑坐着米奇，那只身穿白色圆点红色连衣裙的老鼠。我跟随着她的骑行轨迹数着时间数字，在那个期间我心里想的是，能飞真是太棒了。

"等到海克结束，他站起身，嘴里说了句'生日快乐'，然后就下楼了。我锁上门，爬进被窝。斯文嘉上来，拼命擂门，然后是娜丁，可是我像个死人一样没发出一点儿声响，直到她俩离开。然后我就打电话给凯特，我没告诉她究竟发生了什么，我只是想让她来。但是她说，那会儿她不能离开，我最好给吉尔伯特打电话。吉尔伯特立马就赶来了，他把所有人都赶了出去，然后坐在我的床边直到我入睡。两个月之后，海克和我的朋友娜丁在一起了。我从来没跟她说过发生了什么事情，她以为我跟海克分手了，因为我不再爱他了。说实在的，也没错。我连吉尔伯特都没告诉。我心里想的是，如果从不谈及这件事，那它就会消失。现在我明白，不是这样的，一个人不可能用沉默去隐藏任何事。"

诺雅停止讲述的时候，内心一片澄明，似乎内心的风暴已经汇入平静如水、光滑如镜的湖面，就如同此刻她身旁的湖水一样。

大卫拥抱着她。他什么也没做，就只是拥抱着她，待在那里。

　　太阳在云杉树后消失不见了，他们两人踏上回家的路。等到诺雅在自家房子前跟大卫道别，才忽然想起罗伯特的话。

第19章

地狱？ 激情？ 谋杀？

...

罗伯特给我看他的画。它们不一样，很有侵略性。他问我，在里面看到了什么。我说："你。"于是他吻了我，激烈，几乎绝望。他紧紧抓住我，就像生命是沼泽，而我就是那根稻草。

伊丽莎
1975年8月7日

...

诺雅进到花园的时候，凯特刚从堆肥里跨出来。她的打算是干到底，看来也确实按照这句话原本的意思完成了。虽然土壤里树根纵横，还混杂了积年累月的垃圾，但是堆肥旁边的土堆明显高出很多。工作量应该不小，但是只要是凯特想干的，她一定会干到底，才不管这件事在旁人看来多么的无意义。指甲里都是灰尘，双手因为辛苦劳作长了茧，但是凯特的脸上却容光焕发。"终于露面了，我还以为你不回来了呢。我们约好了吃饭，我忘记跟你说了。"

"我们约好了吃饭？和谁约的？"诺雅皱起眉头。

"和罗伯特呀。"凯特在她的工装裤上擦干净手，"我昨天碰见他的时候，他就邀请我们——或者，其实是……"凯特哈哈大笑着，"在他告诉我他很喜欢烹饪之后，我就替他邀请我们去他那里吃饭。我们得八点到，吉尔伯特也一起去。所以，亲爱的，赶快收拾打扮一下自己吧。"

诺雅望着凯特，不知道该说什么好。她讨厌妈妈突然袭击一样把她的计划打乱，而且她也丝毫没兴趣跟那个男人共同度过一个夜晚，虽然今天在湖边他救了她。

或许今晚再见。罗伯特之前说的话原来是这个意思。

凯特一副等待的样子望着诺雅，诺雅叹口气，妥协了。至少这次邀请是个机会，可以多了解一些伊丽莎的事情，特别是罗伯特和她的关系。

糟糕的是，她对罗伯特很有好感。

诺雅第一次见到他，也就是和大卫在建筑市场的那次，他身上的某种气质就吸引了她。他沉默的方式，还有他浑身散发出的沉静。但是，那后面隐藏着什么呢？某种黑暗或危险？还是一丝丝的温柔？总而言之，是某种深刻的东西。

罗伯特打开磨坊门，请她、凯特还有吉尔伯特进去。诺雅搜索着他的目光。谢谢，她安静地说，罗伯特理解了她的意思，这一点她感觉到了。他的脸在她看来突然变得陌生起来，但同时又显得那么熟悉。他穿着一条洗得发白的牛仔裤，上衣是一件橄榄色的灯芯绒衬衫，最上面的几颗扣子没扣，领口敞开着，露出黑色的胸毛。他看上去很高，虽然他个子其实挺矮，并不比凯特高多少。诺雅看到，凯特突然显得异常紧张起来。

凯特将她的一头红发用一块非洲头巾高高扎起，下身穿一条宽大的白色亚麻裤子，上身穿一件过于紧绷的背心，上面套一件绿色的天鹅绒马甲。手里握着一把夏天的花束，这是下午她自己在草地上采的。

"给你，"她说，"这是给你的。我希望你喜欢新鲜的草地野花。我们能进去吗？这是诺雅，我的女儿，你认识她的。这是吉尔伯特，我的同性恋男朋友。"

"谢谢你把咱们的关系解释得那么清楚。"吉尔伯特一副受到伤害的表情，一边咕哝着，一边向罗伯特伸出手，"很高兴认识您。凯特一定跟您讲过吧，您的画册曾经在我书店的橱窗里摆了一个月之久？"

如果说凯特关于吉尔伯特直截了当的解释让罗伯特有点混乱的话，他可一点也没有表现出来。他只是点点头，回答完吉尔伯特的那个问题，然后请他们进到屋子里。

一进门是一整间屋子，是一个后端向外凸出的巨大空间，显然画室和客厅是一体的。

屋子中间是一张足有四米长的深棕色木质餐桌，上面已经摆好了餐盘，简单却昂贵，跟在高级餐厅里看到的没什么两样。角落里放着一张床垫，上面摆放着大靠垫，粗大的白色蜡烛蹲在几只锯断的树桩上。凸出的空间是画室，里面乱七八糟堆满了亚麻布、颜料盘、画笔还有各式各样的工具。靠墙的地方到处放着画作，大部分是颜色激进的抽象画，也有完成了的作品照片，拍的是罗伯特在大自然里作画的成果，还有用叶子、枝条、石头和泥土做成的雕塑。在那些照片里，诺雅还发现了森林里那棵折断的大树，还有湖畔用鲜花装点的枝条。她将目光从那些照片上移开时，捕捉到了罗伯特的微笑。

一架钢琴立在底层通往楼上的木楼梯旁边，嵌进墙里的音箱传出肖邦的乐曲声。

"请坐。"罗伯特说，"我去一下厨房。"

晚餐是鹿肉。

诺雅一口都吃不下。她还是会时不时记起，来这儿的第一个晚上那只被凯特撞死的动物，记起从它后脑勺流到石子路上的那道又窄又长的血迹。她从吉尔伯特的眼睛里读出，他也正在想着同一件事，只不过因为礼貌的缘故，并没有拒绝这顿晚餐。

凯特一个人吃了三个人的量，这会儿正让罗伯特给她斟第四杯红葡萄酒。在此期间，她两只手一刻不停地动来动去，一会儿把杯盘弄得叮当作响，一会儿把那条非洲头巾在额头上摆弄来摆弄去，一会儿把手搭在吉尔伯特的高级衬衫上，一会儿举杯喝酒，一会儿边说边做出各种手势。一如既往，只要有凯特在，就没别人什么事。她刚刚将话题转到她最爱的一段故事，腋毛假发的故事。凯特已经讲过太多次了，诺雅都可以倒背如流，但是每次讲述的时候她都带着同样的热情，就像一位话剧演员，一晚又一晚扮演的是同样的角色，只不过面对的是新的观众而已。

"拍摄开始之前，"凯特正说到这里，"我的化妆师总会给我打电话，问我腋窝毛发的颜色。红色的，我说，要是我有的话，那它肯定是红色的。可惜我没有，我胳膊底下是光秃秃的。我不是茱莉亚·罗伯茨，听媒体说她的腋毛又浓又密，我刮腋毛的。化妆师认为，这正是她打电话的原因。毕竟，电影里演的是上个世纪七十年代的事情，那时候女人们是不刮腋毛的。由于第二周拍摄工作就要开始了，所以必须给我弄一撮假腋毛，好让我真实地扮演一具死尸。在一个漩涡里我被谋杀了，得在里面待一段时间，直到有人发现我为止。到这里，一切还好：假发很合适，拍摄三遍之后那一幕也结束了。但是剪辑的时候剪辑师突然问，那个漩涡里漂来漂去的一撮是个什么东西？允许你们猜三遍——那是我的腋毛假发！那个东西从我的左腋窝底下跑掉了，被水流带到了漩涡表面。"

凯特吃吃笑起来，呷了一口红葡萄酒，仰头看向罗伯特。罗伯特手里轻轻晃动着酒杯，一双黑漆漆的眼睛望着她，脸上还是那种奇怪的表情，似乎告诉了你一切，又似乎什么也没说。对她讲的段子，他并没有哈哈大笑，连微笑都没有，这让凯特更加紧张起来。因为罗伯特与她相处的方式似乎是她不习惯的，他似乎尝试着透过话语去探寻她的本质，并且真的进入到一片领地。在那里，凯特不再是自己的主人。

诺雅过去一直习惯于凯特是世界的中心，不顾忌其他人的需求。但是凯特现在表现出来的这种紧张的焦躁感，诺雅丁点儿都不了解。对于凯特而言，实在是不常见。诺雅突然有一种感觉：凯特现在的样子就像是一位女中学生。难道这就是罗伯特吸引凯特的地方？因为他让她那些装腔作势的谈资没有了立足之地，他也并不像其他人一样附和着追捧她。

罗伯特的目光还一直望着凯特，凯特不安地扯着衣服。诺雅注意到她的手在发抖，她能感觉到妈妈在搜肠刮肚地寻找新话头，但却没找到。

"您能给我们讲讲您的画吗？"又是吉尔伯特救了场，当然他也真的希望能多了解一下这位画家，"您的画册真的是令人惊奇地吝啬言语。为什么没有对画的阐述呢？为什么里面没有关于您或者工作方式的任何描述？"

罗伯特将椅子移向一边，好让客人们投向身后靠墙一幅画作的目光不受遮挡。那是一幅两米乘以两米的画布，没装框，上面是狂野的色彩笔触，看起来就像是有人用一只鲜红的色刷在画布上涂抹了颜料，一层刷完再刷一层，层层叠叠。中间延伸着几条随性的、细细的黑色线条，又有几处像是用尖利的东西随意刮擦而成。

"你在画上看见了什么？"罗伯特问吉尔伯特。

"地狱。"吉尔伯特回答。

"你呢？"罗伯特扭头朝向凯特。

"激情。"凯特说道。

"诺雅，你看出了什么？"

诺雅直直地盯着画家的眼睛："或许是一场谋杀？"

罗伯特回视她的目光，脸上却没有一丝波澜。

"这就是艺术最有趣的地方。"他回答，嘴角扯出一丝微笑的弧度，"看画的人在画里看到的，并不是艺术家想要表达的。或许你认为我说得没错，诺雅？我看到过你的摄影，那也是艺术。没有一张照片显示的是世界原来的样子。照相机是眼睛的延伸，不外乎也就是一瞬间，而且总是带有主观色彩。比如拍一棵树，有的人拍的方式，是将它作为一片树中的一棵来拍。又有的人拍的是它的局部，或许是一根折断的树干，或者是蜘蛛结网的枝条。第三个人的焦点在于树皮上刻下的一颗心，第四个人看到的是树根，第五个人躺在地上，拍的是树冠。而之后在照片里看见了什么，那就是新的故事了，不是吗？"

诺雅紧抿着唇，凝神盯着画家。对于一位沉默寡言的人来说，这可是长篇大论，但是罗伯特却没有给她一个明确的回答。你的故事是什么？她无声地向罗伯特发问。你在我们家的阁楼上，当伊丽莎穿着那件奇特的长袍，站在黑洞深渊之前，你在为她按下快门的那一刻，那个瞬间是什么样的？

"你只有抽象画吗？"吉尔伯特大声问道，他这会儿刚刚想起来不用尊称，"或者也创作……"

"不，"罗伯特回答，"我只创作抽象艺术。"

"那这张呢？"凯特站起身，向后面那一堆乱糟糟的画作走去。她翻动了几幅画，然后端详着其中一幅。诺雅只能看得出来，那是一个赤裸肩膀的轮廓。一个赤裸的肩膀，还有乌黑的头发。

"这是私人物品，别碰，凯特。"

罗伯特的话听起来极其尖刻，凯特瑟缩了一下，像个羞怯的小姑娘一样看着他，然后微笑道："看到了吧？我就喜欢他这一点。你让人摸不透，罗伯特，我说得对吗？"

诺雅也站起身来，但是罗伯特的动作比她还快。他示意凯特从里面出来，然后从墙里拉出一道推拉门，将画室和客厅分隔开来。

"有人想要甜点吗？"再次回到餐桌前，他开口问道。

凯特点点头，微笑着，摆弄着她的非洲头巾，直到头巾完全斜遮住她的额头。

吉尔伯特将盘子推到一边："好的，对于甜点我总有胃口。"

"我想走了。"诺雅说道。

罗伯特送她去门口。

"那张画，"诺雅说，"是伊丽莎吗？"

罗伯特脸上的表情一瞬间透出一抹厉色："我说了，那幅画是我的私人物品。我警告你，别去染指那些跟你无关的故事。"

"伊丽莎是在我们的度假屋死的。"诺雅平静地说，"她是被谋杀的，就在我家的阁楼里。我得说，*这事跟我有点关系*。"

罗伯特的脸靠得极近，眼睛变得像墨水一般黑。"你从哪里知道这个的？"

诺雅深吸一口气："*是伊丽莎，是她告诉我们的*。"

说完这句话，诺雅从罗伯特身边走出房门。

第20章
阁楼上又传来脚步声

...

小飞象，我这么叫他，偷偷的，虽然村子里的傻瓜们其实没人会知道这是什么意思。到目前为止，我都没有理会他，但是自从爸爸邀请他来家里玩儿，我就再也没有好日子过了。这个小偷窥狂总跟在我后面东瞅西瞅，我觉得，他是爱上我了。昨天，我抓住他了，当时他正在翻动我的珠宝盒。从那以后，我就把钥匙挂在脖子上。他不应该知道罗伯特和我的事，谁也别想知道，除非，我决定让他们知道。

伊丽莎
1975年8月9日

...

月亮明晃晃的，月光下几乎能看书读报。酒馆的上方挂着一轮明月，黄色的光芒洒落在大卫身上。他坐在屋顶上，跟第一天见面的时候一样。

轻柔的音乐从上面飘了下来。

"你去哪儿了？"大卫冲下面的诺雅喊道，"我以为，我们约好了的。"

"下来。"诺雅喊回去。看见楼上的一盏灯亮了，她压低声音，"去我家，我有话跟你说。"

"你跟他说起游戏的事了？"大卫走到桌边坐下。诺雅没有开灯，只是点了一根蜡烛。他们面前，是那个幽灵游戏。蟋蟀的鸣叫声透过敞开的窗户传进来，凯特从阁楼搬来客厅的一把软垫座椅上，"希区柯克"正襟危坐。那只鹿角装在了凯特卧室的门边，上面挂着她的围巾。吉尔伯特把写字柜挪了下来，上面摆放着他那尊佛像。书柜上面立着一只瓷罐，用来当作花瓶。

"没有，我没提幽灵游戏的事。"诺雅回答大卫的问题，"我只是说，伊丽莎告诉了我们谋杀的事。究竟怎么告诉的，我可没说。"

"我不知道，"大卫低声嘟囔着，手指滑过外圈的字母，"我不知道这算不算是个好主意，不过现在也无所谓了。我们开始吗？"

诺雅点点头，把指尖放在酒杯上。她忽然停下来，问了一个问题："大卫，你听见了吗？"

"什么？"

诺雅将一根手指竖在嘴唇前，侧着脑袋，屏着呼吸仔细倾听着。

那声音又再次出现，而且就在他们头顶。是脚步的声音，摸索的脚步声。大卫似乎也听见了，脸上掠过一丝惊慌失措的笑容。他举起双手，声音嘶哑："不是我。"

"是有人跟着我们吗？"诺雅问，"我们进来的时候，你看见谁了？"

大卫摇了摇脑袋。"胖可可"从开着的门缝里挤进来，嘴里呜噜着，用它那毛茸茸的肥胖身躯蹭着诺雅的光腿。

"你肯定吗，凯特和吉尔伯特还在罗伯特家里？"大卫问道。

"是的，非常肯定。他们俩还想吃甜点，我在你那儿就只待了两分钟，他们不可能在我们前面回来的。那之前在房顶上，你看见了什么人吗？比如街上路过的人？"

"没有，但是我在那里也没坐多久。来，"他马上就想站起身，"来吧，我们去看看。"

"不要，等等。"诺雅拦住他，握住他的手，将它再次放在酒杯上，将自己的手指放在他的手指旁边。

"伊丽莎，"她屏住呼吸低声问道，"请告诉我们是谁，是谁在上面？是杀害你的凶手吗？"

在这之后诺雅才意识到，自己一下子问了两个问题。就连大卫好像也没注意，他的目光牢牢地被酒杯吸引住了。酒杯动了起来，开始四下游走。而此刻，上方阁楼的脚步声也在游走，速度缓慢，像是在寻找什么，来来回回。

酒杯移向字母 D，然后是 U，然后是 M，然后是 O。

"小飞象？"大卫盯着诺雅，"她是不是说小飞象？"

但是酒杯依然还在滑动。

他在找我的珠宝

但他肯定找不到

他已经拥有它了

但自己却不知道

然后玻璃杯就停下不动了。"胖可可"跳上诺雅的膝头，轻声喵呜叫着，然后抬起头，像在侧耳倾听。又来了，他们头顶又传来脚步声。

"谁是小飞象，大卫？"诺雅的声音低得就像窃窃私语。

"见鬼，我完全不晓得，但是我会找出来的。该死，我已经受够了这场猫鼠游戏。"

大卫在房间里四下看了看，抄起一瓶没开封的红葡萄酒瓶，一下子冲进走廊。阁楼的门是锁着的，但是大卫却并没有扭钥匙开门。他微笑起来，那是一种掺杂着恐惧的微笑。

"我们去抓住他。"他说，"从后面包抄，来吧，快点儿。"

但是，他们还是太迟了。

等到他们从房子里跑出来，正好听见谷仓的大门关上。月亮藏在一朵云彩后面，消失不见了。天太黑，伸手不见五指，根本辨认不出消失在夜色中的身影究竟是谁。而且，再跟上去也太迟了。

"跟我待在一起，"诺雅恳求大卫，"请你今晚跟我待在一起。"

大卫睡在客厅。他从诺雅的房间里抱来沙发垫，用它们在客厅地板上弄成一张床。半夜，诺雅起来过一次。她偷偷溜到门边，听见他的呼吸声，安静舒缓。但是她克服了想要躺在他身边的念头。后来的某个时间，房门在夜色里打开了。"胖可可"从床上跳下去，摸索着走向外面。诺雅听见门厅里有脚步声，然后是吉尔伯特关上房门的声音。

她没听见上楼的脚步声。

凯特留在了罗伯特那里。

第21章
乡村庆典

...

在乡村庆典上，我爸爸告诉小飞象，很想认他那样的男孩作儿子。在他说起这个并向小飞象投去慈父般的目光时 —— 这目光对于罗伯特并不起作用 —— 我就站在他的身旁。那一刻，我对爸爸恨之入骨。但是小飞象崇拜他，他看不出来，自己是作为谁的替代品享受到如此的待遇，他充当的是多么可悲的一个备胎。爸爸说，我应该对他好点儿。我会赏脸给他的，以我自己的方式。

伊丽莎
1975年8月12日

...

凯特的笑声从外面传来。

这笑声从外面传来，听起来与平时完全不同。软糯又温暖，还有一点羞怯，盛满了诺雅在她妈妈身上很难看到的情感。

"进来吧，"诺雅听见她说，"进来看看我们把这房子弄成什么样了。"

"不用了，凯特。"这是罗伯特的声音。从他的语调听起来，凯特已经不止一次请他进过这座房子。

诺雅靠近窗户，看见了他们两个。他们俩站在花园门口，手挽着手。凯特狂野的红色大波浪披在肩头，在晨曦的阳光下就像是立在火中一样。"为什么不呢？"凯特纠缠不休地问着，"你怎么了，为什么这么看着我？你这是一种什么目光？"

凯特双手捧着罗伯特的脸，几乎跟大卫站在他家厨房门前的走廊里对她做的动作一模一样。她坠入爱河了，诺雅心想，我妈妈爱上罗伯特了。

"我得走了，凯特。"罗伯特挣脱凯特的怀抱。凯特低下头："我不习惯这样，罗伯特。我不习惯这种感觉，它让我感到害怕。你让我害怕，你知道吗？为什么你总是往后躲？如果你都不愿意跟我一起进去，那么至少今天晚上得和我们一起参加庆典吧？"

"参加庆典？"罗伯特的声音听起来比之前更加低沉，"我去庆典做什么？"

"比如说，和我一起跳舞。"凯特又笑了起来，然后以一种戏剧性的方式举起双手，就像是手中握着西班牙舞蹈常用的响板。她的胯扭动了一圈，"来吧，我还从来没参加过一次乡村庆典，我就想体验体验。"

"那就好好体验吧，不过不要带上我。我不是喜欢这些的那种人。"

"那你是哪种人？"凯特的声音听起来很伤心。罗伯特并没有回答凯特的问题，而是转身离开了。在他身后，凯特用一种令人讨厌的声音喊道："那你就滚吧，滚回磨坊，你这个大傻瓜。要我说，你就该被那些该死的过去给憋死，为了它们，你要弄出一个天大的秘密来！"

诺雅匆忙从窗户边上离开，一颗心跳上了嗓子眼儿。这样的凯特她还从未见过。

紧接着诺雅的妈妈冲进屋子，砰的一声门响，消失在自己的房间里。

大卫一大早就离开了。他留给诺雅一张纸条，说是得帮忙准备庆典的事情。吉尔伯特开车进城去了，去看小城的教堂。诺雅喂了猫，然后出门往酒馆走去。

她没有准备好迎接血腥屠杀的场面。今天是乡村庆典，诺雅知道这个，但是今早发生的事情让她忘记了这回事。她对那种宰杀的事情没概念。她怎么可能会有呢？

酒馆的门关着，但是并没有锁。因为没人来开门，所以诺雅就径直穿过门厅来到厨房。灶上坐着一个大圆木桶，里面盛满了开水。厨房里空气潮湿，窗子上蒙着一层水汽，通往庭院的门大开着。外面闻起来有白酒的味道，还有汗味。古斯塔夫、玛丽、艾斯特尔、村子里的几个男人女人站在一张简陋的木质长条凳周围。诺雅还看见了一个男孩子，七八岁的年纪，身上穿着一件超人短袖，金色的天使鬈发围绕着瘦削的面庞。"现在呢，妈妈？现在它要出来了吗？"他问身边的妇人，手里扯着她的围裙。诺雅从他聒噪激动的语气里猜想，他应该不是第一次问这个问题了。

其他人似乎也正满心期待那个东西登场，居然没有人注意到诺雅。她正想询问大卫在哪里，突然看见托马斯·库尔特将那只动物从牲口圈里带了出来。那是一头猪，嘴里发出惊恐的尖叫声，叫得诺雅魂飞魄散。

托马斯·库尔特穿着一件白色大褂，手里拿着把刀，又大又锋利，银色的刀刃在阳光下闪着光。他是唯一一个看见诺雅的人。他的目光阴险恶毒，几乎跟那只动物尖厉的叫声一样，一下子穿透了诺雅的身体。

诺雅想要转身离开，可是已经太晚了。

诺雅眼瞅着那头猪被带到长条凳那里，叫声变得越来越大，越来越充满乞求意味，就跟一个小孩子一样。与此同时，上面的一个房间里传来音乐声。那是吉姆·卡罗尔的摇滚乐，诺雅立刻听出了这首歌，因为大卫曾经在她的楼下唱过。曾经的天使之歌，现在变成了死亡进行曲。

疯狂挣扎的猪被几个男人绑在长条凳上，一根呼啸的棒子猛击猪头，下一刻屠夫干净利落的一刀，切断了颈动脉。鲜血喷涌而出，像狂野的溪流，溅在库尔特的白色大褂上。艾斯特尔的手上也溅上了鲜血。她就站在屠夫身边，手里拿着一只木桶正凑在猪脖子底下接猪血，一边用苍白的右手以一种近乎感性的动作在深红色的液体中安静地搅动，而那液体似乎还一直源源不断地从那只将死的动物喉头中涌出。一股甜腥、温暖的气息在庭院里蔓延开来，吉姆·卡罗尔在上方歌唱着身体的灵魂，那头猪也还在继续嘶叫着，血流得越多，叫声似乎就越响亮，尖厉的叫声几乎有节奏地融进了音乐里，融进了如擂鼓一般轰响的低音炮。超人男孩转过身，龇牙咧嘴地笑着，冲诺雅伸出舌头做了个鬼脸。

终于在那一刻，诺雅又有力气可以动了。

她跌跌撞撞地从庭院里出来，穿过厨房，正想从酒吧里跑出去，却不想在门厅里撞见了"火警警报器"丹尼斯。要想逃走，只剩下顺着楼梯上楼一条路。音乐来自大卫的房间，诺雅追随着它拾级而上，来到他的屋门外。门开着，大卫正站在 CD 播放器前，点着脚和着节拍，随着音乐一起唱着歌。克鲁莫蹲在地上，伴着音乐肩膀一耸一耸，脸上绽放着大大的、幸福的笑容。

大卫一眼就看出诺雅之前经历过什么，他大步朝她走来，一把搂住她。

"糟糕，我应该提前给你做一下心理铺垫。"他冲着她的耳朵喊道，"我得在上面陪着克鲁莫，他没法忍受这个，上次花了一周时间才从惊吓中恢复过来。"

是的，诺雅心里寻思，我可能也一样。

大卫一共按下三次重播键，循环播放这首曲子，最后他望向窗外，认为最糟糕的部分已经结束了。

"我现在得去村里的广场，"他说，"帮着搭帐篷。厨房里女人们开始做香肠了，我不认为你有兴趣去帮他们。"

诺雅沉默地摇着头，努力压抑身体里涌动的反胃感觉。克鲁莫用膝盖撑着爬向她，突然一下子抱住她的双腿，脑袋贴在她的肚子上，咯咯咯地笑起来……

诺雅朝他弯下腰，抚摸着他的螺旋形鬈发。它们很软，很软，像小鸡的绒毛。所有的恐惧都离她而去，剩下的只有温柔。

"嗨，克鲁莫，"大卫微笑着说，"别想拐走我的姑娘，听到了没？"

大卫去往村里的广场，诺雅取了相机，一路散步。鲜血的气味似乎在整个村子的上空飘浮，诺雅想起古斯塔夫说的话，庆典那天的早晨有很多家院子都会杀猪宰牛。但是，在乡间小路上，那种味道消失了，一种懒散的宁静在四周蔓延。诺雅登上一座高高的小山坡，山坡上长满黄色和紫色的野花，村子就在她的脚下，看起来一片宁静温和。一种奇怪的渴望在诺雅的心中升起。她心里想道，如果跟人分享，恐怖的事情就少一些可怕，而美好的事情会变得更美好。她满心希望，大卫此刻要是在这里就好了，她想告诉他这一切。

他们三个人一起去参加乡村庆典。吉尔伯特穿着短袖 T 恤和牛仔裤，诺雅身着一件样式简单的深紫色裙子。凯特下身穿着一条铁锈红的皮质短裙，上身套了一件类似海盗衫的黑色上衣，袖子宽大，红色的鬈发编成粗粗的麻花辫。她的脸上露出坚决的不管不顾的神色，诺雅忍不住想到之前她跟罗伯特的对话。对于那场谈话，凯特一个字都没说，但是诺雅散步回去之后发现，她变得不同寻常地沉默起来。

乐队已经开始奏乐，是喧闹的乌姆塔塔音乐。诺雅从中分辨出管乐器、打击乐器、一把吉他，还有一位年轻歌手的声音。啤酒帐篷的门四下敞开着，里面挤得满满登登，音乐声正是从那里传出来的。再远一点儿，停着一辆消防车，村子的消防队员在四周围绕着它。年轻的男人，年长的男人，所有人都穿着蓝色的制服，许多人脑袋上甚至还戴着头盔。在一个看起来像蹦床的巨大跳垫上，孩子们欢快地跳来跳去，大声笑着，挤着闹着。

诺雅不清楚一个这么小的村子还能有一只自己的消防队，但是吉尔伯特告诉她，几天前他还开车从村口的消防站路过。"据我所知，如今几乎每个地方都有自己的消防队。"他说，"至于这个跳垫……"吉尔伯特手指着那个蹦床模样的东西，上面有个男孩刚刚完成一个后滚翻，"这个跳垫简直太棒了。我在柏林曾经目睹过一次自杀现场，一个年轻人想从楼顶跳下去。实在太恐怖了，我吓死了，一动都不能动。幸好围观的还有人神志清醒，打了消防电话。他们就在楼下放了这么个东西。简直太不可思议了，都没用到五秒钟，一个这样的跳垫就吹起来了，而且救援高度可以达到十六米。跳上去一定会很有感觉，不是吗？"

诺雅厌恶地摇摇头，她可一点都不想尝试。"那个自杀的人呢？我的意思是，他跳了吗？"

吉尔伯特面带嘲讽地一笑。"没，但他把这玩意挪作他用了。无论你信不信，那家伙从楼顶上往下撒了泡尿。不过，看到那儿我也够了，于是我就走了。"吉尔伯特搂住诺雅的肩膀，"我亲爱的歌唱协会大人，这里真的很热闹。"

没错，吉尔伯特说得完全正确。帐篷前摆满了派对长桌，上面堆满猪肉香肠，条凳上坐着村子里的村民，手里举着巨大的啤酒杯和白酒杯，人人一干而净，就好像完全不在话下。孩子们在草地上玩老鹰抓小鸡，小溪边一个小胖子正在狠揍另外一个小个子男孩。

后者终于从前者手里挣脱开来，哭得震天响朝他妈妈身边跑去，让她给自己擤了擤鼻子，然后又继续朝其他孩子的方向跑去。

虽然八点刚过，但是显然在座的有一半已经喝高了。诺雅想起早上在酒馆庭院里闻到的白酒味儿，有可能许多人一大早就已经开喝了。

玛丽负责招待客人们，给他们端酒上桌。她穿着农民的特色服装，一件深蓝色带红花的裙子，围着个白围裙，一头金发编成花环的形状，在脑袋后面用卡子别起来。她看起来有点吃力，今天的黑眼圈看起来似乎比平日里还重。

大卫和古斯塔夫站在啤酒帐篷的柜台后。看见诺雅和凯特在人群中探出一条路，大卫冲她点了点头。帐篷里酷热难耐，大卫的额头上都是汗珠。克鲁莫可能在哪儿？跟艾斯特尔奶奶待在酒吧里吗？不对呀，艾斯特尔也在这里，她刚刚从大卫的背后探出头来，用一块手巾给他擦了擦额头上的汗，严肃的面孔上难得带有一丝表情。突然，她看上去软弱又担忧，转身朝向古斯塔夫，但是目光却停留在凯特身上。凯特刚刚冲古斯塔夫来了个飞吻，又蹭了桌上一个男人的一杯白酒喝。她像一块巨大的磁铁一样，吸引着众多男人的目光。

"今天我要喝到醉。"她大声宣布。为了证明自己说的都是真的，又一口气灌了杯白酒。

凯特接着蹭了在座男人们的第二杯酒，第三杯酒，然后昂首阔步向舞池走去 —— 那是一个位于帐篷后面的木制舞台 —— 开始跳舞，一个人，没有舞伴。

虽然乐队还在继续演奏着音乐，但是对于诺雅而言，似乎帐篷里的一举一动一下子全都凝滞了。唰地一下，所有人的目光都投向凯特。凯特一圈圈地转着，胳膊在翅膀样张开的海盗衫中直直伸着，红色发辫在空中飞扬。忽然间她看起来就像是一个小姑娘，刚刚从阁楼上的变装衣柜里打扮好跑出来。

这次庆典活动的歌手，一位穿着皮裤的长发年轻男人，看起来可比节目单上写的流行乡村民谣有范儿得多。他冲着吉他手咧嘴一笑，打开扩音器。

诺雅恨不能找个地缝藏起来，特别是当她看见丹尼斯坐在其中的一张桌子边上的时候。诺雅差一点儿乐出声来，他穿着一套消防员制服，"火警警报器"丹尼斯原来在消防队工作，这根本牛头不对马嘴。他爸爸是屠夫，这两个人都以某种方式跟死亡有关，诺雅一想到这里，想笑的冲动就又云消雾散了。不知道消防队在村子里是不是要经常出动？丹尼斯捕捉到诺雅的目光时，诺雅感到自己浑身一僵。丹尼斯把他的消防员头盔放在面前的桌上，那头盔的颜色还没有他的头发红，也没有那张被酒精熏得通红的脸红。丹尼斯身边坐着个姑娘，一头浅金色的头发，嘴上涂着霓虹粉的唇膏，身上穿着件紧身牛仔背心，里面因为硬塞进去一对巨乳，差点要撑破了。丹尼斯胳膊搭在那姑娘肩上，死死盯着诺雅，眼睛眯成一条缝，还伸出舌头舔了一下嘴唇。诺雅厌恶地转过身，向着柜台的方向挤去，站在人群的外围。但是大卫实在是太忙了，没办法照顾她。他像是在流水线上工作一般，一杯接一杯从机子里往外打啤酒，同时不停用胳膊擦拭着满头汗水。古斯塔夫还站在他身边，但是不工作。他呆呆地站在那里，目不转睛地盯着凯特看。凯特跳完几只曲子，这会儿正向柜台走来，让大卫递给她一大杯啤酒。

帐篷里的空气更炙热了，诺雅简直不想看凯特。她走到帐篷外面，四下张望寻找着吉尔伯特。

吉尔伯特坐在外围的一张桌边，正在跟一个男人聊天。原来那位灰白胡子的老人是村里的牧师，他和蔼可亲地向诺雅自我介绍了一番。

"怎么样？"他问，"觉得农村生活怎么样？"

"很好。"诺雅心不在焉地回答，一边还在观察着那些村民，因为她一直还在回想着伊丽莎说的话。小飞象。谁是小飞象？这堆人里面到底是谁看起来像是能叫这个别名的，或是30年前叫这个名字？

"您认识一位叫小飞象的人吗？"她直接问那位牧师。

"小飞象？"牧师露出一副不理解的表情，"不，我不认识，圣经里也没有叫这个名字的人。"牧师微笑着。吉尔伯特开口道："小飞象，那是儿童电影里的一头大象，不是吗？会飞的巨婴，长着一对巨大的招风耳。我觉得那片子太老了，我还是个小孩儿的时候就看过它。"

诺雅点点头。是的，没错，她自己可不也就只能想到那个。小飞象，耳朵巨大的小象。她偷偷瞄了一眼牧师，他那一双耳朵紧紧贴着脑袋，里面还长着一撮灰色毛发。她也看了看其他人，没发现一个符合这一描述的。除了一群孩子中的一个小姑娘，瘦得像麻秆一样，皮肤白得像个小精灵。她正坐在妈妈怀里，玩着她衬衫上的纽扣。是的，她的耳朵招风得厉害，似乎能伸到前面逮住某人。但是，30年前这小姑娘还没出生呢。

牧师又朝吉尔伯特转过身去，因为他又跟自己就幽灵的存在话题纠缠不休。"我的观点是，天使或幽灵根本就不是什么超自然的现象。"吉尔伯特说道，声音提高了半个八度。通常情况下，如果他预感到机会来了，某人可能会被他说服，而不是取笑他讲的故事，他的声音就会高八度，"在我的档案收藏里，都是各种各样关于人们遇见已经逝去的亲人朋友的报道。或者人们看见的死者完全真实，根本不知道那是幽灵。您知道我的意思吧？有个故事，特别吸引我，说的是上个世纪初发生在巴黎的事儿。一位年轻的画家到处寻找创作主题，他游走在城市之中，在蒙马特区发现了一位年轻的姑娘，正倚在路灯边上，给画家留下了无助、几近迷惘的印象。画家本打算向姑娘提供帮助，却转念一想，人家可能只是迷路了。但是，当那个姑娘抬头望向他的时候，画家真的吓了一跳。她的脸应该说是完美的，美丽得像是天使的脸庞。好吧，这一下他有了绘画的题材。他问那姑娘，愿不愿意做他的模特，姑娘说愿意，默默地跟着他去了画室。画家为她创作肖像画时，姑娘就坐在那里，一整夜，非常安静。不知什么时候，他开口问她是哪里人，答案非常奇怪。姑娘说，她曾经是斯堪的纳维亚人。艺术家笑着说，那她今天肯定也还是斯堪的纳维亚人。但是那位美丽的陌生人只是回答，她现在已经不知道自己是谁，从哪里来……"

吉尔伯特从水杯里喝了一口水，迅速瞄了一眼牧师："无论如何，画像在晨曦中完成了，艺术家非常满意自己的作品。那姑娘没说一句告别的话就离开了，艺术家在后面急急追赶，但是刚冲出门外，姑娘就消失了，她就在空气中消散不见了。"

"天哪，"神父大笑着说。他长着一张睿智的脸，天庭饱满，水蓝色的眼睛清澈明亮，"这个故事听起来很吸引人，您完全可以让我的教堂里满满登登都是听故事的人。或许您应该下周日登上我的讲坛来布道，您觉得怎么样？"

吉尔伯特微笑着摇摇脑袋。"不用了，谢谢。我还远远没到可以布道的程度，这种事情还是交给专业的人去做，就像您这样的。"

"您相信有幽灵存在吗？"诺雅问牧师。

"我相信灵魂会升入天堂。"牧师回答，"当然我也了解一些故事，就像桑德先生刚才讲的那样。在那些故事里，一个人的灵魂卡在两个世界之间，因为还有事情需要解决，那些还没有解决的事情会阻止它进入永恒的世界。但是桑德先生自己也说了，那些是幽灵。可以信，也可以不信。我认为，大部分人倾向于第二种，根据托马斯的那句座右铭，他只相信自己的眼睛看到的。要真正知道有没有可能，只能通过自己的经历才能了解。我自己并不清楚，我是不是真的想那么做。"

诺雅缓缓点了点头。她忽然又想起伊丽莎的照片，她站在阁楼上，胳膊张开像要飞翔一般。当时她还在这里，在这个世界上，在这个村子里。现在她在哪里？吉尔伯特会对她的故事说什么？牧师又会对她的故事说什么？这样的一段故事，诺雅正在经历着。这样的一段故事，抛出了那么多的问题，那么多的谜团。

"您认识伊丽莎·施坦贝格吗？"诺雅轻声问。

"伊丽莎·施坦贝格？"牧师皱着眉头，正想开口回答问题，这时帐篷里的音乐声停了。

"我们的贵客，凯特琳娜·塔利斯，"歌手的声音从麦克风里轰鸣着传出来，"希望点一首慢歌来玩女士邀请男士共舞的游戏。行动吧，女士们，抓住你们的好心情，开始动起来吧！向凯特琳娜·塔利斯致敬，我们现在将演奏一首大热英文歌曲《泪洒天堂》。"

吉尔伯特叹息一声。"噢哟，凯特，你究竟在那儿干什么？"他更像是在对自己自言自语。他朝牧师礼貌地点了下头，然后转向诺雅："我觉得，我得过去看看。凯特从今天下午就看起来有点儿奇怪。"

诺雅跟着吉尔伯特走进帐篷。只有吉他手还在演奏，令人惊讶的是，那个歌手的英语竟然不错，现在他正在唱的那首歌，是当时埃里克·克莱普顿在儿子死后谱写并编曲创作而成的。

你还记得我的名字吗，假如我在天堂遇见你？

你我还能像从前一样吗，假如我在天堂遇见你？

我一定会坚强前行，我知道我并不属于天堂……

只有寥寥几对正在起舞，大多数人都站在外围，目光赤裸裸地盯着凯特。凯特以一种凯旋的表情伸手拉古斯塔夫进入舞池，搂着他，慢慢踩着乐曲的节拍开始跳起来。酒吧老板脚下跌跌撞撞，但是凯特紧紧抓着他，脑袋依偎在他的肩上，缓缓地让他和自己一起转起圈来。

几个围观的人起哄嚷嚷起来，大卫正在打啤酒的手也顿住了。诺雅能看见他噘起嘴唇吹出一声口哨，脸上的表情变得愤怒起来，额头上也皱出一道深深的皱纹。他的身边站着艾斯特尔，玛丽也来到柜台前，手里拿着一个空空的托盘。一个男人粗鲁地抓住她的肩膀，他背朝诺雅，但是等到他朝玛丽转过身的时候，诺雅认出他来，是托马斯·库尔特。他张嘴跟大卫的妈妈说着什么，嘴巴紧紧凑在她的耳边。当然诺雅无法听到他说话的内容，但显然不是什么好话，因为玛丽的脸看起来就跟石化了一般。等到库尔特停住话头，玛丽朝他手里塞了什么东西，纸卷一样的东西，可能是一张纸条也有可能是一张钞票，诺雅看不太清楚。她只是看见，屠夫脸上挂着蔑视的表情转过头去，然后目光像被磁石吸引一样滑向帐篷门口。那里站着罗伯特，他走进帐篷，径直朝舞池走去。村民中间爆发出一阵交头接耳的嗡嗡声，如同一场个人表演的观众一般，他们站在木制舞台前。罗伯特一言不发，抓住凯特的胳膊，粗鲁地将她带离古斯塔夫的身边，拽着她扬长而去。

歌手卡了壳，帐篷里一片死寂。古斯塔夫的脸，曾经火一般地通红，此刻却充满了刻骨的仇恨。

第 22 章

他就是小飞象

...

我赤裸着躺在他面前的沙发上。烛光描绘出跳跃闪烁的阴影，在他脸上，在他因为充满渴求而炽热的双眼里。对我来说，躺着没什么难的。我望着他，与此同时，我在他的眼里重生。一道又一道，一笔又一笔。

伊丽莎
1975 年 8 月 13 日

...

凯特再没回来。

正午时分，诺雅和吉尔伯特坐在花园里的核桃树下吃早餐。两个人都保持着沉默，都还没有从昨天傍晚发生的事情里缓过神来。凯特和罗伯特离开之后，他们俩也马上跟着离开了，缩着脑袋低着头，身后是一直追随着他们的视线。诺雅没有勇气向大卫走去，他那不知所措的呆滞表情让她不由得跟他保持距离。也正因为如此，她憎恨凯特。还有古斯塔夫脸上那充满仇恨的表情，以及罗伯特走入帐篷时那死一般的宁静。诺雅一再跟自己的想法作斗争，想对吉尔伯特袒露心扉，告诉他自己所知道的，还有不知道的，可是她不敢。

他们完全不谈论凯特。

下午的时候，大卫来了。他看起来面色苍白，因为疲倦黑眼圈很重。看见凯特没在这里，他显得如释重负。吉尔伯特挤出一个表情，似乎想要为凯特的行为道歉。

他们开始一起粉刷吉尔伯特的房间，将书搬去厨房，床移到一边，一直干到傍晚。真开心，能做一些看得到结果的事情。只有一次，在吉尔伯特煮瑜伽茶的时候，诺雅跟大卫说起了昨天傍晚的事，说起古斯塔夫脸上的表情，说起帐篷里的死寂，说起大家望着罗伯特的目光。但是大卫跟诺雅一样，对这件事情摸不着头脑。他说，大家窃窃私语了一阵，但是没过多久乐队就又开始演奏。除了古斯塔夫和玛丽表现得心烦意乱之外，他没从他们身上看出什么更多的东西。

"胖可可"和"希区柯克"在花园里。那只公猫"希区柯克"占据了堆肥挖出之后的那个地洞，堆肥旁边依然还躺着那把铁锹。已经过去好几个小时了，它就蹲在地洞里，每隔几分钟激动地喵一声。

有一次，"胖可可"站在地洞边缘，满心恐惧地向下张望，好像在问："这么长时间，你到底在那儿干什么？"

楼上凯特的房间里，手机铃声一直在响。在过去的两个小时里，这已经是第三次了。

"我去接吧，"吉尔伯特说，"或许是什么重要的事儿。"

等他折回来，脸上一片激动的神色："凯特获得了斑比奖，电话是她的助理打来的，他刚刚打开那封获奖邮件！因为在电影《情浓于血》里的扮演，她将被颁发一座斑比奖，最佳女演员奖。组委会刚刚在媒体上宣布了这条消息，现在想要采访一下凯特。如果凯特没意见，他们也要来这里。你觉得怎样，诺雅，要我去跑一趟磨坊，告诉她这件事吗？她会在那里吧？"他的声音突然听起来没那么肯定。诺雅和大卫迅速交换了一下眼神，她很生凯特的气，非常生气，但是内心却十分担心她。凯特究竟对罗伯特，对他的生活，对三十年前的那段时光了解多少？哦，从昨天早晨她在花园门口对他吼的情况来看，显然并不多。但是够了，别再说什么见鬼的过去了。他到底是怎么解释昨晚那种完全不可能发生的情况？所有这些问题都比诺雅的骄傲重要得多。是的，诺雅当然也为凯特感到骄傲，获得一座斑比奖是作为一名德国演员能够想象到的最高奖项。

"我去吧，"诺雅说，"我去问她。"

凯特出现了。就在诺雅准备出门的当口儿，凯特出现在她的面前。她站在那里，眼睛肿着，眼里却微笑着。那是一种温柔的、不确定的微笑。凯特，诺雅心想，我都认不出你了。

　　"罗伯特和我想进城去吃饭，"凯特开口说道，"我只想在家逗留一下，换身衣服，一会儿他来接我。你俩一切都好吗？"

　　"刚刚有你一个电话，凯特。"诺雅微笑着，心中浮起一种温暖的感觉，"你获得了斑比奖，最佳女演员，是因为你在《情浓于血》里的表演。"

　　"什么？"凯特盯着诺雅，突然开始哭起来。她靠在楼梯栏杆上，双手捂着脸，啜泣着。这消息真的震撼到她了，"我何德何能，能获得这么高的荣誉！"

　　吉尔伯特来到门厅，看起来吓了一跳的样子。他想要给凯特一个拥抱，但是诺雅阻止了他："我能跟你说会儿话吗，凯特？"

　　凯特点点头，放松了肩头，和诺雅一起走进房间。

　　"昨天晚上那一出到底是怎么个意思？"诺雅问，"罗伯特来接你的时候，帐篷里的死寂，古斯塔夫脸上的表情，关于这些罗伯特都给你讲了什么？你昨天早上提到他的过去，那究竟是什么意思？"诺雅仔细研究着凯特脸上的表情，这会儿她看起来有点迷惑，"昨天早上我听见你俩在房子前面的谈话了，凯特。"诺雅解释道，一把握住了妈妈的手腕，"罗伯特有没有给你讲过什么？关于伊丽莎·施坦贝格？"

"伊丽莎·施坦贝格？"凯特看起来完全糊涂了，"这个名字我听说过……施坦贝格，那不是在这所房子里住过的那家人吗？你什么意思？为什么罗伯特要跟我讲起他们家的事？"

诺雅犹豫了："就随便问问。"她避重就轻地说。

凯特叹了口气，开始解海盗衬衫的扣子。衬衫看起来皱巴巴的，满是汗渍。"没有，诺雅，他没跟我说什么。我问起他的家人，但是他说不想谈这个话题，所以我们……"凯特抬起头，"实际上，昨晚我们更多是在谈我自己。诺雅，我……我不知道自己怎么了。我头一次有这种感觉，有人爱的是我，是我，而不是凯特琳娜·塔利斯，一位女演员。罗伯特发掘了我内心的情感，那些连我自己都不知道我会拥有的情感。我的电影，所有那些，罗伯特根本就不感兴趣。他……啊见鬼，诺雅！我到底该怎么办？"

"你问我？"

"是的，"凯特深吸一口气，"我问你。有时候我认为，你在很多事情上超过我。我知道，自己不是个好妈妈。诺雅，相信我，我知道这一点。但是我爱你，我……我真的为你感到骄傲。昨天我跟罗伯特说起这个，他问我你是不是也明白。"

诺雅望着妈妈。那个两人本该互相拥抱的微小时刻刚刚过去，就像一列轰隆隆驶过的火车，只是短暂停留了片刻。诺雅感到一阵寒冷，那是一种从心底泛出来的寒冷，将她的心收缩成一个小小的、坚硬的圆球。

"好好照顾你自己，凯特。"诺雅的声音不起波澜，"衷心祝贺你获得斑比奖，这真是太棒了。"

凯特直直望进诺雅的眼里，她点了下头，很轻很轻。在这个动作里，蕴含着无尽的温柔，还有无尽的痛苦。

"我会接受采访。"凯特说着，走进吉尔伯特的房间道别。吉尔伯特和诺雅正准备再把书放回书架，大卫翻着那本有关通灵术的大部头。在刚来的前几天，吉尔伯特一直在读这本书。

"嘿，新刷的颜色看起来棒极了。等我们离开这里的时候，整个房子也会看起来跟新的一样。谢谢，还有你，大卫。"凯特将一只手放在大卫的肩膀上，"昨天晚上的事我很抱歉，我的行为像傻瓜一样，我会跟古斯塔夫道歉的。"

大卫目光冷静地望着凯特："那你可能还得再等一阵子。你昨天的演出搞得古斯塔夫心神俱伤，我不认为，如果你现在出现在酒馆，他可以冷静对待这件事情。"

"好吧，"凯特说，"好吧，就按你的意思来。我只是真的不想让你们生气。"

这个晚上，吉尔伯特很早就上床睡觉去了，但是诺雅和大卫一下都没得闲，一次亲吻的机会都没找到。等到房子里面终于一片宁静，大卫牵起诺雅的手。

"跟我来，"他说，"我们去磨坊。"

"什么？"诺雅盯着他，但是大卫只是更紧地握住她的手。"我受够了，"他说，"现在无论如何也要发现有用的线索，帮咱们继续调查下去。"

村里的路灯还亮着，但是月亮今晚没有露头。磨坊在周围环境的映衬下，看起来像是一片黑色的阴影。四下一片漆黑，简直伸手不见五指。森林似乎在呼吸，那是一种巨大的、沙沙作响的呼吸。磨坊的门锁着，但是边上的水轮上方有一扇窗户开着。

"我爬上去，"大卫低声对诺雅说道，"然后从里面给你开门，好吗？"

他松开手，但是这次换成诺雅紧紧抓住他的手，"大卫，这……你现在打算的，是非法入室，这可比你最近半夜拜访我家阁楼要严重得多。我们可能得去坐牢的，你明白吗？"

大卫轻声笑起来："那谋杀又怎么说？"他压低声音说，"是不是也得坐牢呢？见鬼，诺雅，在这个村子里有个杀人犯正自由自在地活动，甚至有可能正在跟你妈妈分吃一个披萨。要是你害怕跟我一起进磨坊，那你就回去。趁一切还来得及，我是无论如何都要进去的……你决定吧。"

诺雅松开他的手。

"好吧,"她几乎没发出声音,"那你去吧,但是快一点儿,听到了吗?我在门口等你。"

她转过身,背对着大卫,不想看见他是如何爬上磨坊水轮,也不愿意思考,万一罗伯特在屋里抓住他们,会发生什么事情。一声轻微的嘎吱声从身后传来,然后是咔嚓一声,似乎是从森林里传过来的。之后,一切又恢复了平静。"快点儿,大卫。"诺雅绝望地自言自语道,"快点儿,开门呀。"她后背紧贴着房门,当门一下子被拉开时,她不由得惊叫一声。大卫刚刚来得及接住诺雅,否则她就要跌进房里了。

诺雅和大卫点燃了两根从家里带来的蜡烛,凯特的香气还留在房间里。

屋子比她第一次拜访的时候显得还大,原因不仅在于烛火摇曳闪烁,还在于闯入被禁止的不确定空间会给人带来的那种感觉。他们会在这里发现什么吗?这一切真的有意义吗?此刻,那些折磨人的念头一个个地蹦出来。要是罗伯特提前回来该怎么办?就连凯特前天晚上也说过,这个男人不可捉摸。还有他那墨水一般漆黑的目光几乎令人恐惧,在房门前跟诺雅道别的时候,罗伯特正是用这种目光望着她。诺雅拉开通往画室的推拉门，恐惧让她觉得胃里像灌了铅一样难受。

那些画作依然一幅叠着一幅靠在墙上。摇曳的烛火令那些抽象画看起来更加疯狂，富有攻击性的颜色和环环相扣的形式看起来杂乱无章又令人恐惧。

还有那张凯特翻出来的画，也还放在原地。这是所有画作当中，唯一一幅并非抽象画的作品。

那是一位与诺雅年龄相仿的女孩，长着一头长长的、光滑的、漆黑的头发，赤裸着躺在一张沙发 —— 一张深红色的贵妃椅上。就是照片上的那个女孩，毫无疑问。而且贵妃椅就是她家阁楼上的那一张，它还待在同样的那个位置，直到今天还一直待在那里。

背景是深色的，几近黑色，窄窄的天窗里透过一束奶色的月光，使姑娘的身体沉浸在一片圣洁的光辉里。姑娘的皮肤也是白色的，是一种诺雅之前从未见过的白，既不是苍白，也不是惨白，而是真正意义上的欺霜赛雪，像完全没被触碰过的、月光照耀下的白雪。是的，甚至似乎有一股寒意从画面里向外涌出。诺雅将蜡烛举得离画更近一些，她的手颤抖着。她的身后蹲着大卫，拂向她脖颈的温热呼吸暴露了他的紧张 —— 那种紧张连诺雅也感觉得到。这个年轻女人，这个姑娘 …… 伊丽莎，她的冷若冰霜让她看起来有一种圣洁的美，甚至可以让人屏气凝神。

她的躯体堪称完美，苗条纤细，但同时又身形圆润，十分女性化，蜂腰下的臀部划出一个完美的弧度，两只乳房丰满浑圆。

她的脸也是完美的。这是一张老派的鹅蛋脸，鼻子小巧均匀，颧骨突出，嘴唇丰满，嘴角微微朝上，勾出一抹轻微的弧度。眼睛很大，分得很开，赋予脸蛋一丝古典的意味，就好像来自一个久远的时代，或者来自于提香画里的圣母时代。眼睛的颜色是深沉的灰蓝色，沉静的目光似乎专注于内心的感受。

然而，感觉最强烈的还是她的微笑，诺雅还从未见过这种微笑。她忽然了解了微笑的力量，因为此刻大卫打破沉默，嘴里的低声细语说明了一切。这些话像一根长长的利刺扎入了诺雅的心脏："人们会渴望，她的微笑是真的。人们会渴望为此付出所有，就为了看一眼这个微笑。"

诺雅什么都没有说。

她的目光停留在姑娘放在小腹上的双手上。这个姑娘没有戴任何首饰，脖子上没有，手指上也没有，但是手上却环抱着一样东西。那是一本书，暗红的封面像血一样红，只比贵妃椅的颜色稍浅一些。诺雅突然想到那个现在摆在她家客厅的书架，但是却想不起来是不是有一本红色的书。她试着去辨认书名，同样也没有结果，因为那双手遮住了书的封皮。

诺雅转身朝向大卫，但是他的目光忽然被其他什么东西吸引住了，一个外面的什么东西。那是一团阴影，就在窗边。这一刻，诺雅也看见了。

"快把烛光灭了！快点儿，灭了蜡烛！"

大卫已经吹熄了手里的蜡烛，诺雅也按他说的话立刻照做，但是显然太迟了。站在窗前的那个人应该已经发现有人在磨坊里。

有人在用手挠窗户，真见鬼！

大卫进来时没关窗户。然后一个声音响起来，一个压得很低的声音，很轻，很嘶哑。

"罗伯特？你在吗？罗伯特？是我，玛丽。"

诺雅屏住呼吸，感觉心都要从喉咙里蹦出来了。心跳声越来越快，越来越响，她一度认为，外面的人肯定能听见自己的心跳声。黑暗中她也感觉到了大卫的紧张。他们蹲在地上，一动不动，目光投向窗户。

"他又勒索我了，罗伯特。回答我！罗伯特！你在吗？你是……一个人吗？"

恐惧在大卫母亲的声音里颤动，她好像直到此刻才明白，有可能罗伯特并不是一个人在这里，或许某人，比如凯特，正跟他在一起。站在这里，向他呼喊，泄露秘密，真是又危险、又愚蠢。

阴影离开，四下再次恢复了寂静。

花了很久，诺雅和大卫才又鼓足力气，身体重新活动起来。他们再次点起蜡烛，在屋里走来走去，却不知道到底在寻找什么。即便如此，最终他们还是发现了点儿什么，就在楼上罗伯特的卧室里。屋里除了凌乱的床之外，只有唯一的一件家具，那个发现就在那只小床头柜里。抽屉里有张两个少年的合影。看起来很旧，带着折痕，像是从一本相册里撕下来的，背面还黏着纸的残屑，应该是从前那本相册的。相片的正面，能看见指印留在哑光的相纸上，看来有人经常把照片拿在手里端详。诺雅心里寻思，这显然是友情破裂了。两个少年紧挨着站在一起，个子高点儿的可能17岁，或者18岁，很明显是罗伯特。黑色的头发，深色的、间距较窄的双眼，还有一颗黑色的痣。他的脸基本上没什么变化。他伸出胳膊，用一种保护的姿势搭在小个子的肩上。那是一个大约15岁的少年，一个胖乎乎的圆脸家伙。他在照相机前龇牙咧嘴地笑着，而罗伯特却看起来严肃沉默。矮个儿的眼睛发着光，圆滚滚的像弹珠一样。是的，是眼睛的形状泄露出那是古斯塔夫。但是，那并不是让诺雅心慌意乱的原因，是因为耳朵的形状，两只耳朵从脑袋的两边支棱开来。

招风耳。

毫无疑问，照片上的少年就是古斯塔夫，他就是小飞象。

第23章
一 对 亲 兄 弟

...

父亲给他钱，我完全不能理解！父亲给他钱，还陪着他，就好像小飞象是他的儿子。对我而言，他就只是小飞象。要是知道我会对小飞象多么和气友好，爸爸会惊讶的！我解开衬衣的扣子，直到挂着项链的那个部位。我低声说："这是通往我的珠宝的钥匙，你想要摸摸它吗？"小飞象的脸变得通红。我问自己，他现在会更崇拜谁：是亲爱的医生叔叔，还是叔叔恶毒的女儿？

伊丽莎
1975年8月15日

...

太阳从墓园上方升起，一个通红的火球，将天空变成一片火焰的海洋。绚烂无比的光线穿过清晨凉爽的湛蓝色，空气清新到似乎可以喝上几口。

诺雅拍着照片，一张接着一张。又一次，又是一个不眠夜。诺雅不停地滑入一种混沌的状态，搞不清什么是现实，什么是梦境。在那种状态下，阁楼里又响起脚步声，而她的意识却完全感知不到。

等到天际边缘出现一道鱼肚白，诺雅费力地从床上爬起来，抓着相机走向户外，沿着乡间小道一直来到墓园，一个人，只带着自己的思绪。

昨晚，大卫和诺雅从磨坊里溜出来之后，大卫一直陪她走回家，之后跟她道别离开，没有亲吻，而且刻意保持距离。诺雅望着他离开的背影，直到他和夜色融为一体。村子里的路灯早就熄灭了，诺雅的感觉也一样，就好像她心中的那盏灯也灭了。她非常能理解大卫，他不用说什么，她也知道他现在的心情会是怎样。古斯塔夫像是他的家人，某种程度上甚至相当于他的父亲，现如今他陷入一桩罪恶的中心，一场谋杀，或许连玛丽，大卫的妈妈也卷入其中。那投在窗户上的阴影，声音里的恐惧，还有她轻声的话语：**他勒索我**。

玛丽说的究竟是什么意思？她话里的他到底是谁？托马斯·库尔特，那个屠夫？诺雅不由得回想起，在乡村庆典上他曾抓着她的肩膀。玛丽塞到他手里的那张纸，真的是钞票吗？是沾着血腥的钱吗？可是屠夫为什么要勒索她？为什么是她，难道小飞象不是凶手吗？但是，小飞象真的是凶手吗？

只有到了现在，诺雅才意识到，她在上一次幽灵游戏时一下子问了伊丽莎两个问题，当时酒杯的回答是**小飞象**。诺雅的第一个问题是：阁楼上面是谁？第二个问题是，他是凶手吗？那么伊丽莎的答案*那是小飞象*就具有双重含义。她所知道的一切，就是他在上面寻找珠宝。至于伊丽莎具体指的是什么，特别是为什么说珠宝已经被古斯塔夫占有，但是他却不为所知，这依然还是最大的谜团。

诺雅多么希望，她能跟大卫谈谈这个！昨晚，多么希望他没将她一个人留下来。当她被独自留下，一个人进到屋子里的时候，那几乎是一种身体的痛。在那栋房子里，吉尔伯特已经入睡，而伊丽莎正在四处游荡。诺雅的双眼难以看到她，就像牧师在庆典上所说的那样，她游荡在两个世界之间。

但是让诺雅更加感到痛楚的是大卫关于伊丽莎所说的话：*人们会渴望，她的微笑是真的。人们会渴望为此付出所有，就为了看一眼这个微笑。*

诺雅心里嫉妒得像是长了根毒刺，即便现在身处晨曦当中也依然泛着痛。

她沿着墓碑走着，那是些简朴的、没有装饰的四方块，上面摆放着丁香或者菊花。几乎所有在这里过世的人寿命都很长，诺雅可以从墓碑上的出生和死亡日期看出来。一座墓旁站着一个女人，正弯着腰，在那儿清除杂草。她应该是听见了诺雅的脚步声，于是转过身来。

诺雅吓了一跳。那是艾斯特尔，古斯塔夫的妈妈。诺雅心中涌出一种可怕的羞耻感，或许艾斯特尔是一位杀人犯的妈妈，可她并不知道。本来最好的办法是诺雅低头从她身边走过，但她强迫自己跟艾斯特尔打了个招呼，同时偷偷瞄了一眼墓碑上死者的生卒年代。彼得·古斯塔夫·克洛普，1924—1960。

"他在古斯塔夫出生之后不久就死了。"艾斯特尔轻声说道，"没有男人的生活非常不容易，你妈妈肯定了解这个。但是我的古斯塔夫永远都在我身边。他是一个好孩子，一直都是。大卫也是。"

诺雅咽了下口水，不知道该说什么。但是显然，艾斯特尔也并不期望任何回答。

"你们喜欢那座房子吗？"她问诺雅，脸上带着淡淡的微笑，"我们的大卫工作做得还好吧？"

"谢谢，是的，他帮了我们很多。没有他，我们肯定没那么快完成。"

"或许你们挖地的时候也需要他帮一把？"

"挖地？"诺雅蹙起眉头。艾斯特尔说的是花园里的那个地洞，那一堆堆肥吧？

"我觉得可能不需要。"诺雅小心翼翼地回答，"凯特，我妈妈，决定要开出一座新堆肥，但是那样的事情她最喜欢一个人完成。我的爷爷奶奶家里有座苗圃，凯特手艺很好。而且，园艺工作有利于她放松。"

"我可以让古斯塔夫过去帮忙。"艾斯特尔提议，"就让花园里的土那么没遮没挡地晾着，看起来不太好看。古斯塔夫可以运一些新土过去。"

"不用了，谢谢，没这个必要。"诺雅惊慌万分地拒绝了。对于艾斯特尔的提议她感到非常荣幸，但是一想到古斯塔夫马上要在她家花园里刨来刨去，那简直不可想象。至少诺雅不相信，在凯特出现在乡村庆典之后，他还是会兑现妈妈的提议，不管他是不是妈妈的好孩子。

"我会告诉我妈妈，她肯定几天后就会搞定的。那么，再见啦。"

诺雅从狭窄的墓园小径走回村子，在路过酒馆的时候，她加快了脚步。是的，她几乎快要跑起来。要是现在撞见古斯塔夫，那可真是让人无法忍受。她感到很庆幸，还好，酒馆的窗帘是拉着的。

村子里一片寂静，只是从牲口圈里传出母牛轻缓的哞声，它们马上就要被赶进牧场。农夫的谷仓里，能听见一辆拖拉机马达发动的声音。

诺雅看见大卫的时候，吓了一跳。他正坐在拖拉机后面的拖车上，手里举着一把大锤，即便看见她，似乎也是情绪不高的样子。他和她之间似乎竖起了一道看不见的高墙。

"我可以一起去吗？"

还没来得及思考，问题就从诺雅的嘴里溜了出去。大卫做出一副拒绝的表情，但是哈尔塞特冲她点了点头。"那就快点上来，小姑娘。"他瓮声瓮气地说道，朝着诺雅微笑着。诺雅坐在大卫身边，大卫沉默地点燃一支烟。农夫开着拖拉机，沿着街道开向火车站的方向，中间拐上了一条蜿蜒通往牧场的乡间小路。有一个栅栏坏了，被风扯开一条大口子。大卫和哈尔塞特开始将被拔地而起的木桩重新夯进土里。哈尔塞特抱着木桩子，大卫抡起锤子。他脱了短袖，每挥一下锤子，肌肉就会绷得紧紧的。那是盛怒的、愤懑的锤击，每一下都伴随着一次喘息。

　　诺雅不能后退。如果大卫现在退却保持沉默，那就由她来提问题。因为不知道该如何将话题引到酒吧老板的身上，所以她决定，直接开门见山。"哈尔塞特先生，您 …… 以前就认识古斯塔夫吧？我的意思是，孩童时期，在他还是个少年的时候？"

　　"古斯塔夫？我怎么会不认识他。我们这里可不是大城市，小姑娘。"

　　大卫停下锤击，向诺雅投来一缕愤怒的目光。但是诺雅继续问下去，固执而坚决。

　　"古斯塔夫和底下磨坊的画家，罗伯特 …… 他们两个曾经是好朋友吧？"

　　"好朋友？"农夫愣了一下，然后哈哈大笑起来，"他们两个是兄弟，小姑娘，是形影不离的亲兄弟。虽然那个罗伯特是个大混蛋，对，他们就是这么骂他的，说到底是因为那个抛弃了他们妈妈的坏家伙。"

什么？诺雅摇了摇脑袋，不太能完全理解农夫的话。他说了什么？她迷茫地望向大卫，但是惊吓也端端正正写在他的脸上。大卫六神无主地盯着农夫，然后突然开口问道："古斯塔夫和罗伯特是兄弟？您真的清楚这个？"

"年轻人，"农夫忽然看起来极其尴尬震惊的样子。他摇摇脑袋，就好像自己也很惊讶刚刚到底泄露了什么，"年轻人，每个人都知道这个呀，我以为你也知道。虽然没人提起过这个，但是我没想到……天哪，我跟村子里的人没有任何关系，我……"农夫顿住了，似乎口中的词汇不足以表达他头脑里的想法。但是大卫扔下大锤，身体转向农夫。

"拜托，告诉我吧。全都说出来，马上！"大卫的声音听起来很危险，眼睛因为愤怒变得阴暗起来。

农夫弯腰去捡大锤，动作异常迟缓。等到再起身站定，他叹了口气，看了看诺雅，又看了看大卫，似乎想要支吾搪塞过去。但他似乎又发现，这会儿再这么做也确实太迟了，除了继续说下去没有别的办法。

"罗伯特的父亲来自于我们的一个邻村。他曾经向艾斯特尔暗送秋波追求过她，却在孩子出生之前又抛弃了她。他逃跑了，离开了村子。没人再想要她，那个艾斯特尔，只有彼得爱着他，跟她结了婚，还和她一起开了间酒馆。等到古斯塔夫出生的时候，彼得死了，从此她又是一个人啦。日子确实过得不容易啊，你们的艾斯特尔。但是她很勇敢，儿子们也一直陪着她，包括那个混蛋。当然，古斯塔夫无论如何都会陪着她的。你了解他的，大卫。你肯定了解他的，那个勇敢的家伙。"

农夫咬着下嘴唇，脑袋还是半垂着。大卫靠在一根砸进去的木桩上，胸口上上下下急速起伏，面容却异常呆滞。诺雅合上眼睛。那张照片，她心想。两位少年，手牵着手，面容截然不同。他们是兄弟。所有人都知道这个，只有和古斯塔夫生活在一起的大卫不知道，而且他还是在这个小得不能再小，每个人都互相认识的村子里长大的。古斯塔夫、艾斯特尔、他妈妈玛丽，没有人跟他提起过。

"可是为什么？"诺雅打破砂锅问到底，"如果他们俩以前形影不离，为什么现在谁也不理谁？到底发生了什么，为什么没人说起这个？这……这跟伊丽莎有关吗？罗伯特跟她有关系吗？"

农夫盯着手里的大锤，用手掌抚摸着淡色的木柄。"每个人都想要她，那个伊丽莎，她美得就像是个玻璃娃娃，微笑起来会让人感到心情沉重。我总是说，她太悲伤了。"一丝淡淡的微笑浮现在农夫唇边，声音听起来有点嘲讽的意味，但他还是继续说了下去，

"我是个农村人，但是我眼里看到的，心里都明白，包括伊丽莎的父母，他们其实很不对劲儿。她妈妈基本上见不到人，总是待在家里。她爸爸却总是待在外面，花园里，酒吧里，总是乐呵呵的，和村子里每一个人聊闲话。但是伊丽莎，他并不重视她。有时候她站在他的身边，就像是完全不存在一样。过去，跟我的丈母娘，我总是这么说。我说，这当爹的不爱他自己的女儿。古斯塔夫，他喜欢古斯塔夫。罗伯特在那家工作，但是那个施坦贝格却邀请古斯塔夫来家里做客。他待他跟自己的儿子一样，给他付清了所有的账单，包括那对耳朵。"

"耳朵？"诺雅感觉血流直冲脑袋，她又想起磨坊里的那张照片，"您什么意思，他给他付了耳朵的钱？"

"他给他钱，"农夫哼了一声，"让他做了耳朵手术。大家都笑他，整个村子的人都在嘲笑他，就连我看见他都会忍不住笑。但是古斯塔夫做了手术，他和医生去了一趟医院，回来的时候换了新耳朵。"

招风耳，诺雅心想。古斯塔夫做了手术，是伊丽莎的爸爸付的钱。现在至少有那么点意思了。

但这依然并不是答案，解答不了为什么这两兄弟分道扬镳的问题。当然不可能是因为一场耳朵手术吧。

"某一天，伊丽莎离开了。"农夫继续说道，"和父母一起，回城里去了，还跟我们道了别。据说他们本来打算下个周末再回来，却最终没有回来。

"然后警察就来了，想了解谁认识她，那个伊丽莎。哈，每个人都认识她，我们这里不是大城市，而且每个人都喜欢她，古斯塔夫、罗伯特、托马斯，所有人。她跟谁有关系，这我不知道，这也不关我的事。我跟警察也是这么说的，我不管别人的闲事。他们也去酒馆了，那些警察，但是之后就走了。然后罗伯特也离开了，搬去下面的磨坊。那是他爸爸的财产，所以他就搬进去住了。在村子里不常见到他，直到今天都这样。这会不会跟那位姑娘失踪有什么关系，我也曾经问过自己。但是那姑娘是在城里不见的，不是这里，至少报纸上是这么写的。没人知道怎么会这样，只有我的丈母娘在胡说八道。警察来的时候，她也瞎扯，说什么白雪公主和黑马王子，你说让人该怎么想。这个可怜的女人脑子里有病，她一直都那样。"

农夫看着诺雅，然后又瞅了瞅大卫。他看起来筋疲力尽，就像是干完了辛苦漫长的工作。

大卫朝地上啐了一口，然后转身走了。

诺雅起初像脚底生根一样站了片刻，然后猛地回过神来，追着大卫跑过去。

"等等！大卫，等等我！"

诺雅停下脚步，就站在街道的中央，农夫的屋子前。那位老妇人就坐在那里，但是诺雅根本没注意到她，她的眼里只有他。

她喊着他的名字，大卫也停住脚步，转身朝向她。他的拳头紧紧抓着短袖 T 恤，泛白的指关节凸出。

"干什么？"他的声音像子弹射出枪膛一样急促。

诺雅朝他走去，离他还有一米距离的时候停下来。

我爱你，大卫。

这是诺雅头脑里能想到的一切。她的整个头脑，她的身体，她的心脏，全都只有这一种感觉。她呼了又吸气，吸了又呼气。这是唯一有用的安慰，但是她却没办法把它释放出来。她只是站在那里，望着大卫，大卫也望着她。什么也没发生，什么都没发生，从表面上看完全没有任何事发生。

最终，诺雅转过身，拐进通往她住的房子的那条街道。

凯特已经回来了。她站在门厅里，在夹克衫的兜里来回摸索。

"我刚才给助理打了个电话，"她冲诺雅喊道，"明天一早我就开车去杜塞尔多夫。他们想采访我，因为那个斑比奖。吉尔伯特也跟着一起去。现在我只差找到该死的车钥匙了，你没偶然看见它放在哪里吧？"

诺雅摇摇头，或许钥匙就插在汽车里，凯特经常把钥匙忘在那儿。

"嘿，"凯特担忧地望着诺雅问道，"你怎么啦？如果你有兴趣，我们可以在那儿待一个晚上，随便住在哪个酒店，就我们仨。吉尔伯特刚去了酒吧，他想问一下玛丽是不是可以帮忙喂一下猫，这样我们就不用担心它俩了。"

凯特看着诺雅。"如果你能一起，我会觉得太好了。"

诺雅不需要考虑很久："我一起去。"

这个夜晚，有脚步声从花园里传来，很轻，几乎没发出任何声音，陷进潮湿的草丛里。但是诺雅今晚一直在半梦半醒之间，那脚步声混进了她的梦境，跟嘈杂声毫无二致，沉闷、模糊。轻轻的咔哒声，金属的啪嗒声，噼里啪啦。

诺雅想起身，但是睡眠却更沉重，拽着她，用力攥住她。她叹口气，转了个身，然后梦见了大卫。这是一个漫长、紧张的梦，第二天清晨，她只有使出浑身的力气才能摆脱它。

第24章

血，到处是血

...

我们回到了城里，但那里不是家。那里只是另一个地方，在那里我
并不存在。在村子的那栋房子里，我会存在。我有没有说过，我想
有一段故事？现在，我有了。爸爸虽然不知道，却一起创造了它。
我对小飞象很友好，现在他爱我。他爱我，而罗伯特却是渴求我，
这是一个巨大的区别。

伊丽莎
1975年8月19日

...

车钥匙真的忘在汽车里了。吉尔伯特一经发现就对凯特道了歉。
他后悔地表示，是他把钥匙插在那里然后就忘了，于是被凯特在脑
袋上敲下一记板栗。

两只猫留在家里，玛丽答应喂它们，但是对于凯特来说，开着

一扇窗户实在太危险了。空气令人窒息，过去几天湛蓝色的天空被涂抹上了灰色，变成一个灰色的罩子，黯淡的阳光透过灰色罩子照着大地。凯特驶上高速公路之后，天空才变得透亮起来。虽然是周六，路上车不多，有一段高速公路几乎没车，只不过他们的车有几次能感到有点颠簸，发动机发出奇怪的杂音。

"你到底对'阿尔弗雷德'做了什么，吉尔？"凯特问道。她给所有自己拥有过的车都起了名字，上一辆被命名为米勒－吕登塞特太太，她的第一辆蓝色大众叫作弗里德辛婶婶。"加错油了？"

吉尔伯特摇摇头，看起来很镇定。"标准，"他说："我加的是标准93号啊，这车总是加这个标号的汽油，不是吗？"

凯特摇了摇头。"实际上'阿尔弗雷德'喝的是超级95号的汽油。要是情况没什么改善，下个加油站我们让人检查一下。不过，我们马上就要到了。"

两个小时之后，凯特将路虎停在杜塞尔多夫老城的一个停车场里。就在那个时候，天放晴了。

铺了鹅卵石的各条小巷挤满了人，这里的气氛很特别，至少诺雅是这么感觉的，就好像世界从慢速突然调到了快进模式。人们几乎毫无例外都显得忙忙碌碌的，虽然是舒适的夏季气候，但是所有人看起来都像是上紧了发条似的。很吵，各式各样的声响嘈杂地混在一起：正在吵嘴的情侣，大声呵斥的母亲，狗的狂吠声，咖啡馆或酒馆里飘出的爵士乐，还有一个男人的喊叫声。男人正站在一家伍尔沃斯连锁店门口的塑料桶上，穿着一件细条纹西装，脑袋上扣着一顶粉色的帽子，正扯着脖子布道耶稣的复活。

"嘿，吉尔伯特，你也可以站在那儿，你觉得怎么样？"凯特开着玩笑，这次轮到她被吉尔伯特在脑壳上爆了个板栗。

诺雅咧嘴笑起来。

凯特的采访定在两点，吉尔伯特想陪着她，但是诺雅决定去散一会儿步。她想避开这蚂蚁般的人群，于是承诺凯特，五点钟的时候会在博物馆跟他俩会合。凯特想在那里看一场抽象艺术展览，罗伯特的作品也会在那里展出。

老城坐落在莱茵河畔。诺雅沿着河畔大道走着，漫无目的，直到路过一个电话亭。一直以来，她的脑子一直在对伊丽莎消失的剪报进行思考，那些想法一直潜伏在她潜意识里的某处，直到此刻，一个念头突然占据了她的大脑。诺雅迈步走进那个画满涂鸦的格子间，万分激动之下不由得浑身颤抖起来。

在那本翻阅磨损严重的电话黄页里，施坦贝格的名字一共出现了三次。里面确实也有一位医生，地址是马克格拉芬大街4号。诺雅从一位路过的年长女士那里了解到，那条街其实离这儿并不远。那位女士还兴致勃勃地告诉她，上卡塞尔就在莱茵河的另一侧，是整个城市里风景最优美的区。桥上有一列轻轨，直接通往那里。

诺雅下了轻轨，一种奇怪的感觉向她袭来。自从伊丽莎以神秘的方式出现以来，她第一次清楚地意识到，在她和那个小姑娘之间有一些共通的东西。她们两个人都来自于大城市，而且都辗转去了那个村子，去了同一个村子，住了同一所房子。

伊丽莎也是在那里坠入爱河的吗？她也爱罗伯特吗，就像诺雅爱大卫一样？罗伯特回应了她的爱情吗？大卫也回应了她，诺雅的爱情吗？

还有，伊丽莎和她父母的关系到底怎么样？按照农夫的话判断，那简直是悲剧性的。一想到哈尔塞特用嘲讽的语气说，他虽然是个农村人，但是看在眼里的心里都明白，诺雅就忍俊不禁。怎么会这样，被自己的父亲不待见。**有时候她站在他的身边，就像是完全不存在一样。**就好像她当时就已经是一个幽灵，诺雅心想，至少在她爸爸眼里。那妈妈呢？哈尔塞特说过，她总是待在屋子里不出门。她是在哀悼约拿旦，伊丽莎的哥哥吗？报纸上说，他是在一场摩托车意外车祸中丧生的。忽然，诺雅又想起他的献词，他在《狮心兄弟》那本书里写的话。约拿旦写道，他会永远陪在妹妹身边。如今，他们死了，两个人都死了。而此刻，诺雅出现在伊丽莎曾经生活过的这座城市里。

马克格拉芬大街很容易找到，诺雅只问了两次路，就找到了。

这是一条窄窄的，同样也是鹅卵石铺就的横街，街道两边是雅致的、独具特色的独栋小楼，很多还是青春艺术风格，颜色粉刷得各式各样，淡紫色、浅蓝色、黄色。

4号那栋屋子是红色的。

那是一种克制的深红色，只有木质大门被涂成深蓝色。厚重的大门被抛光得闪闪发亮，中间悬挂着一个旧式门环，是黄铜材质的狮头。

诺雅朝着那所房子快步走去，房门突然打开，诺雅一下子猝不及防，趔趄地向后退了几步。一个男人站在她的面前，是一位几乎满头银发的老先生，头发向后梳成背头，棱角分明的脸部线条有些严厉，眼睛分得很开，跟罗伯特为伊丽莎画的裸体像里的那双眼睛一模一样。

"我能帮您什么吗？"男人友好又带着疑惑地问道。

诺雅不知道自己之前的期望是什么，但是当然不可能是这么突然又这么近距离地站在伊丽莎父亲的面前。老人穿了一条西裤，上衣是一件浅色的开领短袖 T 恤，上面套了一件深绿色的 V 领毛衣，是那个昂贵的鳄鱼品牌。空气里有须后水的味道，显然老人刚刚刮过胡子，但是有一处被刮破了，血迹还有点湿漉漉的，那是一滴立体的、闪闪发亮的血滴。诺雅在男人的面容里寻找一种表情，或者是一种感觉，但是除了友好的距离以及某种形式的冷冰冰之外，什么都没有。

诺雅摇摇头，嘴里咕哝一句对不起，又逃回了老城。这一次，她非常庆幸自己能置身于人群当中，也很开心再次见到凯特和吉尔伯特。他们俩，已经在博物馆的门廊里等着她了。

采访很顺利，凯特情绪高涨。在看完展览之后 —— 确实有罗伯特的两幅画一起展出 —— 凯特邀请他们去品尝一家超级贵的日式餐厅。有两拨路人来到他们桌边，一次是一对夫妇，另一次是一位年轻女士。他们一边索要凯特的签名，一边好奇地拿眼角偷觑诺雅和吉尔伯特。上甜点的时候，凯特有点厚颜无耻地问诺雅和吉尔伯特，今天就折返回村子里去行不行，因为她非常想念罗伯特。

远远地，诺雅就看见了大卫的大众面包车。她能从黑暗中辨认出他来，甚至能感知到他。大卫正从村子的街道驶入乡村公路，而凯特一如既往地车速飞快，只听到她尖叫一声，疯了一样匆忙去拉手刹，因为踩刹车完全不管用了。下一刻，只见她开着车冲了过去，重重撞上了大众车。这一切就发生在瞬息之间，但是诺雅清晰地看着这一切发生，时间不像一条河流，而是快速闪过、支离破碎的画面，每一纳秒都是一个静止的单元。大众车离得越来 —— 越来越 —— 越来越近，就像是透过镜头被变焦的物体。大卫的脸在大灯的照射下闪闪发亮，那是一种极度惊恐的表情，嘴唇向下弯着，眼睛睁着，张得极大。猛烈的撞击使得诺雅的身体向前飞去，然后又跌坐回来，安全带一下子勒紧了她的胸口。喊里喀喳，玻璃杯飞向空中，爆裂声叮当作响、此起彼伏。每一下破碎都美，都截然不同，像是一个完美的方阵，下了一通水晶雨。诺雅的嘴里涌上一股金属的味道，右手关节传来一阵尖锐的疼痛。凯特嘴里发出尖叫声，副驾驶传来吉尔伯特痛苦的呼吸声。

然后是血，到处都是血。

大卫的脸停在诺雅的上方，淌着血，不知哪里传来音乐声，很近，似乎又很远。是吉姆·卡罗尔，唱星星的吉姆·卡罗尔。

诺雅眼前一黑，晕了过去。

第25章

珠宝 —— 伊丽莎的日记

...

有一个故事叫作盲人摸象。第一个人摸到象鼻子，于是说："大象像一截长长的手臂。"第二个人摸到象耳朵，于是说："大象呀，像把大扇子。"第三个人摸到象尾巴，于是说："这大象啊，它就像是一根短绳，顶端还有鬃毛。"这正是我这个故事的本质。罗伯特、小飞象、玛丽，他们所有人只看得到真相的一部分，而他们却认为那就是全部。

伊丽莎
1975年8月20日

...

诺雅还是小孩子的时候，因为扁桃体手术进过一次医院。她还能记起当时，有一大堆的冰淇淋可以吃。凯特给她带来最爱吃的口味，莫凡彼的香草冰淇淋。诺雅一盒又一盒地用勺子挖着吃，旁边那个做了阑尾手术，被迫吃病号饭的小胖姑娘嚎啕大哭，因为她也想吃冰淇淋，不想吃难吃得要死的医院饲料。

这会儿诺雅躺在医院的四人间病房里，跟两个做了胯部手术的年长女士，还有一位脑袋上绑着绷带的年轻女人共用一个病房。年轻女人躺在对面靠窗的床上，似乎比诺雅大不了多少。她看上去有点心不在焉，几乎可以说是麻木迟钝，就好像注射了大剂量的镇静剂。但到半夜的时候，她突然开始大喊大叫起来，声音尖锐高亢，好像动物在高唱死亡颂歌一般。女看护进来，坐在她的床边，安抚地跟她说话，之后又给她注射了一针。等到看护离开病房，女人开始啜泣起来，毫无节制，一刻不停，完全不顾其他病人的抱怨，她们想安安静静睡个觉也不得安宁。

诺雅很想过去安慰她，但是办不到。她躺在床上，凝视着窗外。月光从一棵梨树的枝叶之间洒下来，在病房冰冷的油毡地板上，投下一缕牛奶般纤细的光线。银河，诺雅心想。她的心思专注于这个词上，一遍又一遍无声地说着，直到不再有任何意义。但是，本来也应该如此，本来也没有什么意义，她的目的就只是为了跟头脑中的画面保持距离。那些画面潜伏在她头脑里，各就各位、预备、起，进攻、头脑进攻，所有人都冲着诺雅，一、二、三，**开始**。

大卫满是鲜血的面孔，凯特被空气气囊挤在座位和方向盘之间，凯特脱臼的胳膊，凯特的手在摸索手机，吉尔伯特，沉默，一动不动，脑袋向前耷拉着，像是睡着了，医务人员，救护车，警笛声。问题，太吵的问题，每个字都像锤子在重击，去医院，吉尔伯特，在担架上依然还是一动不动，凯特的一颗牙断了，她惶恐的脸，他们要把吉尔伯特送去哪儿，他怎么了，他会……

他们当时什么都没能说出来。吉尔伯特的腿断了，是两条腿，肩膀那块儿有几处挫伤，脸被玻璃碎片割伤，下巴脱臼。但是，这并不是最严重的。最严重的是他血压下降，因此得被送去特护病房，怀疑是颅内充血。这就是整个漫长的夜晚，诺雅躺在那里，脑子里一遍遍闪过的信息。

只有吉尔伯特的手机完好无损地保留了下来。凯特用她那只脱臼的胳膊，硬是从他牛仔裤的裤兜里把它给掏了出来。此刻，凯特正躺在给私护病人准备的单间里，除了那颗断了的牙和脱臼的胳膊，她毫发无伤。但是因为遭受了巨大的惊吓，她得在医院里再待几天。诺雅明早就可以出院，她只扭伤了手关节，额头上裂开一道伤口。一块玻璃碎片，只有唯一的一块碎片击中了她，正好就在两道眉毛之间。

大卫的状况也很好，至少医护人员是这么说的。真是一场奇迹，没有任何人因此丧命，甚至那辆大众小面包也能领回来，这是警察说的。只有凯特的车彻底报废，这会儿正在警察局配合调查事故的原因。

诺雅第二天早晨走进凯特病房的时候，她正睡着。吉尔伯特，是的，吉尔伯特也脱离危险了。他没有颅内充血，所以不用再躺在特护病房里，而是被转去一个三人间普通病房。病房里面，两位比他年长一些的病人正坐在床上下象棋。吉尔伯特醒过来了。他抬起一根手指，冲诺雅眨了下充血严重的眼睛。他的脑袋刚刚用绷带包扎好，只听到他嘴里小声嘟囔着一位什么天使，更多的诺雅也没听懂。她用手紧紧捂住嘴巴，想要压抑涌到喉头的啜泣声。诺雅跑出来，来到了大厅，大卫正等在那里。他头上缝了针，之前流了许多血是因为颧骨上划出一道很深的口子，没什么其他的伤。

他们两人，像两个孩子，手牵着手。

玛丽来接他们。当她从停在医院门口的车里下来的时候，披散着一头金发，穿着一件白色连衣裙，看起来就像是吉尔伯特嘴里嘟囔的那个天使。

克鲁莫正躺在房间里睡觉。玛丽打电话请医生来给他打了一针，因为他整晚都在呼唤哥哥，嗓子都喊哑了。"而且他还在房间里闹事，"她的声音沙哑，"把整个书架上的书扔得乱七八糟，幸好在艾斯特尔和古斯塔夫回来之前，我还能把它们收拾整齐。我倒是不担心古斯塔夫，但是艾斯特尔，你也知道她是什么样的人。乱七八糟会让她抓狂的。我的上帝，大卫，我到底在这儿说什么。我……

我自己也六神无主，你有可能就那么死了。你肯定有天使庇护，一位保护天使。我真的太感谢他了，万分感谢。"

玛丽将手放在大卫的腿上，但是大卫却一个字都没说，只是默然地坐在车里，目光望向窗外，直到车停在酒馆前面。

艾斯特尔已经站在门口。她脸色惨白，大步向大卫跑来，一下子投入他的怀抱，一遍遍哭着说"我的孩子"，"我亲爱的、亲爱的好孩子"。

古斯塔夫在厨房里煮汤。他努力想要微笑，但是脸却像戴了个面具一样僵硬。一团红晕爬上他的耳朵。就是这一对招风耳，三十年前伊丽莎的爸爸掏钱为他做了手术。

"报社的人来过这儿，"艾斯特尔说道，声音听起来有些埋怨，就好像诺雅是这一切的始作俑者，"来过两次。我们把他们打发走了，希望你们能同意。公开指控是您母亲导致了这次事故，这侵犯了她的权益。"

"这不是凯特的错，"诺雅对于这种说法十分生气，"刹车失灵了，不是凯特的原因。"

艾斯特尔点点头，抿住薄薄的嘴唇，眼神一直没离开大卫。这会儿，大卫正从厨房里往外走，想去看看自己的弟弟。

古斯塔夫急急说道："诺雅可以一直待在这里，直到凯特出院，这是理所当然的事情。"对于这个提议，诺雅不知道自己是该感谢，还是该吓一跳。但是她当然会接受，因为实在是难以想象，自己要一个人在那座房子里度过漫漫长夜。诺雅心想，我们得告诉罗伯特这件事，但是她太困了，困得要死。玛丽安排诺雅睡大卫的床，大卫今晚和克鲁莫一屋，睡她的床，她会睡在那间还不错的屋子的沙发上。

那间还不错的屋子指的是客厅，是紧挨着厨房的一个小房间。一个老旧的棕绿色长沙发，一张铺着花边桌布摆着廉价玻璃小人的咖啡桌，墙上贴着花卉墙纸，还有一个深色橡木的书架。一点儿都看不出来克鲁莫胡闹过的痕迹，一切井井有条：书放在书架上，玻璃小人摆在桌上，靠垫倚在沙发上，为了放整齐每个还都在中间折了一下。整个屋子看起来就像是从没进来过人一样，闻起来也一样，一股家具抛光剂和孤独的气味。

上楼之前，诺雅的目光往里扫了一眼。克鲁莫和玛丽房间前面的走廊里站着大卫，他的脸由于惊恐变得僵硬，声音不比耳语高出多少。

"你来看一下，"他开口说道，"快跟我来看。"他那充满惊惧的目光投向诺雅的肩膀后面，似乎担心有人随着她一起上楼来。然后他一把拉住她的胳膊，将她拖进玛丽和克鲁莫共住的小房间。他拽着她来到弟弟床前，克鲁莫正在被子下打着呼噜，嘴角还流着口水。大卫小心翼翼掀开被子。

克鲁莫的手里抱着什么东西。

那是一个书套，破损严重的深棕色纸盒，上面画的是闪烁着黯淡光芒正在祈祷的一双手。诺雅想起之前玛丽说过的话，克鲁莫在下面的屋子里把书架上的书扔得一片狼藉，后来玛丽又重新把一切归置好了。大卫的妈妈有没有发现克鲁莫把其中的一本捎带上来了？但是，为什么这本书令大卫如此激动？诺雅疑惑地皱着眉头，到底怎么了？

克鲁莫睡得很沉，大卫抬起他的胳膊。书套里装着一本书，但却不是圣经。

那是一本血红色丝绸滚边的日记。大卫抽出日记，与此同时，目光不停地向门口瞥去。

诺雅惊呆了。

这正是磨坊里罗伯特画上的那本书。伊丽莎手里拿的就是它，当时她的手遮住了书的封面，不过现在能够完完整整看到这本书。书上没有标题，但是封面上有一颗微小的、闪烁着红光的宝石。一颗水钻，红宝石的颜色。

伊丽莎的珠宝。

他们发现它了！

第26章

计划中的故事

…

这就是计划，这是我的故事。此刻，它只需要发生。

伊丽莎

1975年8月21日17时

…

　　我恨呐，恨他，真的恨死他了！他将我带到这所房子里，跟把一个东西打包进行李没什么两样。倒不是因为这个东西美，而是因为没办法，无论如何都得带着它，就像一把笨重的雨伞一样，是个必不可少的硌硬物件。我没那么不可或缺，但是硌硬是真没的说，这一点无可置疑。

这是第一篇。

伊丽莎的珠宝，日记的第一篇，日期是1975年7月3日。她是用红墨水书写的，略带些弧度的纤巧字迹微微发着光，就好像墨迹未干。就连气味也是新鲜的，伊丽莎香水的气味。日记的纸张闻起来就是她香水的味道，甜美而沉重。

诺雅和大卫坐在地上，就坐在大卫房间天窗的正下方。门闩着，他俩紧挨着，书在中间，每个人手里都执着书的一角，大卫的另外一只手里握着一根蜡烛。他们得耐心等着，直到所有人都睡熟。

诺雅捧着日记的右侧，她冰冷的手指颤抖着，每当她翻过一页，大卫的手就接过那一页。

里面的日记很短，有些读起来像是一首诗，其他的类似于对某一时刻的记录或者图片，但是有前后顺序，连在一起就成了一个完整的东西，一个故事。就像是在读一本真正的书，急于去揭晓最后的结局，诺雅的手指发痒，想要一直一直往前翻，直到最后一页，直到结尾。

但是她并没有这么做，而是和大卫一起慢慢消化伊丽莎的故事。

伊丽莎是如何在到达的第一个夜晚，坐在小酒馆里爸爸身边，满心希望要是有人划破她的脸就好了。

她是如何在妈妈的床头柜上发现《狮心兄弟》这本书，想要牢牢抓住死去的哥哥约拿旦？她又是如何认识罗伯特，那个长着一颗痣还有一双黑色眼睛的少年？他帮着一起整修房屋，伊丽莎的爸爸试图赢得他的好感，但却没有成功。他在寻找约拿旦的替身，就好像我并不存在一样。正因为如此，我更加恨他！

但是，伊丽莎也决定去喜欢罗伯特。诺雅读到这句话好几次，我想我要决定喜欢他。

伊丽莎去拜访了玛丽，那个梳着金色发辫，穿着粗制短裙的小姑娘，也就是大卫的母亲。对于伊丽莎来说，她16岁，相信幽灵，如同个小孩子一般。因为这件事，伊丽莎取笑了玛丽。但是之后，在寂静的夜色中，她又反问自己，若自己是个幽灵，将会发生什么事情。爸爸是不是会跟她说话，在梦中呼唤她的名字，就像伊丽莎呼唤约拿旦一样。

伊丽莎宣布阁楼是自己的地盘。在那里，她想拥有一段故事，一段自己能决定的故事。

村子里传着关于罗伯特的闲言碎语，据说他有犯罪记录，好像是跟一位小姑娘有关。伊丽莎却觉得他很帅，像不见星星的夜空。他送给她一个盒子，一个画着小鸟图案的盒子，就是诺雅在阁楼上发现的那个，藏在房梁后，裹在伊丽莎的和服里。盒子里面藏着伊丽莎爸爸的莱卡相机，就像是专门为伊丽莎的珠宝打造的一样。

伊丽莎相信，身处深渊面前的恐惧实际上是一种渴望，一种掉下去的渴望，或者是伸开胳膊飞翔的渴望。

她不相信任何人，但是玛丽向伊丽莎吐露了自己的心事，她爱罗伯特。读到这段日记的时候，大卫吓了一跳，就像被人重击了一般。诺雅本打算继续读下去，但是大卫却抬手阻拦了一下。诺雅望着他下巴的动作，读日记的时候他一直紧咬着牙关。我微笑着，沉默着。我想，最好保持无辜，愚蠢而无辜，就像玛丽一样。我看见了她眼中闪烁的亮光，但我也会看见那亮光消失不见。它会越来越弱，越来越弱，就像火苗，起初炙热燃烧，然后变成灰烬。

在湖边，伊丽莎思考着约拿旦说过的话。那是关于爱情的话，极棒的话，让诺雅忍不住流泪。因为它们就像一面镜子，照出她对大卫的感情。那些话也为她勾勒出一幅伊丽莎的哥哥约拿旦的画面。或许，他是唯一一位伊丽莎曾经爱过的人。

罗伯特和托马斯·库尔特之间曾爆发过一场争斗。罗伯特手持一把刀袭击了库尔特，他的弟弟也在现场，兴高采烈。**谁敢欺负我弟弟，我就让他完蛋**。这是罗伯特撂下的狠话。

小飞象。他的名字出现得很晚，差不多日记过半才出现。伊丽莎的爸爸邀请他来家里，小飞象总跟在她后面东瞅西瞅，她觉得，他是爱上她了。她抓住过他一次，当时他正在翻动她的珠宝盒。从那以后，她就把钥匙挂在脖子上。他不应该知道罗伯特和我的事，谁也别想知道，除非，我决定让他们知道。

她爸爸很想将小飞象那样的男孩子认作儿子。为了跟罗伯特作对，他玩了一场简单的游戏。小飞象崇拜他，而诺雅可以从字里行间感受到伊丽莎对爸爸的无限恨意。

罗伯特为伊丽莎画了张油画，画她赤裸裸地躺在沙发上。作画时，他怀着对她炙热的渴求，但是伊丽莎却无比镇定地躺在沙发上。

她爸爸为小飞象支付了招风耳手术，甚至陪他前往。伊丽莎应该对那个少年和气一些，她也那么做了。以她的方式，以那种令诺雅脸红心跳的方式。

罗伯特渴求伊丽莎，而小飞象却爱她。这是一个巨大的区别。

8月19日，离世前两天，伊丽莎跟着父母离开了村子。如今她拥有自己的故事，但是罗伯特、玛丽、小飞象，他们所有人都只了解故事的一部分，而他们中的每一个人都认为那一部分就是真相。

诺雅的呼吸变得急促起来，她想要翻页，但是大卫将手指竖在嘴唇前，急急忙忙吹灭了蜡烛。

楼梯口有响动，走廊传来脚步声，在大卫的门口停了下来。门把手被按下去，悄无声息。它就那样不动，保持向下的姿势不变，短短几秒长得像是无穷无尽一般。然后，同样悄无声息，门把手又松开向上。脚步声慢慢远去，简直轻得不得了。大卫的手在地板上摸索，寻找着火柴。他想要再次点燃蜡烛，手却抖得厉害，诺雅不得不帮他。

下一篇日记较长，也是唯一一篇较长的日记。

今天是我的生日。

玛丽会来接我，我们约好了。23：05分，火车到达火车站。玛丽会骑自行车来，走路过来实在太远了，骑自行车下坡应该没问题。玛丽将会知道我受不了在家待着，我想要去村里，去那所房子，上阁楼去，前往我的地盘。玛丽不会跟我一起，她也知道这一点。谁会跟我一起，这个她不会知道。她会想，我去自己庆祝了。她实在太笨，笨得相信我，我甚至都不需要为此撒谎。只需要告诉她，我不想跟任何人说话，只需要请她保守秘密，她就会为我这么做。她会为我做任何事，我能从她的眼睛里读出来。

小飞象是我尊贵的客人，对他友好这件事颇有成效。很难相信能那么迅速就让一个人爱上另外一个人。迅急如箭，瞄准、投篮、命中，直击红心。

"我爱你，伊丽莎，我永远爱你。"

小飞象这么说，一遍又一遍，在我们返回城里的前一晚。我微笑着跟他说，我还会回来的，很快，而且没有父母陪伴。只有我一个人回来，我会在阁楼上等他。8月21日，半夜，12点整他应该出现在上面，一分钟不早，一分钟不晚。

那会是我的生日，我要为小飞象准备一份大礼。我非常具体地向他描述，他应该站在哪里。靠近推拉门，右边的那扇窗户后面，能看见沙发的地方。我会在沙发那里，向他展示爱情。这就是我跟他说的话，这就是小飞象所了解的真相。

　　罗伯特是我的第二位客人，但是小飞象却不知道我们的事，毫不知情、浑然不晓、一无所知。这恰恰就是我想要的结果。他什么都不应当知晓，直到我决定让他知道。

　　而且罗伯特也并不清楚小飞象要做什么！今天晚上他会在酒吧工作，直到半夜12点。那个时刻小飞象应该已经到达阁楼上面，来到右边那扇窗户的后面，而那时我正在脱衣服……动作缓慢，面带微笑……

　　然后罗伯特也会来，不是像小飞象一样沿着屋子的楼梯上来，而是从后面穿过谷仓，再从那里爬梯子上来。12点10分，他应该会出现在这里，一分钟不早，一分钟不晚。罗伯特跟我发誓，他一定会做到。沙发周围会点上蜡烛，许多蜡烛，像个火圈一样围绕着沙发。这里将闪闪发光，而那扇窗户将隐匿在漆黑当中。

　　罗伯特一定看不见小飞象，他深爱着的愚蠢兄弟。但是在这个夜晚，罗伯特将会爱上我，而他的兄弟，将会旁观我们俩相爱。

这就是计划，这就是我的故事。现在，它只需要发生就可以了。

伊丽莎

1975年8月21日，17点

第27章
有人动了刹车装置

...

空气压抑沉重。外面升起雾气，在草地间隐隐浮现。我打开火车车窗，闻起来像是下雨的味道。没有月亮，没有星星，只有雾气和雨水的气味。或许，甚至会演变成一场暴雨。

伊丽莎

1975年8月21日，22:30分

...

日记里的章节都在底下写上了伊丽莎的名字和日期，最后几篇还注明了时间。它们写于1975年8月21日，伊丽莎死的当天。

大卫和诺雅坐在那里，一言不发。诺雅心里想着那幅伊丽莎的油画，想着她的美丽，她冷若冰霜的、玻璃一般精致的面孔，她的微笑，那其实并不是真的微笑，想着所有隐藏其后的孤独。伊丽莎从未向日记透露这种孤独的感觉，就好像连日记都是她的敌人。但是孤独如影随形，飘荡在字里行间，像个幽灵一般翩翩起舞，被红色墨水记录下来，牢牢锁在了纸张之中。

"如果真的是罗伯特？"不知什么时候，大卫低低的声音打破宁静，"他跟伊丽莎说过，谁敢欺负他弟弟，他就让他完蛋。伊丽莎算是欺负了他弟弟。我们现在了解了整个故事，但是后来发生了什么，我们不知道，结局我们也不知道。要是罗伯特看见古斯塔夫，到底会发生什么？要是罗伯特觉察到伊丽莎想要利用他，又会发生什么？"

诺雅站起身："那我们就现在去问她。"

他俩蹑手蹑脚地溜向外面。

两只猫依然还在房子里。诺雅完全把它们忘到了九霄云外，幸好玛丽喂了它们吃的，但是这么长时间单独待在家里，这两个家伙很不习惯。"胖可可"满心激动地喵喵叫着，"希区柯克"却一副受伤的表情，尾巴高高拱起，从诺雅身边跑去了花园。空气中闻起来有雷阵雨的味道，一阵微风刮起，拂过树叶，深色的草丛上聚起一层细微的雾气面纱。

但是，有什么事发生了。花园有些与以往不同，一开始诺雅还没看出是怎么回事，但是之后她就发现了。是那一堆堆肥，它被人填回去了。新鲜的泥土填进砖墙砌成的花坛里，可凯特挖出来的旧土却不见了。有那么一刻，诺雅目瞪口呆地站在堆肥前面。一个念头钻了出来，一个可怕的念头。但是她压抑住了这个想法，随着大卫进了客厅。

"我们找到了。"诺雅手指放在酒杯上，小声说道，"我们发现了你的珠宝，也已经读完了。但是如果它早就已经在他的房子里，为什么古斯塔夫之前还在我家的阁楼里寻找它？是你……"

"诺雅，现在这个并不是最重要的！"大卫急急打断她，"你听到了我房间门口的脚步声，要是古斯塔夫发现我们拿到这本日记，我们会吃不了兜着走的。问题是，那是不是他。告诉我们，伊丽莎，告诉我们！你称之为小飞象的那个人是古斯塔夫吗？他是罗伯特的弟弟？是小飞象杀了你吗？"

四下一片寂静，漫长而永无止境的寂静，直到酒杯开始动了起来。

然后，伊丽莎回答了大卫的问题。

是小飞……

大卫一跃而起："好吧，足够了，我们去找罗伯特吧。"

此刻还是深夜，但是磨坊里还亮着灯光。大卫和诺雅刚一敲门，画家立刻就打开了房门。看起来，他似乎并没有睡觉。

"凯特给我打过电话了，"他说，"今天中午，就在你们刚刚出院之后。我已经去看过她了。老天爷，我的老天爷，你们实在是太幸运了。怎么样？你们一切都好吗？"

诺雅并没有回答，而是抽出背后那本被人视为珠宝的日记递给画家。罗伯特的脸一下子变得苍白起来。

"你们从哪儿找到它的？"

"你只管读就行了。"大卫说。

罗伯特读日记的时候，诺雅和大卫就坐在桌边。桌上还有剩下的食物，橄榄、奶酪、新鲜面包、风干西红柿和沙拉，旁边还有一瓶喝得快见底的红酒。

诺雅之前在古斯塔夫那里基本上没喝几口汤，一见这些吃的，她的胃就开始咕噜咕噜响起来，但是她却什么都吃不下，感觉每嚼一口食物都会卡在嗓子眼里。

大卫的情况似乎也没什么两样。他一根接一根抽着烟，目光望向窗外的森林，那里的雾气愈发浓了，空气变得越来越沉重。诺雅的目光一直牢牢锁在罗伯特的身上，他的脸平静无波，屋子里唯一的动静就只是翻页的声音。

电话铃响了，响了好几次，每次都响到留言开启，然后每次都被挂断。

等到罗伯特合上日记，他抬起头，目光望向虚无。他的脸上依然没有任何激动的神色，看起来就像是麻木了一般。

他并不清楚这些，诺雅心道。他和伊丽莎好过，但是并不知道自己的弟弟围观了全场。

"那个姑娘，"大卫突然尖锐地开口道，"伊丽莎在日记里曾经写过那个跟你有关系的姑娘，村子里的人也说过，你跟那姑娘有一腿，那是我妈妈吗？"

罗伯特摇摇头："不是的，是另外一个人。她怀孕了，是我的孩子，然后她的父母就带着她搬走了，搬去另外一个村子。我不清楚她有没有生下那个孩子，从此以后，我再也没有听到过她的消息。你妈妈和我，我们……我们是朋友。我从不知道她爱我，伊丽莎把她的秘密隐藏得太好了。"

"那身体伤害是怎么回事？"

罗伯特苦笑道："那是托马斯·库尔特，他把古斯塔夫绑在森林里的一棵树上。我找了半晚上，等找到的时候，我已经没法控制我自己。不过我想，现在有其他事情比解释我的过去更重要吧。你们还知道些什么？我弟弟都知道些什么？玛丽呢？还有，你们到底从哪儿找到的这本日记？"

"我们从我妈妈和古斯塔夫那里什么有用的都没问出来。"大卫说道，并没有回答关于伊丽莎珠宝日记本的那个问题，"但是我们知道古斯塔夫在找这本日记。我们听见了他的脚步声，半夜出现在诺雅家的阁楼里。而且我们知道，有人试图勒索玛丽。"

"托马斯·库尔特，"诺雅补充道，"我们确信他想要勒索玛丽。"

罗伯特点点头："是的，这个坏蛋那晚看见玛丽了，看见她骑自行车带着伊丽莎。那晚狂风暴雨，雾气弥漫，没人会去街上，但是很巧库尔特就在外面溜达，天晓得是为了什么，所以他立刻就认出了她。等到一周后警察过来，库尔特没说对玛丽不利的言辞，但是之后他就开始骚扰她，直到我小小地拜访了他一次。"罗伯特往嘴里塞了一颗橄榄。他的脸沉着，眼睛里射出愤怒的光芒。诺雅不由得想起伊丽莎的日记，想起她写的关于画家的片段，说她喜欢他散发出来的危险气息，说她觉得他很帅，像不见星星的夜空。罗伯特将橄榄核吐到手心里，随后扔到盘子上，"之后库尔特就放过她一阵子，不过最近又开始了。具体来说，是在村子的庆典上。"罗伯特跟诺雅迅速交换了一下眼神，"玛丽昨天来我这里，都跟我说了。她说曾经来找过我一趟，就在村子庆典结束的那一晚，还说看见屋子里有光。但是，那会儿我其实并不在屋里。是你们两个吧，不是吗？"

"是，是我们俩，我们看见了伊丽莎的那幅画。"诺雅说道，"其实还有张照片，一张伊丽莎在阁楼上的照片。她穿了件浅色的和服，站在黑洞前，张开着胳膊。而你，是你照的那张照片。"

诺雅的最后一句话并不是疑问的语气，而罗伯特也似乎并不惊讶。他的手抚过还放在膝头上的那本日记，那是一种很轻柔的，几乎说得上是温柔的动作，而他脸上的表情依然还是很黯淡。

"伊丽莎经常说要飞起来，从某个高处跳下，然后飞起来。之后她总会哈哈笑起来，就好像这是一个玩笑，一个游戏。但是她的笑……"罗伯特合上眼睛，似乎想要驱赶走这个记忆，"她的笑声实际上是种哭泣，是种叫喊。是的，我给她拍了张照片，是她请我帮她照的。她偷了她爸爸的相机，把它藏在上面的阁楼里。她总是一再说，她恨她爸爸。但是当她望着他，当她偶尔走进我们工作的房间，她的眼里是没有仇恨的，只有痛苦。"

"那她妈妈呢？"诺雅问，"伊丽莎的妈妈怎么了？"

罗伯特耸耸肩："她抑郁。我从来没看见过她，我觉得，她一直都躺在床上。伊丽莎有一次告诉我，她妈妈没法接受哥哥死去的事实。伊丽莎12岁的时候，她哥哥出了车祸。约拿旦，她哥哥叫约拿旦。伊丽莎说，他是爸爸的挚爱，但是我认为，她也爱他。有的时候我甚至有某种感觉，她打算随他而去。"

罗伯特抬起头："阁楼上的照片，你们是怎么拿到的？"

"我把它洗出来了。"诺雅轻声说，"它当时还在那个相机里，我……它，它经历了双重曝光。如果你愿意，我可以拿给你看。"

罗伯特摇摇头，把伊丽莎的宝石日记本放在桌上。

"我们还发现了一张照片，"大卫说着，在罗伯特递给他的白色茶碟上掐灭了手里的香烟，"就在你的房子里，是你和古斯塔夫的合影，放在你的床头柜里。你们两个是兄弟，而我居然一无所知。几乎这辈子我都跟古斯塔夫在一起，但是我完全不清楚你们两个是兄弟。艾斯特尔……她是你的母亲。见鬼，罗伯特，到底发生了什么？那个夜晚到底发生了什么？"

罗伯特走进厨房，回来的时候手里拿着一瓶威士忌和三只酒杯。诺雅和大卫拒绝了，但是罗伯特给自己的杯子里斟了半杯，然后一口气喝光了。

"发生的事情，你们也都读过了。"他苦涩地说，"这个故事我那一部分已经完成了，之后我就离开了。伊丽莎让我走，于是我就走了，沿着梯子回到了下面。我偷偷溜走了，像一个两手空空的贼。第二天一早伊丽莎就走了，一周后警察就来了。这就是我知道的一切。"

"古斯塔夫呢？"大卫抓住了罗伯特的胳膊，但是罗伯特打掉了他的手。

"见鬼，我说得不够清楚吗？我不知道古斯塔夫会怎样，我没看见他，我什么都没看见。只有伊丽莎，我只看见了伊丽莎。你们还想从我这里听到什么？我完全不清楚古斯塔夫是不是真的去过阁楼！我只知道，第二天他没有踏出过房门一步。我在他门口擂了好几个小时的门，直到最后，他终于给我开了门，就为了在我脸上啐一口。从这天以后，他再也没跟我说过一个字。我只知道，我妈让我离开家，再也不想看见我。"

"很好，"大卫冷静地说，"或者一如既往不怎么好。我们有了一个证据，有了这本日记，得去找警察。我们手里终于有东西可以终结这个故事。怎么样，你一起来吗？"

电话铃声在罗伯特回答之前又响起来，这一次他站起身去接听。

"是的，"诺雅听见他说，"是的，他们在这儿，两个人。你想和诺雅——什么？……什么？"罗伯特顿住了，诺雅可以听见凯特的声音从电话中传来，但是听不清楚说了什么。凯特听起来歇斯底里，完全情绪失控。诺雅还从没听她这样过，无论如何，现实生活中从来没有。在电视里，凯特经常扮演那些遭遇了可怕事情的女人们，那个时候，她的嗓音听起来跟现在一模一样。吉尔伯特，老天爷呀，吉尔伯特到底发生了什么事？他难道……诺雅想要跳起身，冲到电话旁，但是罗伯特拒绝地举起手示意，大卫也将手放在诺雅的肩膀上。但他却没法让诺雅镇静下来，诺雅的整个身体开始颤抖起来，同时她一眨不眨地盯着罗伯特。

"哦，天哪，"罗伯特嘴里说着，"不，待在那里。就待在那里，别担心，我现在可以告诉你一切。这个故事一言难尽，我……相信我。我再给你打电话，好好照顾自己。现在保持镇定，就待在你现在待的地方，好吗？没关系，一切都没问题。凯特？能听见我吗？你能听见我说话吗？嘿！凯特，我爱你。"

罗伯特放下听筒，朝诺雅和大卫转过身来，他的脸上写满了惊吓，但是那石化的表情却不见了。他的神情柔软，就好像说出最后那三个字为他解除了什么封印。诺雅突然明白，这跟吉尔伯特没什么关系，应该是其他什么事情让凯特变得六神无主。"怎么了？"她问，"出了什么事？"

"警察调查了凯特的汽车，"罗伯特轻声说，"我刚走没多久，警察就来了，然后那些蠢透顶的护士们给凯特注射了大量的镇静剂，让她都没法正常说话。无论如何，"罗伯特压低声音，好像担心被人偷听似的，"无论如何，事故的原因不是发动机。你们在高速路上听到的杂音，是汽车点火线圈的问题。可能是黄鼠狼钻进发动机，咬了线圈。这种事情经常发生，特别是在农村，所以加速的时候会发出卡顿的杂音。但是，事故的原因其实在于刹车。是的，凯特是这么说的。"罗伯特沉默了一刻，然后望向诺雅的眼睛，"你们的刹车被人动了手脚。应该是有人进了你们的车，摆弄了方向盘底下的刹车杆。一开始并不会发生什么，但是如果那东西不知道什么时候飞出去了，刹车就会失灵。无论如何警察是这么说的，我对这个不是太了解。"

罗伯特身形一晃，得牢牢扶着墙才能站稳。诺雅大口呼吸着空气，前晚花园里的动静一下子闪入她的脑海。那轻轻的脚步声，金属的当啷声，当时她半梦半醒之间以为是场梦。但是，那不是梦。

忽然诺雅在自己的内心看见了一幅画面，一幅极其清晰的画面。古斯塔夫，业余机械师，站在大卫的大众面包车前，穿着一件雪白的衬衫。那一天，诺雅和大卫第一次亲吻。

"你们年轻人先走吧，这里我一个人就可以搞定。"古斯塔夫当时这么说。显然，他一个人还搞定了其他事情，诺雅心想。他试图杀死我们。

第28章

锋利的刀刃

…

暴风雨停了，来得快也去得快。我问自己，是否一切都只是个梦。

这上面非常安静。

我第一次意识到，这上面有多么安静。

伊丽莎
1975年8月21日，23：30分

…

他们没去找警察。

他们待在罗伯特身边，罗伯特给酒馆打了个电话。古斯塔夫似乎就站在电话旁边，铃声一响立马就接起电话。诺雅和大卫听罗伯特跟弟弟说，他全部都知道，古斯塔夫一直寻找的东西就在他手里，他要跟他谈一谈。不，不在这里，在那栋房子的阁楼上。是的，现在马上，否则他就立刻报警。

罗伯特动身出发，诺雅和大卫待在磨坊里。罗伯特让他俩发誓，一定在这里等他。他俩发了誓。

暴风雨忽起，来得十分突然。狂风摇撼着百叶窗，撕扯着树叶枝条，一道道闪电、一声声雷鸣划过漆黑的夜空，暴雨倏忽而至。樱桃核大小的雨滴拍打在窗户上，噼里啪啦打在地面上。罗伯特离开磨坊的时候，如同被大风裹挟而去。诺雅和大卫望着他的背影，等到他被夜色吞噬。他们两个尾随而去，也向那座房子跑去。才不过几秒，两个人就浑身上下湿了个透。

但是，暴风雨来得快也去得快，忽然一下子雨就停了。乌云消失不见，就像一只匆忙的手将它从黑暗的天空中拨走一般。

四周一片宁静，万籁俱寂，村子好像再次深呼吸出一口气，一切终于安静下来。

诺雅和大卫进入阁楼，为了不弄出声响，他们光着脚。里外两个屋子中间厚重的深色门扇依然大开着。显然罗伯特相信他们真的会待在磨坊里，没人会在这上面偷听他和弟弟的谈话。诺雅和大卫蹑手蹑脚溜到左边那扇窗户后面，没有玻璃的缺口可以让他们一窥屋内的情况。阁楼足够黑暗，还可以掩盖他们的身形。诺雅向右望了一眼，去看另一扇窗户，但是同样打开的窗扇遮挡了她的视线。如一道闪光，诺雅又一次突然想起自己之前的念头。以前她有过这种奇怪的视觉想象，有两个人藏在窗户后面，一个在右边，一个在左边，两个人都被门扇遮挡住了，两个人的目光都注视着那张如舞台一般的红色贵妃椅。诺雅忍不住用手捂住嘴巴。是的，那是古斯塔夫，当时他真的站在这里，就在这上面，其中的一扇窗户之后。他的目光紧盯着那个小姑娘，那个只用几天就征服了他的心，又只用几分钟就打碎了他的心的小姑娘。

如今，30年之后，他们站在这里，诺雅和大卫，望着那两兄弟。

罗伯特坐在沙发椅上，黑色的发丝还往下滴着雨水，湿透的衬衫贴着上身，伊丽莎的日记又再次摆在他的膝头。古斯塔夫站在他的面前，同样也浑身湿透。他肩膀低垂，背对着大卫和诺雅，雨水从袖子里滴答滴答流了下来。

"你从哪里找到的这本日记？"古斯塔夫咆哮着。

"是诺雅和大卫给我的，我不知道他们从哪里找到的。但是他们说，你曾经找过这本日记。他们听见脚步声了，就在阁楼上，是你的脚步声。"

"这关你什么事？"古斯塔夫的身体绷紧，冲着罗伯特向前跨出一步。在那一刻，诺雅害怕极了，担心他会掐住罗伯特的喉咙。

"古斯塔夫，我不知道，你明不明白这里面写的意味着什么。"罗伯特举起日记，"诺雅和大卫全都知道了。而且，每个拿到过这本日记的人同样也都知道了。只要读过这本日记，就再不会有一丝怀疑，谁才是杀害伊丽莎的凶手。我建议你，慢慢把你了解的都说出来。"

古斯塔夫的肩膀又沉了下去。"是，我是找过这本日记。诺雅的妈妈提到过那些旧家具之后，我来过这里几趟。我以为它们都不在了，我以为一切都消失了，我以为全部都过去了。但是什么都没过去，老话怎么说的：'一个人不可能对任何人保持沉默'？"古斯塔夫哈哈大笑起来，那是一种面目可憎的无比笨拙的笑。诺雅看到他的拳头攥了起来。"你这头猪，"他嘴里发出嘶声，"你这头猪，你都对我做了些什么？"

"我并不知道，古斯塔夫，我一点儿都不清楚。你可以自己读一下，伊丽莎把一切都记录下来了。我们都是她安排的角色，其他什么都不是，我们只是她亲自策划的一段故事里的角色。而且，我们都扮演得很好，就像你不清楚我们的事一样，我对你们两个的事情也一无所知，我甚至完全不知道你爱上了她。"

"爱上了她？"古斯塔夫的声音听起来就像是要把这个字啐到地上，"从我看到她的第一眼起，我就像崇拜神一样崇拜她。那个时候她还没有正眼看我，或许我对她而言就只是你的小兄弟而已。但是，她是我的一切。甚至在她爸爸那里，我也是因为她才去交往的。我变成她爸爸所喜爱的小孩，为他扮演好孩子的角色，变成那个施坦贝格喜欢看见的勇敢、可爱的家伙。我倾听他的喋喋不休，没完没了的故事，捧场他讲的各种笑话。但是，我只想着她，甚至手术也是为她做的。等我从医院里出来，她突然对我像天使一般甜蜜，无比的甜蜜。我的老天爷啊，我当时是多么蠢的一个蠢货。只要一看见她，我就头脑一片空白，我……见鬼，现在说这些有什么用？

"她利用了我，玩我就跟玩跳跳球一样，拍一下我就跳一下。我在这里，半夜十二点整，跟她要求的不差分秒。她当时跟我讲了计划之后，我高兴得要命。她在离开村子之前来过咱们家，上过我的房间，锁上门，亲吻了我，告诉我什么时候应该上到阁楼，她会在上面给我看什么，我要站在哪里，做什么，不做什么。我完全被征服了，完完全全就按照她的要求去做了。我就站在这扇见鬼的窗户后面望着她，她从沙发那里冲我微笑，然后开始脱衣服，湿漉漉的头发还往下滴着雨水，白色的皮肤像天使一样发着光。她用目光跟我保持着距离，直到……直到你顺着梯子爬了上来。我恨不能杀了你，杀了你！但是我什么都没有做，我就那么站着，就像有人把我的脚钉死在了地上。我得说，你们两个的那部分干得不错。伊丽莎没有骗我，她向我展示了爱情，她说到做到！不过和你一起，和我的哥哥，那个一直呵护我，一直保护我，在每个人面前一直支持我的哥哥。我也曾经爱过你，你这头猪。"

罗伯特将脸埋在手里，伊丽莎的珠宝日记从他的膝头滑下去，掉在满是灰尘的地板上。古斯塔夫用脚去踩，一次又一次，仿佛想要将它踩进地板里。然后他突然放声哭泣起来，哭啊哭啊，就像身体决了堤，听起来就像是一个绝望的孩子。诺雅抓住大卫的胳膊，可是那胳膊也开始颤抖起来。

"不是我干的，罗伯特。"古斯塔夫最后疲倦地说道，"我以为是你，我以为，我的天，我不知道我以为什么。不知什么时候我跑开了，离开，我只想离开。我把自己锁在房间里，再也不想出来，永远都不。"

罗伯特从沙发上站起身，像慢镜头一般缓慢地朝弟弟走去，抓住他的肩膀。古斯塔夫没有反抗，他站在那里，好像所有力气被抽离而去。他垂着脑袋，身体晃得像风暴中的一棵树。罗伯特温柔地摇晃着他，万分温柔。诺雅用手捂住嘴，好让自己别哭出声来。大卫抓住她的手，坚定地与她十指相扣。

"古斯塔夫，"罗伯特说道，"我没杀伊丽莎，你明白吗？不是我。如果也不是你干的，那会是谁？会是谁？如果不是你，是谁给凯特的车子动了手脚，是谁动了刹车装置，是谁想置凯特、诺雅和吉尔伯特于死地？唯一精通此道的人就是你，古斯塔夫，你知道吗？大卫或许也算，但是其他人……"

但是其他人……

诺雅松开了大卫的手，大卫吓了一跳，不由得朝旁边迈出一步。此刻，回荡在阁楼里的喊声，那无比高亢、无比惊讶的喊声是从诺雅嘴里发出来的。她根本就没有觉察到，这叫声是和她的念头一起到来的，像闪电一般倏忽而至。她又再次看见了那幅画面。古斯塔夫站在大众面包车前，他的微笑，他可爱的面庞。但是，那里还有某个人，望着他的肩膀，递给他工具。而且之前，最后一次玩幽灵游戏……伊丽莎要亮出最后一张牌时，大卫打断了她。不，她想要拼写的不是小飞象，是小飞象的妈妈。伊丽莎当时想说的，就是这个。

还有那个女巫，哈尔塞特的丈母娘，她对诺雅说了什么？我看见了，黑马王子。他每夜都来，来拿认为属于他的东西。但是其他人跟踪了他，所以他回来的时候摧毁了一切，那个笨笨的王子。

其他人跟踪了他。

古斯塔夫不知道那本珠宝日记就在自己家里，因为那里有另外一个人保管着它。

艾斯特尔。

罗伯特和古斯塔夫的脑袋迅速转过来，但是他们看的不是诺雅，他们的目光越过她，直探漆黑的夜色。就连大卫也转过身来，喘着粗气，像被冻僵了一样站在那里一动不动。

木地板上的脚步声，一片死寂里的脚步声，极轻极快的脚步声。诺雅甚至都没有时间动弹一下。

架在诺雅喉咙上的，是把**刀刃**。**锋利的刀刃**，沉重、冰凉、光滑无比。

第29章

凶手是……

...

天空又泛晴了。

没有月亮，但是有一颗星星。

一颗巨大明亮的星星，光芒直接穿透天窗。

永远都够不着星星，它们遥不可及。当人们抬头仰望的时候会感到痛苦。这种内心深处温柔细腻的牵挂啊。有时候我会问自己，约拿旦是不是在那上面。

伊丽莎

1975年8月21日，23:45分

...

"谁敢动一下，我就割开她的喉咙。"艾斯特尔开口说道，"一个字都别说，你们俩谁也别说话。现在，听我说。"

她用空着的那只手拽着诺雅离开窗户，推着她穿过房门，绕过沙发椅，直到靠近那个深洞。诺雅想要喊叫，但是根本发不出声。

大卫的喘息，罗伯特和古斯塔夫的目光，他们的无助，所有这些她的感觉都是模糊的，就像在一个炙热无比的梦里。面对死亡的恐惧在她的喉咙里躁动，来来回回，脉搏撞击着刀刃。诺雅想起了那头猪，那头被库尔特割喉的猪，还想起艾斯特尔苍白的手在温热的鲜血里搅动。

"从一开始，"艾斯特尔轻声说，刀子不离诺雅的脖子，"从一开始我就看穿了那个小婊子的伎俩。伊丽莎和你们两个玩的游戏，我全都看在眼里，和你，罗伯特，还有你，古斯塔夫。我是从你们的眼里、你们的脸上看出来的。一个母亲了解她的孩子们，她又蠢又笨的孩子们。我听见她离开村子前跟你说的话了，古斯塔夫。我就站在你的房门口，偷听到了一切。我听见你跟她说，你爱她，爱到要死。我的老天爷，你得有多笨！到现在你还是一样愚不可及。8月21日的那个夜晚，我睡不着，无比清醒。我听到你悄悄溜出去了，我也听到罗伯特离开了，就在你离开后的几分钟。这部分的故事我之前不知道，我当时还没有这本日记，这该死的日记。但是我知道的已经足够了，于是我就尾随他去了那里。

"是的，我也在那里，没被邀请，但是准时出现在了你们这场小小的聚会现场。门开着，跟现在一模一样。"艾斯特尔吃吃笑着，似乎这一切令她很享受，"是的，基本上跟现在一模一样。你就站在右边的窗户那儿，跟那个小婊子让你做的丁点不差。但是，还有左边那扇窗户，我当时就躲在后面。这个她没有预料到，这个小坏蛋，这一部分不在她的计划里。而你也没有觉察到我，你太投入了，直到你跑开，冲出去，手捂着嘴，脸上全是泪水。但是我没走，我留下来了，一直等到罗伯特沿着梯子爬下去消失不见。我一直在这儿，直到那个小婊子穿好衣服。我没费吹灰之力，简直非常容易。她连身子都没转一下，直接走向黑洞。没错，就走到这里。就在这个位置，她站住了，张开手臂。来，小姑娘，做给他们看看！"

艾斯特尔将刀子紧紧抵着诺雅的脖子，刀刃早就不再冰凉，似乎诺雅的恐惧将它给暖热了。

"来吧，"艾斯特尔悄悄跟她说，呼吸拂过诺雅的脖子，"来吧，伸开你的胳膊，因为你马上就要飞起来了，跟伊丽莎一样。"

诺雅透不过气来，因为恐惧和无名的惊慌几乎要窒息过去。但是艾斯特尔强迫她做的，她会照做。她神情恍惚，慢慢抬起胳膊。

"妈妈，"这声音来自身后沙发那里，"妈妈，你疯了吗？ 妈妈！这个小姑娘是无辜的，诺雅跟那件事无关，妈妈！"

罗伯特的声音，那是罗伯特的声音。与此同时，古斯塔夫的抽泣声传了过来。

但是大卫，大卫在哪里？ 为什么他什么都不说，诺雅绝望地寻思，为什么他什么都不做？ 为什么他不帮我？ 老天爷，为什么没人帮帮我？

　　因为没人可以帮她。每一个错误的动作都有可能让艾斯特尔立即把她推下去。诺雅伸直胳膊，努力寻找可以支撑的东西，但是什么也没有。那里只有深渊，她离深渊只有不到一步远，而且艾斯特尔就站在她的身后，挨得很近，诺雅都能呼吸到她的气息。呼吸，她还能够自由呼吸多久？

　　"妈妈，你醒醒吧！求你了。"这一次是古斯塔夫在说话，他的声音听起来几乎要窒息一般。但是诺雅明白，他们能做的也就仅此而已了：力图劝阻艾斯特尔，拖延时间，等待奇迹发生。

　　"求你了，妈妈，你其实并不想对她做什么。来吧，放开她。来吧，我们能搞定的。诺雅不会去报警的，你听到了吗，她会把一切都烂在肚子里的。我们会烧了这本日记，什么都不会留下。妈妈，求你了，请不要伤害她。"

　　艾斯特尔笑起来，冷冷的，无比的冰冷："我不会为难她的，宝贝，我只会割开她的喉咙，然后她就可以飞了。"

　　刀刃锋利异常，诺雅根本没有感觉到刀子割下来，只是感觉到了鲜血涌出，温热的血珠从脖子上冒了出来。艾斯特尔又笑道："别害怕，这只是开始。就蹭破了点儿皮，再深我还没使劲儿呢。只是一道擦痕，几滴血珠，其他的我们马上就来解决。"

　　诺雅目力所及的一片黑暗，她眼前和脚下的谷仓，变得轮廓清晰起来。砖墙、木梁和蜘蛛网，可怕而不真实。但是，那里也有香味，是伊丽莎香水的气味。气味如此强烈，诺雅甚至可以一口一口吸入口鼻。眼泪从脸颊上滑落下来，比之前脖子上的鲜血还温暖，它们滴到艾斯特尔的手上，而诺雅已经完全感觉不到了。

"这个脖子没有伊丽莎的漂亮，"艾斯特尔继续用她冰冷、毫无起伏的声音说道，"但是除此之外，她们两个非常相似。难道你们不也是这么认为的吗？一切又如历史重现，这不奇怪吗？城里来的婊子，妈妈带着女儿，跟我的儿子们打情骂俏，渗透进我们村子里，和女儿一起要把一切全都毁掉。早知道，最近我就该给塔利斯女士的蘑菇盘里下毒下得彻底一些，那就没什么汽车的事了，我也就根本不必听你那没完没了的刹车报告，古斯塔夫。还有你，大卫，也就不必撞车了。你知道吗，诺雅，我的宝贝要开车去哪里，要我透露给你吗？这个笨蛋要去找你们，不是吗，我的宝贝，是不是这样？你想去杜塞尔多夫，你甚至都不知道她会在哪儿，就只是想追过去。毫无理智，跟我那两个宝贝儿子当时没什么两样，简直跟他们一模一样。

"不，游戏得有个结尾，这场也要有。那个小婊子出卖了我们，她也会出卖你的，大卫。你将会因为她离开我们，你会留下我们不管的，不是吗？你甚至会抛弃你妈妈和生病的弟弟置之不理，但是这一切不会发生，我来搞定这件事。实际上，我根本不需要这把刀。

我要手干吗呢，不是吗，大卫？"

大卫并不回答。他只是不做声，而艾斯特尔在癫狂的状态下也不期望他能回答。她推了诺雅的后背一下，诺雅跌跌撞撞摇晃起来。此刻，只剩下脚后跟还落在实地上，她的脚趾已经越过了通往深渊的门槛。诺雅前面是一片虚无，一切都模糊起来，砖墙，房梁。

艾斯特尔让刀子掉了下去。很久之后，刀子掉到地面，传来一声可怕的当啷声。四米高，五米高？大卫之前说过什么，这里有多深？

艾斯特尔的手掐住诺雅的脖子，它们粗糙、干瘪、弯曲得像是鸟爪子。艾斯特尔并没有使劲，但是她握住诺雅的脖子，双手像个螺母一样套在那里。诺雅能感受到艾斯特尔手上戴的戒指，光滑、冰凉，一如之前的刀刃。她闭上眼睛，紧紧地闭着，直到眼冒金星。

脖子是不是还在流血？诺雅感觉不到，她觉得头晕目眩，天旋地转。她想干一架，可是每个动作，每个细微的动作都会让她付出生命的代价。所以她就只好站在那里，张开的胳膊沉重又麻木，到处都是快要瘫痪一样的刺痛感，遍布整个身体。

"母亲，"这又是罗伯特的声音，声音至少起了点作用，艾斯特尔停下手，"你是怎么处理伊丽莎的尸体的？你把她藏在哪里了？"

"伊丽莎的尸体？"艾斯特尔咻咻笑道，听起来，就像她是个小姑娘，有人只是问她把巧克力藏到哪里去了。"噢，她就躺在离这儿不远的地方，是我亲自把她埋葬的，花了整整一个晚上。就差那么一点点，塔利斯女士就要挖出她的骨头了。但是恰在这时你们发现了日记，恭喜你们，这我可没料到。我把它保存得挺好的，不是吗？我把它保留了下来，就是要提醒自己，我做了正确的事。伊丽莎受到了惩罚，我把她亲手掐死了。就这样，你们看到了吗？就像这样。"

这一刻，艾斯特尔的手指握紧了，开始向内挤压，戒指刺入了诺雅的皮肤，刚好是在艾斯特尔用刀割伤的地方。此刻，血又流了出来。

诺雅喘着粗气，胳膊垂下来，膝盖马上就要弯下去。不要动，这是她脑子里唯一想着的事情。不要动，不要动。她的心脏跳得越来越狂野，越来越绝望，诺雅开始呻吟起来，呜咽着叫着妈妈的名字，呜咽着叫着大卫的名字。如果能听见他的声音，如果他能说些什么，无论什么，如果能知道他就在自己身边，那就足够了。

但是她却没听见他的任何声音，只有古斯塔夫和罗伯特在说话，一个说完下一个说。他们的言语已经没有任何意义，只是空洞的誓言，绝望的努力，想去说服什么，但是艾斯特尔对此已经毫无反应。诺雅只听得见巨大的噪音，除了艾斯特尔钢铁般的爪子掐着她的喉咙，此外她就再也没有什么具体的感觉了。如果现在跳下去，诺雅心想，如果挣脱跳下去，或许一切就会很快结束。她有一次听说，如果脖子折了，人不会感到疼痛。那会是悲惨的一刻，但是只有一刻，之后一切都会过去。

四下一片寂静，诺雅能听见艾斯特尔的呼吸声。一阵微风，安静而有规律。但是，好像还有点儿什么。

是某种动静，在诺雅脚下，很深的下面，在谷仓里。

那是一种窸窣声，脚步声，放下东西的声音，还有啪嗒声。

艾斯特尔似乎也听见了，像是反射一般，手指的压力加重，诺雅觉得空气一下子被掐断了。

她想低下头，但是做不到。她只能动动眼珠朝上看，透过天窗望出去。天空又透亮起来，出现了一颗星星，一颗非常大的、耀眼的星星，它的光穿透过天窗上的灰尘射了进来，然后在她的眼前消失了。

诺雅的舌头上泛出一股怪异的甜味，耳朵里开始轰鸣。这就是开始？死亡的开始？但是……这种嘶嘶的声音，这种响亮的嘶嘶声是怎么回事？这不可能是她耳朵里传出来的，这是从下面传出来的。听起来就像是什么东西被吹了起来，然后一个声音响了起来。

"诺雅快跳！挣开她的手跳下来，你是安全的！"

大卫，诺雅心想。哦，我的天呀，**这是大卫的声音**！他偷偷溜走了，因此没听到他说一个字。艾斯特尔站得离诺雅那么近，转身的时候最多只能看见古斯塔夫和罗伯特，却看不见躲在窗户后面被夜色保护的大卫！但是他是什么打算？她怎么能跳下去呢？她怎么能是安全的呢？他找到帮手了吗，是不是还有别人？是谁？谁会这么快就赶来这里？邻居吗？

诺雅的心此刻跳得不同起来，她的感官变得尖锐起来，但是她的肺里很快就要没气了。

底下亮起了一束灯光，是一个手电筒，一个探照灯，或者类似的一个东西。诺雅背后的脚步声变得大起来，冲过来的脚步声，是古斯塔夫和罗伯特。诺雅感觉到艾斯特尔被飞快地向后一把拽去，有人抓住了她的双手。艾斯特尔尖叫着，声音听起来像是撕裂的，又高亢又嘶哑。她的手松开了诺雅的脖子，但是膝盖却向前弓起，坚硬凸出的膝盖，顶向诺雅的大腿，将她向前撞去。

条件反射一般，诺雅张开了双臂。她的眼睛大睁，居然能看见自己坠落的身子底下最深处有一个跳床。

是的，大卫寻到了帮手，他闪电般寻到了帮手。他就站在跳床旁边，和丹尼斯一起。

下落的过程如同飞翔。

而且着陆是如此柔软，诺雅几乎笑出声来。

第30章

结 尾 开 放

...

结尾，我还压根没想出一个结尾。

我的故事马上就要开始了，但是我还没有结尾。这样行吗？ 可以想

出一个故事，但结尾开放吗？

伊丽莎

1975年8月21日，23:55分

...

这个夏天完全变了。距离伊丽莎的尸体被发掘和艾斯特尔被捕，

刚刚过去一个星期。距离阁楼上家具被焚烧，伊丽莎的香气从屋子

里消失，也就刚刚过去一星期。香气是在同一个晚上消失的，还在

罗伯特报警，然后打电话请玛丽去医院接凯特回来之前。不知所措、

歇斯底里的玛丽和筋疲力尽、沉稳平静的凯特出现在房子里，诺雅

第一次在妈妈的脸上看见了细小的皱纹。

在所有人当中，诺雅只跟凯特和罗伯特讲了幽灵游戏的事。他们相信她，甚至凯特也信。她不打算告诉吉尔伯特任何事，他还躺在医院里。凯特在城里的书店里给他买了几本书，都是些传记、小说，其他类型的他不想看。

伊丽莎的珠宝笔记本被他们一把火烧了。炙热的火舌包裹着笔记本，一页一页吞没了它，只剩下那颗红色的宝石。第二天早晨，诺雅将它埋在花园大门旁边的玫瑰花丛下。

正是这个早晨，诺雅将这栋房子命名为**私语**。

是的，这个夏天完全变了。是时候告别了，虽然太阳依然炽热，夜晚依然温热，如同今天这个夜晚一样。

昨天，罗伯特和大卫从警察局里把那辆大众面包车领了回来。这会儿，它正停在那片林中空地上，就是大卫曾经指给诺雅看星星的地方。

曾经？是的，曾经，就在另外的一个夜晚。

面包车的车门打开着，他们让夜色洒进车里，夜色、寂静还有星星。诺雅和大卫躺在床垫上，大卫仰面躺着，诺雅侧着身。四下一片寂静，车里一片宁静，大卫很平静，诺雅很安静。漫长的一瞬间。

"再跟我说说，柏林是什么样的。"大卫的声音如耳语一般，向诺雅的耳朵里送去一股温暖的夏风，诺雅忍不住微笑起来。

"柏林是一个又大又臭的怪物，"诺雅也压低声音说道，"但是也可以非常的美丽。"

大卫吻了她一下，就印在她的唇边。他的嘴唇触碰了一下她的皮肤，然后就又离开了。

"晚安，诺雅。做个好梦。"

诺雅身体里有一个声音悄悄地问：你害怕吗？

你准备好了吗？

诺雅呼出一口气。是的，我准备好了。

她的手在大卫的身上游弋，钻进他的 T 恤下面，来到了他的肚子上，抚摸着他不可思议的柔软的皮肤。他的腹肌下方一阵震颤，那是一种清晰而细腻的震颤。

慢慢地，他们两个拥抱在一起。

大卫抚摸着诺雅的脸，他的手指试探着，不对，是流连在诺雅的眼睛、鼻子、嘴唇上。她微微张开双唇，她的手也想去抚摸他的脸，他的唇。她的指尖被某种柔软、滚烫、极度舒适的感觉环绕。这一次指尖无刺，心中无惧。脑海中丝毫没有关于过去的任何念头，这里发生的就是当下。

现在将是我的第一次，诺雅心想。就在这里，和大卫，这将是我的第一次。

时间过去很久，他们的双唇终于吻在一起。

一切都水乳交融起来。此刻，大卫俯下身，紧紧抓住她的胳膊，而诺雅什么都没想，脑中一片空白，只是在感受。

从头到尾，他们都互相望着对方。眼里有微笑，到处都是微笑。天气真的暖和。

明天他们将出发，回柏林。凯特和诺雅乘火车，吉尔伯特坐救护车。

其他的一切都还待定，就像伊丽莎在她最后一篇日记里写的那样。她的最后一个问题，诺雅用"**是**"来回答。

是，可以想出一个故事，但结尾开放。

致　谢

感谢妈妈和蕾娜，送我那本英格尔巴赫小城纪念册，她们是一如既往最积极的读啊读啊小组，感谢她们的鼓励和支持；

感谢伊娜丽和爱德华多，跟我促膝长谈，倾听我的苦恼，提出宝贵建议；

感谢西尔维娅·恩格勒特，每天邮件跟我交流（甚至从慕尼黑发邮件去圣保罗 (^0^)），为人物塑造提出极棒的点子，当然还有她复读稿子的努力；

感谢苏珊娜·克雷普斯，她是一位极其出色的编辑，谢谢她对小说手稿所做的宝贵工作和鼓舞人心的热情 ^0^)；

感谢斯特菲·舒勒尔和约格·舒勒尔，在医院和刹车功能方面为我答疑解惑；

感谢波利斯·罗斯塔米，提供暗房信息，并想出使用莱卡的好点子；

感谢妮娜·佩特里，提供腋窝假发的故事；

感谢玛蒂尔达咖啡馆，为我安排了咖啡与文学之间的座次；

感谢索菲亚，这次也送给我具有魔力的幸运符；

感谢芭芭拉、格蕾特、克劳斯和迪特，谢谢他们让我在英格尔巴赫度过了难忘的时光。